DUBLINENSES

Título original: *Dubliners*
Copyright da tradução © Editora Lafonte Ltda., 2025

Todos os direitos reservados.
Nenhuma parte deste livro pode ser reproduzida sob quaisquer
meios existentes sem autorização por escrito dos editores.

Direção Editorial *Ethel Santaella*
Tradução *Marina Schnoor*
Revisão e Preparação *Madrigais Editorial*
Design de Capas *Nelson Provazi sobre obra de Giuseppe de Nittis*
Diagramação *Dupla Idéia*

Dados Internacionais de Catalogação na Publicação (CIP)
(eDOC BRASIL, Belo Horizonte/MG)

Joyce, James.
J89d   Dublinenses / James Joyce; tradução Marina Schnoor. – São Paulo, SP: Lafonte, 2025.
288 p. : 15,5 x 23 cm

ISBN 978-65-5870-594-9 (Capa A)
ISBN 978-65-5870-615-1 (Capa B)

1. Ficção irlandesa. 2. Literatura irlandesa – Contos. I. Schnoor, Marina. II. Título.
CDD 823

Elaborado por Maurício Amormino Júnior – CRB6/2422

Editora Lafonte

Av. Profª Ida Kolb, 551, Casa Verde, CEP 02518-000, São Paulo-SP, Brasil
Tel.: (+55) 11 3855-2100, CEP 02518-000, São Paulo-SP, Brasil
Atendimento ao leitor (+55) 11 3855-2216 / 11 – 3855-2213 – *atendimento@editoralafonte.com.br*
Venda de livros avulsos (+55) 11 3855-2216 – *vendas@editoralafonte.com.br*
Venda de livros no atacado (+55) 11 3855-2275 – *atacado@escala.com.br*

SUMÁRIO

As Irmãs 007

Um Encontro 021

Arábia 033

Eveline 043

Depois da Corrida 051

Dois Galanteadores 061

A Pensão 077

Uma Nuvenzinha 087

Duplicatas 107

Barro 123

Um Caso Doloroso 135

Dia Da Hera Na Sala Do Comitê 149

Uma Mãe 175

Graça 193

Os Mortos 227

JAMES JOYCE
DUBLINENSES

Tradução
Marina Schnoor

Brasil, 2025

Lafonte

AS IRMÃS

Não havia mais esperança para ele: era o terceiro derrame. Noite após noite eu passava pela casa (era período de férias) e estudava o quadrado aceso da janela, e noite após noite o encontrava iluminado da mesma forma fraca e uniforme. Se ele tivesse morrido, eu pensava, seria possível ver o reflexo das velas na persiana, porque eu sabia que duas velas devem ser colocadas ao lado da cabeça do corpo. Ele sempre me dizia: "Não fico muito tempo neste mundo". E eu achava suas palavras exageradas. Agora eu sabia que era verdade. Todas as noites enquanto olhava para a janela eu sussurrava para mim mesmo a palavra "paralisia". Ela sempre me soou estranha, como as palavras "gnômon" em Euclides e "simonia" no Catecismo. Mas agora isso me parecia o nome de algum ser maléfico e pecaminoso. Agora ela me enchia de medo e, ainda assim, eu ansiava por estar perto dela e observar seu trabalho mortal.

O velho Cotter estava sentado perto do fogo, fumando, quando desci as escadas para jantar. Enquanto minha tia servia a comida, ele disse, como voltando a um assunto:

— Não, eu não diria que ele era... Mas tinha algo estranho... Tinha alguma coisa anormal nele. Na minha opinião...

Ele começou a tragar seu cachimbo, sem dúvida organizando a opinião em sua mente. Que velho idiota e chato! Quando o conhecemos ele até era interessante, falando sobre frações de álcool e serpentinas, mas logo fiquei cansado dele e de suas histórias intermináveis sobre a destilaria.

— Tenho minha teoria — ele disse. — Acho que foi um desses... casos peculiares... Mas é difícil dizer com certeza...

Ele voltou a tragar seu cachimbo sem nos dizer qual era a teoria. Meu tio viu que eu estava olhando e disse:

— Bom, então seu amigo se foi, sei que você vai ficar triste em saber.

— Quem? — eu disse.

— O padre Flynn.

— Ele morreu?

— O sr. Cotter aqui acabou de nos contar. Ele estava passando pela casa.

Eu sabia que estava sendo observado, então continuei comendo como se a notícia não me interessasse. Meu tio explicou ao velho Cotter.

— Nosso rapaz e ele eram bastante amigos. O velho o ensinou muita coisa, veja você, e diziam que ele tinha muita consideração pelo garoto.

— Deus tenha misericórdia de sua alma — disse piedosamente minha tia.

O velho Cotter me olhou por um tempo. Eu sentia que seus pequenos olhos negros me examinavam, mas não daria a ele a satisfação de desviar o rosto do prato. Ele retornou ao seu cachimbo e finalmente cuspiu de maneira rude na lareira.

— Eu não ia gostar se um filho meu — ele disse — fosse próximo de um homem como aquele.

— Como assim, sr. Cotter? — perguntou minha tia.

— Quero dizer — disse o velho Cotter — que é ruim para as crianças. Acredito que é melhor deixar os meninos correrem e brincarem com outros meninos da sua idade, e não... Estou certo, Jack?

— Também acho — disse meu tio. — Deixe que ele aprenda as coisas sozinho. É isso que sempre digo para esse rosa-cruz: vá fazer exercício. Ora, quando menino, toda manhã eu tomava um banho frio, fosse inverno ou verão. E é por isso que sou assim hoje. Educação é bom e tudo mais... O sr. Cotter deve querer um pedaço do pernil de carneiro — disse ele voltando-se para minha tia.

As irmãs

— Não, não, para mim não — disse o velho Cotter.

Minha tia trouxe o prato e colocou na mesa.

— Mas por que você acha que não é bom para as crianças, sr. Cotter? — ela perguntou.

— Não é bom para as crianças — disse o velho Cotter — porque elas são muito impressionáveis. Quando as crianças veem coisas assim, sabe, isso tem um efeito...

Enchi a boca de comida, com medo de acabar dando vazão à raiva. Velho chato e imbecil de nariz vermelho!

Era tarde quando consegui dormir. Mesmo estando bravo com aquele velho Cotter por se referir a mim como uma criança, fiquei quebrando a cabeça para extrair um significado das frases não terminadas. Na escuridão do meu quarto, imaginei ver de novo o rosto pesado e cinzento do paralítico. Cobri a cabeça com os cobertores e tentei pensar no Natal. Mas o rosto cinzento ainda me seguia. Ele murmurava, e eu entendi que seu desejo era de confessar-me algo. Senti minha alma recuar para alguma região prazerosa e imoral, e lá também o encontrei esperando por mim. O rosto começou a se confessar murmurando, e eu fiquei imaginando por que ele continuava sorrindo e por que os lábios dele estavam tão molhados de saliva. Mas então me lembrei que ele tinha morrido de paralisia e senti que também sorria um pouco como para absolver a simonia de seu pecado.

Na manhã seguinte, depois do café da manhã, fui até a pequena casa em Great Britain Street. Era uma loja simples, registrada sob o nome vago de *Tapeçaria*. A tapeçaria rendava principalmente de botinas de criança e guarda-chuvas; e em dias normais um cartaz ficava pendurado na vitrine, dizendo: *Consertam-se guarda-chuvas*. O cartaz não estava visível agora, já que as persianas estavam fechadas. Um buquê estava amarrado na maçaneta com um laço. Duas mulheres pobres e um menino que entregava telegramas estavam lendo o cartão preso ao buquê. Também me aproximei e li:

1º de julho, 1895
Rev. James Flynn (ex-ministro da Igreja Sta. Catarina, Meath Street), de sessenta e cinco anos.
Descanse em paz.

O cartão me convenceu de que ele estava morto e fiquei perturbado em me ver sem ação. Se ele não tivesse morrido, eu teria ido até a salinha escura dos fundos da loja para encontrá-lo sentado em sua poltrona perto da lareira, quase sufocado em seu sobretudo. Talvez minha tia tivesse me mandado com um pacote de High Toast, e o presente o faria acordar de seu cochilo. Era sempre eu que esvaziava o pacote na caixa preta de rapé, já que suas mãos tremiam demais para que ele conseguisse fazer isso sem derrubar metade do conteúdo no chão. Mesmo quando ele levantava suas grandes mãos trêmulas até o nariz, pequenas nuvens de pó escapavam entre seus dedos e caíam no seu casaco. Poderiam ser essas constantes chuvas de rapé que deram às velhas roupas sacerdotais seu aspecto verde desbotado, já que o lenço vermelho, sempre escurecido pelas manchas de rapé de uma semana, com que ele tentava espanar os grãos que caíam, era bem ineficaz.

Eu queria entrar para vê-lo, mas não tive coragem de bater. Fui embora andando lentamente pelo lado ensolarado da rua, lendo as propagandas chamativas nas vitrines das lojas pelo caminho. Achei estranho que nem eu nem o dia pareciam estar em clima de luto, e fiquei ainda mais irritado em descobrir uma sensação de liberdade como se eu tivesse me libertado de algo com a morte dele. Fiquei surpreso com isso já que, como meu tio tinha dito na noite anterior, ele me ensinou muita coisa. Ele tinha estudado em um colégio irlandês em Roma, e me ensinou a pronúncia certa do latim. Ele me contou histórias sobre as catacumbas e sobre Napoleão Bonaparte e me explicou o significado das diferentes cerimônias da missa e as diferentes vestimentas usadas pelo padre. Às vezes ele se divertia me fazendo perguntas difíceis, como o que uma pessoa deveria fazer em certas circunstâncias ou quais pecados eram mortais, perdoáveis ou apenas imperfeições. As perguntas dele me mostravam quão complexas e misteriosas eram certas instituições da Igreja, às quais sempre considerei atos simples. Os deveres do padre quanto à Eucaristia e ao segredo do confessionário me pareciam tão sérios que eu imaginava como alguém encontrava coragem para aceitá-los; e não fiquei surpreso quando ele me contou que os pais da Igreja tinham escrito livros tão grossos quanto o *Diretório dos Correios* e em letras tão pequenas quanto os avisos legais dos jornais, elucidando essas intrincadas questões. Quando pensava nisso, muitas vezes eu não encontrava resposta ou sugeria alguma muito boba e hesitante, o que o fazia sorrir e concordar com a cabeça duas ou três vezes. Às vezes ele me fazia repetir as respostas sobre a missa que tinha me feito decorar, e, enquanto eu tagarelava, ele sorria pensativo e concordava com a cabeça, vez ou outra inalando grandes punhados de rapé por cada narina. Quando sorria ele revelava seus grandes dentes descoloridos e colocava a língua sobre o lábio inferior – um hábito que me deixava desconfortável antes de conhecê-lo melhor.

Enquanto caminhava no sol, lembrei das palavras do velho Cotter e tentei lembrar o que tinha acontecido no sonho. Lembrei de notar longas cortinas de veludo e uma luminária antiga. Senti como se estivesse muito longe, em uma terra onde os costumes eram estranhos – na Pérsia, talvez... – mas não consegui lembrar como o sonho terminava.

No fim da tarde, minha tia me levou para o velório. O sol já tinha se posto, mas os vidros da janela que davam para o oeste refletiam o tom dourado de um aglomerado de nuvens. Nannie nos recebeu na entrada, e, como não ficaria bem falar gritando com ela, minha tia apenas apertou sua mão. A idosa apontou para cima com um olhar de interrogação e, quando minha tia fez que sim, começou a subir a estreita escada diante de nós, sua cabeça curvada aparecendo apenas um pouco acima do corrimão. No primeiro andar, ela parou e nos indicou a porta aberta do quarto do morto. Minha tia entrou, e a velha, vendo que eu hesitava, começou a gesticular para que eu entrasse.

Entrei na ponta dos pés. Através das rendas da cortina, o quarto era inundado por uma luz crepuscular dourada onde as velas pareciam pálidas chamas finas. Ele tinha sido colocado em um caixão. Nannie deu a deixa e nós três ajoelhamos aos pés da cama. Fingi rezar, mas não conseguia colocar meus pensamentos em ordem com os murmúrios da velha me distraindo. Notei que a saia dela tinha sido fechada desajeitadamente nas costas, e que os saltos de suas botas de pano estavam gastos para um dos lados. Imaginei que o velho padre sorria deitado em seu caixão.

Mas não. Quando nos levantamos e fomos até a cabeceira da cama eu vi que ele não estava sorrindo. Ele estava deitado lá, solene e copioso, vestido com os trajes do altar, as mãos grandes segurando frouxamente um cálice. O rosto dele era muito truculento, cinza e grande, com narinas cavernosas e cercado por uma pele branca fina. O cheiro no quarto era pesado – as flores.

Nos benzemos e saímos. No quartinho dos fundos abaixo encontramos Eliza sentada empertigada na poltrona dele. Tateei pela sala até encontrar minha cadeira de sempre no canto, enquanto Nannie foi até o aparador e trouxe uma garrafa de xerez e algumas taças. Ela colocou tudo sobre a mesa e nos convidou para tomar um pouco de vinho. Então, a pedido da irmã, ela colocou o xerez nas taças e passou para nós. Ela insistiu para que eu pegasse alguns biscoitos de água e sal, mas recusei achando que faria muito barulho ao comê-los. Ela pareceu um tanto desapontada com a minha recusa e foi silenciosamente até o sofá, onde se sentou atrás de sua irmã. Ninguém disse nada: ficamos todos olhando para a lareira.

Minha tia esperou até Eliza suspirar e então falou:

— Bom, ele foi para um lugar melhor.

Eliza suspirou novamente e baixou a cabeça, concordando. Minha tia tocou a borda de sua taça com os dedos antes de tomar um pouco do vinho.

— E ele... em paz? — ela perguntou.

— Oh, ele foi em paz, senhora — disse Eliza. — Nem deu para perceber seu último suspiro. Ele teve uma boa morte, graças a Deus.

— E tudo...?

— O padre O'Rourke esteve com ele na terça-feira, o ungiu e o preparou e tudo mais.

— Então ele já sabia?

— Ele estava já conformado.

— Ele parece bastante conformado mesmo — disse minha tia.

— Foi o que a mulher que chamamos para lavá-lo disse. Ela disse que parecia que ele estava dormindo, que ele parecia em paz e conformado. Ninguém diria que ele daria um morto tão bonito.

— Sim, verdade — disse minha tia.

Ela bebeu mais um golinho de sua taça e disse:

— Bom, senhorita Flynn, deve ser de grande conforto saber que vocês fizeram tudo que podiam por ele. Vocês duas foram muito gentis, devo dizer.

Eliza esticou seu vestido até os joelhos.

— Ah, pobre James! — ela disse. — Deus sabe que fizemos todo o possível, por mais pobres que fôssemos, não podíamos vê-lo passar nenhuma necessidade.

Nannie tinha encostado a cabeça na almofada do sofá e parecia prestes a cair no sono.

— Pobre Nannie! — disse Eliza, olhando para ela. — Está exausta. Depois de todo o trabalho que tivemos, eu e ela, buscando a mulher para lavá-lo, o deitando na cama e depois no caixão e arranjando a missa na capela. Se não fosse pelo padre O'Rourke não sei o que teríamos feito. Foi ele quem nos trouxe todas as flores e os dois castiçais da capela, escreveu a nota para o *Freeman's General* e se encarregou de toda a papelada do cemitério e do seguro do pobre James.

— Que bondade a dele, não? — disse minha tia.

Eliza fechou os olhos e balançou a cabeça lentamente.

— Ah, não há amigos como os velhos amigos — ela disse —, depois de tudo, há poucos amigos em que um morto pode confiar.

— Sim, é verdade — disse minha tia. — E tenho certeza de que agora que está na glória eterna ele não vai se esquecer de vocês e de sua bondade.

— Ah, pobre James! — disse Eliza. — Ele não era incômodo para nós. Você não o ouvia pela casa mais do que agora. Mesmo assim, eu sei que ele se foi e tudo mais...

— Só quando estiver tudo acabado é que você vai sentir a falta dele — disse minha tia.

— Isso eu sei — disse Eliza. — Não vou mais levar a sopa dele, nem você, senhora, vai mandar o rapé. Ah, pobre James!

Ela parou, como se estivesse revivendo o passado, e então disse:

— Imagine você, eu notei que tinha alguma coisa estranha com ele ultimamente. Sempre que trazia a sopa eu o encontrava com o breviário caído no chão, afundado na poltrona com a boca aberta.

Ela tocou o nariz com o dedo e franziu a testa, então continuou:

— Mesmo assim ele continuava dizendo que antes do verão acabar daria uma volta só para rever a velha casa onde nós nascemos, em Irishtown, e levaria eu e Nannie com ele. Se conseguíssemos uma dessas novas carruagens que não fazem barulho de que o padre O'Rourke falou, com rodas reumáticas, em Johnny Rush, no caminho, iríamos nós três numa tarde de domingo. Ele vivia falando disso... Pobre James!

— Que deus tenha piedade de sua alma! — disse minha tia.

Eliza pegou seu lenço e secou os olhos. Depois o colocou de volta no bolso e ficou olhando por um tempo para a lareira sem dizer nada.

— Ele era minucioso demais, sempre — ela disse. — Os deveres do sacerdócio eram demais para ele. E aí a vida dele, pode-se dizer, foi desviada.

— Sim! — disse minha tia. — Ele era um homem desapontado. Dava para ver.

Um silêncio tomou posse da salinha e, aproveitando o momento, me aproximei da mesa e experimentei meu xerez e depois voltei discretamente para minha cadeira no canto. Eliza parecia ter caído num profundo devaneio. Esperamos respeitosamente que ela quebrasse o silêncio. Depois de uma longa pausa, ela disse:

— Foi aquele cálice que ele quebrou... Esse foi o começo. Claro, disseram que estava tudo bem, que ele não continha nada, quero dizer. Mesmo assim... Disseram que foi culpa do menino. Mas o pobre James estava tão nervoso, Deus tenha piedade dele!

— E foi isso mesmo? — disse minha tia. — Ouvi dizer...

Eliza fez que sim com a cabeça.

— Isso afetou a cabeça dele — ela disse. — Depois disso ele começou a se lastimar sozinho, sem falar com ninguém e andando por aí. Então uma noite precisaram dele para um chamado e não o encontraram em lugar nenhum. Procuraram em todo lugar, e mesmo assim não acharam sinal dele. Um funcionário sugeriu olhar na capela. Então eles pegaram as chaves e abriram a capela, e o funcionário, o padre O'Rourke e outro padre que estava lá trouxeram uma luz para procurar por ele... E, imagine você, lá estava ele, sentado sozinho no escuro do confessionário, acordado e rindo baixinho consigo mesmo!Ela parou de repente como se tivesse ouvido alguma coisa. Eu também parei para ouvir, mas não havia nenhum som na casa e eu sabia que o velho padre estava lá, deitado em seu caixão como eu o tinha visto, solene e truculento na morte, com um cálice apoiado no peito.

Eliza continuou:

— Acordado e rindo sozinho... Então, claro, quando viram aquilo, eles pensaram que tinha alguma coisa errada com ele...

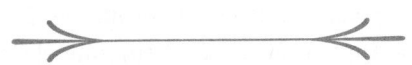

UM ENCONTRO

Foi Joe Dillon que nos apresentou ao Velho Oeste. Ele tinha uma pequena biblioteca com várias edições de *The Union Jack, Pluck* e *The Halfpenny Marvel*[1]. Toda tarde depois da escola íamos até o quintal dele para brincar de índio. Ele e seu irmão caçula e gorducho Leo, o preguiçoso, protegiam a parte de cima do estábulo enquanto tentávamos tomá-la; ou, todos juntos, lutávamos uma batalha campal na grama. Mas, por melhor que lutássemos, nunca éramos os vencedores, e todas as lutas terminavam com Joe Dillon fazendo sua dança da vitória. Os pais

---
[1] Revistas infantis publicadas na Irlanda no fim do século XIX e começo do século XX.

Um encontro

dele iam à missa das oito todas as manhãs em Gardiner Street, e o perfume suave da sra. Dillon pairava no salão da casa. Mas ele brincava de um jeito violento demais para nós, que éramos mais novos e tímidos. Parecia mesmo um indígena quando saltitava pelo quintal, com um abafador velho de bule de chá na cabeça, batendo numa lata com o punho e gritando:

— Ya! yaka, yaka, yaka!

Todos ficaram incrédulos quando foi dito que ele tinha uma vocação para o sacerdócio. No entanto, era verdade.

Um espírito de rebeldia se espalhou entre nós e, sob essa influência, diferenças culturais e físicas se dissiparam. Nos juntamos, alguns por audácia, alguns por brincadeira e alguns, ainda, quase que por medo: e entre esses últimos, os indígena relutantes que tinham medo de serem vistos como muito estudiosos ou pouco robustos, estava eu. As aventuras contadas na literatura do Velho Oeste estavam muito longe da minha natureza, mas, pelo menos, eram um escape. Eu gostava mais das histórias americanas de detetive que, às vezes, eram pontuadas por belas moças destemidas e de cabelos revoltos. Apesar de não haver nada de impróprio nessas histórias e que suas intenções às vezes fossem literárias, elas circulavam em segredo na escola. Um dia, quando o padre Butler estava nos fazendo ler as quatro páginas de história romana, o desastrado Leo Dillon foi pego com uma cópia de *The Halfpenny Marvel*.

— Esta página ou esta? Esta página? Vamos, Dillon, de pé! *O dia mal...* Continue! Qual dia? *O dia mal começara...* Você estudou? O que você tem aí no bolso?

Nossos corações saltaram para a garganta enquanto Leo Dillon entregava a revista, mas nós fingíamos inocência. Padre Butler folheou as páginas franzindo a testa.

— O que é este lixo? — ele disse. — *O Chefe Apache*! É isso que você lê em vez de estudar história romana? Que eu não encontre mais nenhuma dessas porcarias nesta escola. O homem que escreveu isso deve ser algum infeliz que escreve essas coisas em troca de bebida. Me surpreende que meninos como vocês, que têm educação, leiam uma coisa assim. Eu até entenderia se vocês fossem... alunos da escola pública. Dillon, eu o aconselho fortemente, faça sua tarefa ou...

Essa reprimenda durante as sóbrias horas de aula empalideceu muito da glória do Velho Oeste para mim, e o rosto roliço e confuso de Leo Dillon mexeu com a minha consciência. Mas quando a influência repressiva da escola estava longe, eu ansiava novamente por sensações intensas, por um escape que apenas aquelas crônicas de baderna poderiam me oferecer. As guerras de brincadeira das tardes acabaram se tornando tão tediosas quanto as rotinas matinais da escola para mim, porque eu queria que aventuras reais acontecessem comigo. Mas aventuras reais, eu refletia, não aconteciam com pessoas que ficavam em casa, era preciso buscar por elas.

As férias de verão estavam próximas quando decidi fugir da maçante vida escolar por pelo menos um dia. Com Leo Dillon e um menino chamado Mahony, planejei cabular a aula. Cada um de nós juntou seis pence. Deveríamos nos encontrar às dez da manhã na Canal Bridge. A irmã mais velha de Mahony escreveria um bilhete para explicar a falta dele, e Leo Dillon pediria para o irmão dizer que ele estava doente. Planejamos seguir a Wharf Road até chegarmos aos barcos, depois fazer a travessia de balsa e andar até a usina Pigeon House. Leo Dillon estava com medo de encontrar o padre Butler ou alguém da escola, mas Mahony perguntou, muito sensato, o que o padre

Um encontro

Butler iria fazer em Pigeon House. Ficamos mais tranquilos, e eu realizei a primeira parte do plano coletando os seis pence dos outros dois, mostrando os meus seis pence ao mesmo tempo. Fazendo os últimos arranjos na véspera, estávamos empolgados. Apertamos as mãos, rindo, e Mahony disse:

— Até amanhã, camaradas!

Dormi mal aquela noite. Pela manhã fui o primeiro a chegar na ponte, já que morava lá perto. Escondi meus livros no mato, perto do fosso de cinzas em um canto do jardim onde ninguém ia, e andei apressado pela margem do canal. Era uma manhã de sol não muito forte na primeira semana de junho. Sentei-me na beirada da ponte admirando meus frágeis sapatos de lona, que tinha encerado com cuidado na noite anterior, e assisti aos cavalos puxarem um bonde cheio de trabalhadores morro acima. Os galhos das árvores altas que ladeavam Charleville Mall estavam cheios de pequenas folhas verde-claro, e os raios de sol as atravessavam e brilhavam na água. As pedras de granito da ponte estavam começando a esquentar, e eu batucava nelas com as mãos no ritmo de uma música que acabara de criar na cabeça. Eu estava muito feliz.

Depois de cinco ou dez minutos ali vi o paletó cinza de Mahony se aproximando. Ele subiu o morro, sorrindo, e se sentou ao me lado na ponte. Enquanto esperávamos, ele tirou o estilingue que estava em seu bolso interno e explicou algumas melhorias que tinha feito nele. Perguntei por que ele tinha trazido o estilingue, e ele disse que era para fazer farra com os passarinhos. Mahony sempre usava gírias e chamava o padre Butler de Velho Bunser. Esperamos outros quinze minutos, mas não havia nem sinal de Leo Dillon. Finalmente, Mahony desceu da beirada da ponte e disse:

— Venha. Eu sabia que o Gordinho ia dar para trás.

— E os seis pence dele? — eu disse.

— É a multa — disse Mahony. — E melhor para nós – Dezoito paus em vez de 12.

Caminhamos ao longo da North Strand Road até Vitriol Works e depois viramos à direita na Wharf Road. Mahony começou a imitar um indígena, assim ficamos fora das vistas das pessoas. Ele perseguiu um grupo de meninas de roupas esfarrapadas, brandindo seu estilingue descarregado e, quando dois meninos maltrapilhos, por cavalheirismo, começaram a jogar pedras em nós, ele propôs que os atacássemos. Retruquei que os meninos eram pequenos demais e então continuamos andando, com o grupinho maltrapilho gritando atrás de nós: *Seus crentes! Crentes!*, achando que éramos protestantes porque Mahony, que tinha pele mais escura, usava um broche prata de um time de críquete no boné. Chegando a uma rocha que chamavam de Ferro de Passar, fizemos um cerco, mas não deu certo porque precisávamos ser pelo menos três pessoas. Nos vingamos de Leo Dillon dizendo que ele era um chato e tentando adivinhar quanto ele iria apanhar do sr. Ryan às três da tarde.

Chegamos perto do rio. Passamos muito tempo andando pelas ruas barulhentas ladeadas por altos muros de pedra, vendo o trabalho dos guindastes e máquinas, com os condutores de carroças gritando conosco por estarmos parados no caminho. Era meio-dia quando chegamos aos desembarcadouros. Já que todos os trabalhadores pareciam estar almoçando, compramos dois grandes pães de groselha e nos sentamos num cano de metal ao lado do rio para comer. Ficamos assistindo ao espetáculo do comércio de Dublin: as barcaças

Um encontro

sinalizando de longe com nuvens de fumaça, as frotas pesqueiras marrons além de Ringsend, o grande veleiro branco que estava descarregando no lado oposto. Mahony disse que seria uma boa ideia fugir em um daqueles navios, e até eu, olhando para os mastros altos, vi, ou imaginei, a geografia que me foi precariamente ensinada na escola ganhar substância diante dos meus olhos. A escola e nossas casas pareciam se afastar da nossa mente e sua influência diminuir.

Cruzamos o Liffey de balsa, pagando para sermos transportados na companhia de dois trabalhadores e um judeu baixinho com uma bolsa. Estávamos sérios ao ponto da solenidade, mas uma vez, durante a curta jornada, nossos olhos se encontraram e rimos. Quando desembarcamos, assistimos à descarga da bela escuna de três mastros que tínhamos visto da outra margem. Alguém perto de nós disse que era um navio norueguês. Fui até a popa e tentei decifrar o que estava escrito, mas, sem conseguir, voltei e examinei os marinheiros estrangeiros para ver se algum deles tinha olhos verdes, pois eu tinha uma noção confusa... Os olhos dos marinheiros eram azuis, cinzas e até negros. O único marinheiro que eu poderia dizer que tinha olhos verdes era um homem alto que divertia a multidão do cais gritando sempre que as pranchas caíam:

— Tudo bem! Tudo bem!

Quando cansamos da vista, fomos caminhando lentamente até Ringsend. O dia tinha se tornado abafado, e, nas vitrines das vendas, biscoitos mofados descoloriam. Compramos biscoitos e chocolate que comemos concentrados enquanto atravessávamos as ruas pobres onde viviam as famílias dos pescadores. Como não achamos leite, fomos até um vendedor ambulante e compramos uma garrafa de limonada com framboesa para cada um. Sentindo-se revigorado, Mahony perseguiu um gato por uma viela, mas o gato escapou para um terreno aberto. Já estávamos bem cansados e quando chegamos ao terreno subimos um barranco para ver o Dodder.

Já era tarde e estávamos sem muita vontade de continuar com o plano de visitar Pigeon House. Tínhamos que estar de volta antes das quatro horas ou nossa aventura seria descoberta. Mahony olhava com pesar para seu estilingue e só se animou um pouco quando sugeri voltar para casa de trem. O sol se escondeu atrás de algumas nuvens e nos deixou com nossos pensamentos e as migalhas de nossas provisões.

Não havia mais ninguém no terreno. Depois de um tempo encostados no barranco sem dizer nada, vi um homem se aproximando pela nossa lateral. O observei preguiçosamente enquanto mastigava um desses talos verdes que as meninas usam para tirar a sorte. Ele veio pela beirada do terreno lentamente. Andava com uma mão apoiada no quadril enquanto a outra segurava uma vara com que tateava de leve a grama. Usava um paletó preto-esverdeado desajeitado e um chapéu que chamávamos de Jerry, de copa alta. Ele parecia ser bem velho já que seu bigode era grisalho. Passando, ele olhou para nós rapidamente e continuou seu caminho. Seguimo-lo com os olhos e vimos que depois de uns cinquenta passos ele deu meia-volta e começou a refazer o caminho. Veio andando até nós bem devagar, sempre tateando o chão com sua vara, tão lentamente que achei que ele procurava alguma coisa na grama.

O homem parou perto de nós e desejou bom-dia. Respondemos, e ele se sentou ao nosso lado no barranco com bastante cuidado. Começou a falar do tempo, dizendo que o verão seria muito quente e que as estações do ano tinham mudado mui-

Um encontro

to desde que ele era menino – muito tempo atrás. Disse que a época mais feliz da vida era sem dúvida a juventude e que daria qualquer coisa para ser um menino de novo. Enquanto ele expressava seus sentimentos, o que nos entediou um pouco, ficamos em silêncio. Aí ele começou a falar sobre escola e livros. Perguntou se tínhamos lido a poesia de Thomas Moore ou as obras de Sir Walter Scott e Lord Lytton. Fingi que tinha lido todos os livros que ele mencionava, então ele disse:

— Ah, vejo que você é um rato de biblioteca como eu. Agora — ele acrescentou, apontando para Mahony que nos observava com os olhos bem abertos —, ele é diferente, ele gosta é das brincadeiras.

O homem disse que tinha todas as obras de Sir Walter Scott e Lord Lytton em casa e nunca se cansava de lê-las. Claro, ele disse, que havia algumas obras de Lord Lytton que meninos não podiam ler. Mahony perguntou por que não podíamos ler essas obras – uma pergunta que me incomodou porque não queria que o homem achasse que eu era tão estúpido quanto Mahony. Mas o homem apenas sorriu. Vi que ele tinha grandes vãos na boca entre os dentes amarelados. Depois ele nos perguntou qual de nós tinha mais amigas. Mahony mencionou levianamente que tinha três. O homem perguntou quantas eu tinha. Respondi que não tinha nenhuma. Ele não acreditou, e disse que com certeza eu devia ter pelo menos uma. Fiquei em silêncio.

— Nos conte — Mahony se atreveu a perguntar ao homem —, quantas você tem?

O homem sorriu como antes e disse que na nossa idade tinha várias amigas.

— Todo menino — ele disse — tem uma amiguinha.

A atitude dele nesse ponto me pareceu estranhamente liberal para um homem daquela idade. Achei que o que ele tinha dito sobre meninos e amigas era razoável, mas não gostei das palavras na boca dele, e me perguntei por que ele estremeceu uma ou duas vezes, como se tivesse medo ou sentisse calafrios. Enquanto ele continuava, notei que seu jeito de falar era muito correto. Ele começou a falar sobre meninas, dizendo que elas tinham o cabelo sedoso, como as mãos delas eram macias e que toda a menina não era tão boazinha quanto parecia. A coisa que mais gostava, ele disse, era olhar para uma menina bonita, para suas mãos brancas e seus cabelos sedosos. Tive a impressão de que ele estava repetindo algo que tinha decorado ou que, como se estivesse magnetizado por algumas palavras de seu discurso, sua mente desse voltas na mesma órbita. Às vezes ele falava como se estivesse aludindo a fatos que todo mundo sabia, e às vezes baixava a voz e falava misteriosamente, como se estivesse nos contando um segredo que não queria que outros ouvissem. Ele repetia e repetia suas frases, variando um pouco e as cercando com sua voz monótona. Continuei olhando para o pé do barranco, ouvindo o que ele tinha a dizer.

Depois de muito tempo, ele pausou seu monólogo. Se levantou devagar, dizendo que tinha que ir embora, e, sem mudar a direção do meu olhar, o vi andar lentamente para o fim do terreno. Continuamos quietos quando ele se foi. Depois de alguns minutos de silêncio, ouvi Mahony exclamar:

— Sabia! Olha o que ele está fazendo!

Como não respondi nem levantei os olhos, Mahony falou de novo:

Um encontro

— Sabia... Ele é um velho esquisito!

— Se ele perguntar nossos nomes — eu disse — você se chama Murphy e eu Smith.

Não dissemos mais nada um ao outro. Eu ainda estava considerando se devia ir embora ou não quando o homem voltou e sentou-se outra vez. Ele mal tinha se sentado quando Mahony, avistando o gato que tinha escapado, saiu correndo atrás do bicho pelo terreno. O homem e eu ficamos assistindo à perseguição. O gato fugiu mais uma vez, e Mahony começou a jogar pedras no muro que o animal tinha escalado. Desistindo disso, ele começou a andar sem rumo perto do limite do terreno.

Depois de um tempo, o homem falou comigo. Disse que meu amigo era um menino bagunceiro e perguntou se ele apanhava de chicote dos professores na escola. Eu ia responder, indignado, que não éramos alunos de escola pública para apanhar de chicote, como ele dizia, mas fiquei em silêncio. Ele começou a falar sobre o assunto de castigar meninos. A mente dele, magnetizada de novo, parecia dar voltas em um novo centro. Ele disse que meninos desse tipo deviam apanhar e apanhar bem. Quando um menino era bagunceiro e desobediente, não havia nada melhor do que uma surra bem dada. Um tapa na mão ou na orelha não era suficiente: era preciso uma boa e velha surra. Fiquei surpreso com esse sentimento e sem querer olhei para o rosto dele. Encontrei dois olhos de cor verde-garrafa me olhando sob uma testa que se repuxava. Desviei meu olhar de novo.

O homem continuou seu monólogo. Parecia ter esquecido sua visão liberal de antes. Disse que se encontrasse um menino falando com uma menina ou tendo uma amiguinha, daria uma surra nele, e que isso o ensinaria a não falar com meninas. E se um menino tivesse uma menina como amiguinha e mentisse sobre isso, ele lhe daria uma surra que menino nenhum jamais levou. Disse que não havia nada no mundo que ele gostaria mais que isso. Descreveu como daria uma surra nesse menino como se estivesse revelando algum mistério elaborado. Teria gostado disso, ele disse, mais do que de qualquer outra coisa; e a voz dele, enquanto me guiava monotonamente pelo mistério, foi ficando mais afetuosa e parecia implorar que eu o entendesse.

Esperei até que ele pausasse seu discurso novamente. Aí me levantei de supetão. Para não revelar minha agitação, demorei alguns momentos fingindo amarrar os sapatos e, em seguida, dizendo que precisava mesmo ir, desejei-lhe bom-dia. Subi a ladeira calmamente, mas meu coração estava disparado, com medo de que ele me agarrasse pelos tornozelos. Chegando no topo me virei, e, sem olhar para ele, chamei alto:

— Murphy!

Minha voz tinha um tom forçado de coragem e fiquei envergonhado do meu estratagema tosco. Tive que chamar de novo antes que Mahony me visse e gritasse respondendo. Como meu coração batia forte o vendo correr até mim pelo terreno! Ele correu como se viesse me ajudar. E me senti arrependido, porque no fundo sempre o desprezei um pouco.

ARÁBIA

A North Richmond Street, não tendo saída, era uma rua tranquila, exceto quando a Christian Brothers' School liberava os meninos. Uma casa inabitada de dois andares ficava no fim da rua, separada das vizinhas em um terreno quadrado. As outras casas da rua, conscientes das vidas descentes dentro delas, olhavam umas para as outras com seus rostos marrons imperturbáveis.

O antigo inquilino da nossa casa, um padre, havia morrido na sala de estar dos fundos. O ar, com cheiro de mofo por ter ficado tanto tempo enclausurado, permeava todos os cômodos, e o depósito atrás da cozinha estava cheio de papéis velhos e inúteis. Ali encontrei alguns livros de capa mole, com as páginas enroladas e úmidas: *O Abade*, de Walter Scott, *The Devout Communicant*[1] e *As Memórias de Vidocq*[2]. Gostei do último porque suas páginas eram amarelas. O quintal selvagem atrás da casa tinha uma macieira no centro e alguns arbustos dispersos, e sob um deles encontrei a bomba de bicicleta enferrujada do antigo inquilino. Ele tinha sido um padre muito caridoso; em seu testamento deixou todo seu dinheiro para instituições, e os móveis da casa para a irmã.

Quando os curtos dias de inverno chegavam, o crepúsculo caía antes mesmo de terminarmos o jantar. Ao nos encontrarmos na rua, as casas já estavam escuras. O pedaço de céu acima de nós era de um violeta sempre em mutação e, em sua direção, os postes da rua erguiam suas fracas lâmpadas. O ar gelado era cortante e brincávamos até nossos corpos se aquecerem. Nossos gritos ecoavam no silêncio da rua. As brincadeiras nos levavam pelas vielas escuras e lamacentas atrás das casas, nas quais enfrentávamos os desafios das tribos selvagens das cabanas, até os portões dos jardins escuros e gotejantes, de onde odores subiam dos fossos de cinzas até os estábulos sombrios onde um cocheiro escovava o cavalo ou chacoalhava os arreios pendurados. Voltando para a rua, a luz das janelas das cozinhas já iluminava a área. Se meu tio era visto virando a esquina, nos escondíamos nas sombras até que ele estivesse seguro em casa. Ou se a irmã de Mangan saía à porta para chamar o irmão para o chá, nós a observávamos das sombras olhando a rua de cima a baixo. Esperávamos para ver se ela ficava na porta ou se entrava, e se ela ficava, todos

---

[1] Obra do século XVIII do frei franciscano inglês Pacificus Baker.

[2] Obra de 1827 do criminalista francês Eugène-François Vidocq.

saíam das sombras e andavam conformados até os degraus de Mangan. Ela esperava por nós, sua figura bem definida pela luz da porta entreaberta. Seu irmão sempre a provocava antes de obedecer, e eu ficava nas grades observando-a. Seu vestido balançava quando ela se movia e sua trança era jogada de um lado para o outro.

Toda manhã eu me deitava no chão da entrada observando a porta dela. A persiana ficava fechada até uma polegada da soleira, então eu não podia ser visto. Quando ela saía pela porta, meu coração disparava. Eu corria para a sala, pegava meus livros e a seguia. Meus olhos ficavam grudados na figura castanha dela e, quando chegávamos perto do ponto onde nossos caminhos divergiam, eu apertava o passo e a ultrapassava. Isso acontecia manhã após manhã. Nunca falei com ela, exceto por algumas palavras casuais e, ainda assim, o nome dela era como uma invocação para o meu sangue tolo.

A imagem dela me acompanhava até os lugares mais hostis ao romance. Nas tardes de sábado, quando minha tia ia fazer compras, eu precisava acompanhá-la para ajudar a carregar parte dos pacotes. Andávamos pelas ruas movimentadas, empurrados por bêbados e mulheres pechinchando, entre palavrões dos trabalhadores, as ladainhas dos vendedores que ficavam de guarda perto dos barris de bochecha de porco, os cânticos anasalados dos cantores de rua, que cantavam uma versão de *come-all-you* sobre O'Donovan Rossa[3], ou uma balada sobre os problemas da nossa terra natal. Os sons convergiam em uma sensação de vida única para mim: eu imaginava carregar meu cálice acima de uma turba de inimigos. O nome

---

[3] Jeremiah O'Donovan Rossa (1831-1915), um dos líderes da Irmandade Republicana Irlandesa.

dela surgia em meus lábios em orações e louvores que eu mesmo não compreendia. Meus olhos, muitas vezes, ficavam marejados (e eu não sabia o porquê) e às vezes uma enxurrada do meu coração parecia desaguar no meu peito. Eu pensava pouco no futuro. Não sabia se um dia falaria com ela ou não ou, se falasse, como iria contar sobre minha confusa adoração. Mas meu corpo era como uma harpa, e as palavras e gestos dela eram como dedos correndo pelas cordas.

Uma tarde fui até a sala de estar dos fundos onde o padre tinha morrido. Era um fim de tarde escuro e chuvoso e não havia som algum na casa. Através de um dos vidros quebrados, ouvi a chuva colidir com a terra e as finas agulhas de água incessantes saltitando nos canteiros encharcados. Alguma lâmpada distante ou janela acesa brilhava abaixo. Fiquei grato por poder ver tão pouco. Todos os meus sentidos pareciam desejar se esconder e, sentindo que estava prestes a escapar deles, pressionei as palmas das mãos juntas até tremerem, murmurando: "Oh, amor! Oh, amor!", muitas vezes.

Finalmente ela falou comigo. Quando ela me dirigiu a palavra fiquei tão confuso que não sabia o que responder. Ela me perguntou se eu iria ao Arábia. Não lembro se respondi sim ou não. Seria um bazar esplêndido, ela disse, e que adoraria ir.

— E por que você não pode? — perguntei.

Enquanto falava, ela girava um bracelete de prata no pulso. Ela não podia ir, ela disse, porque haveria um retiro naquela semana no convento onde ela estudava. Seu irmão e outros dois meninos brigavam por seus bonés, e eu estava sozinho nas grades. Ela segurou uma das lanças do portão, abaixando a cabeça na minha direção. A luz do poste da frente da nossa porta revelou a curva branca do pescoço dela, iluminou o cabelo que repousava ali e, mais abaixo, a mão que estava na grade. A luz caiu sobre um lado do vestido dela e mostrou a barra branca de sua anágua, visível apenas porque ela estava de pé à vontade.

— Que bom para você — ela disse.

— Se eu for — eu disse —, lhe trago alguma coisa.

Quanta insensatez devastou meus pensamentos, tanto quando acordado como dormindo, depois daquela tarde. Eu queria aniquilar os dias tediosos que faltavam. As tarefas da escola me irritavam. À noite no meu quarto e durante o dia na sala de aula a imagem dela surgia entre mim e a página que eu tentava ler. As sílabas da palavra Arábia me chamavam através do silêncio em que minha alma se deleitava e lançavam um encanto oriental sobre mim. Pedi permissão para ir ao bazar no sábado à noite. Minha tia ficou surpresa e disse que esperava que não fosse algo envolvendo maçonaria. Na escola, respondi algumas perguntas. Vi o rosto do meu mestre passar de amigável a severo, ele não queria me ver ficar preguiçoso. Eu não conseguia reunir meus pensamentos nômades. Mal tinha paciência para os trabalhos sérios da vida, que, agora que ficavam entre mim e meu desejo, me pareciam brincadeira de criança, brincadeira feia e monótona de criança.

Na manhã do sábado lembrei meu tio de que queria ir ao bazar à noite. Ele estava mexendo no cabideiro, procurando a escova de chapéu, e respondeu seco:

— Sim, garoto, eu sei.

Como ele estava na entrada, eu não podia ir me deitar na janela. Saí de casa de mau humor e andei devagar até a escola. O ar estava impiedosamente frio e meu coração estava apertado.

Quando voltei para casa para jantar, meu tio não tinha chegado. Mas ainda era cedo. Fiquei sentado olhando para o relógio por um tempo e, quando o tique-taque começou a me irritar, saí da sala. Subi as escadas e cheguei à parte superior da casa. Os cômodos vazios e frios me libertaram, e fui de quarto em quarto cantando. Pela janela da frente vi meus colegas brincando na rua abaixo. Os gritos chegavam até mim fracos e indistintos, e, encostando minha testa no vidro gelado, olhei para a casa escura onde ela morava. Devo ter ficado ali por uma hora, vendo apenas a figura vestida de marrom projetada pela minha imaginação, tocada discretamente pela luz do poste no pescoço curvado, na mão na grade e na barra sob o vestido.

Quando desci as escadas encontrei a sra. Mercer sentada perto da lareira. Ela era uma velha tagarela, viúva do dono de uma loja de penhores, que juntava selos usados para algum propósito de caridade. Tive que suportar a fofoca da mesa de chá. A refeição se prolongou por mais de uma hora e meu tio ainda não havia chegado. A sra. Mercer se levantou para ir embora: disse que infelizmente não podia ficar mais, pois já era depois das oito e ela não gostava de ficar fora até tarde porque o ar noturno a fazia mal. Quando ela se foi comecei a andar de um lado para o outro da sala, cerrando os punhos. Minha tia disse:

— Acho que você terá que desistir do seu bendito bazar esta noite.

Às nove horas ouvi a chave do meu tio na porta da frente. O ouvi falando sozinho e o cabideiro balançar quando recebeu o peso de seu sobretudo. Eu conseguia interpretar esses sinais. No meio de seu jantar, pedi a ele que me desse dinheiro para ir ao bazar. Ele tinha esquecido.

— As pessoas já estão na cama dormindo uma hora dessas — ele disse.

Não sorri. Minha tia disse irritada a ele:

— Você pode dar logo o dinheiro e deixar que ele vá? Você já o fez esperar demais.

Meu tio disse que sentia muito por ter esquecido. Disse que acreditava no velho ditado: "Nem só de pão vive o homem". Ele me perguntou aonde eu estava indo e, quando eu disse pela segunda vez, perguntou se eu conhecia o poema *The Arab's Farewell to his Steed*[4]. Quando sai da cozinha, ele estava prestes a recitar os primeiros versos para minha tia.

Segurei um florim com força na minha mão enquanto andava por Buckingham Street até a estação. A visão das ruas lotadas de compradores e brilhando com luz dos postes me lembrou o propósito da minha jornada. Me sentei num vagão de terceira classe de um trem deserto. Depois de um atraso intolerável, o trem começou a sair da estação lentamente. Avançou devagar entre casas em ruínas e sobre o rio cintilante. Na estação Westland Row, uma multidão se aglomerou na porta do vagão, mas os funcionários afastaram as pessoas, dizendo que aquele era um trem especial para o bazar. Continuei sozinho no vagão. Depois de alguns minutos, o trem parou em uma plataforma de madeira improvisada. Desci para a estrada e vi no mostrador iluminado de um relógio que faltavam dez para as dez. Na minha frente estava uma construção grande que ostentava o nome mágico.

Não encontrei nenhuma bilheteria e, temendo que o bazar estivesse fechado, passei rapidamente por uma catraca, entre-

---

[4] Poema de Caroline Norton.

gando um xelim para um homem de aparência cansada. Me vi num grande salão cercado na metade de sua altura por uma galeria. Quase todas as barracas estavam fechadas e boa parte do salão estava escuro. Reconheci um silêncio como o de uma igreja depois da missa. Caminhei timidamente até o centro do bazar. Algumas pessoas se juntavam nas barracas que ainda estavam abertas. Diante de uma cortina, onde as palavras *Café Chantant* estavam escritas com lâmpadas coloridas, dois homens contavam dinheiro em uma bandeja. Ouvi o som das moedas caindo.

Lembrando com dificuldade o motivo de ter indo até lá, fui até uma das barracas e examinei vasos de porcelana e conjuntos de chá floridos. Na entrada, uma moça estava conversando e rindo com dois jovens cavalheiros. Reparei o sotaque inglês deles e ouvi vagamente a conversa.

— Oh, eu nunca disse isso!

— Oh, disse sim!

— Oh, não disse não!

— Ela não disse?

— Sim. Eu ouvi.

— Ah... mentira!

Notando minha presença, a moça veio até mim e perguntou se eu gostaria de comprar alguma coisa. Seu tom de voz não era encorajador, pareceu que ela falou comigo apenas por obrigação. Olhei humildemente para os grandes jarros colocados como guardas orientais em cada lado da entrada escura da barraca e murmurei:

— Não, obrigado! A moça mudou a posição de um dos vasos e voltou para os dois homens. Eles retomaram o assunto. Uma ou duas vezes a moça olhou por cima do ombro para mim.

Continuei diante da barraca dela, mesmo sabendo que ficar ali era inútil, para parecer que meu interesse pelos produtos dela era real. Então me virei lentamente e caminhei até o meio do bazar. Deixei que duas moedas caíssem sobre os seis pence que estavam no meu bolso. Ouvi uma voz me chamando de um canto da galeria onde a luz estava apagada. A parte superior do salão agora estava completamente escura.

Olhando para a escuridão, me vi como uma criatura movida e ridicularizada pela vaidade, e meus olhos arderam com angústia e raiva.

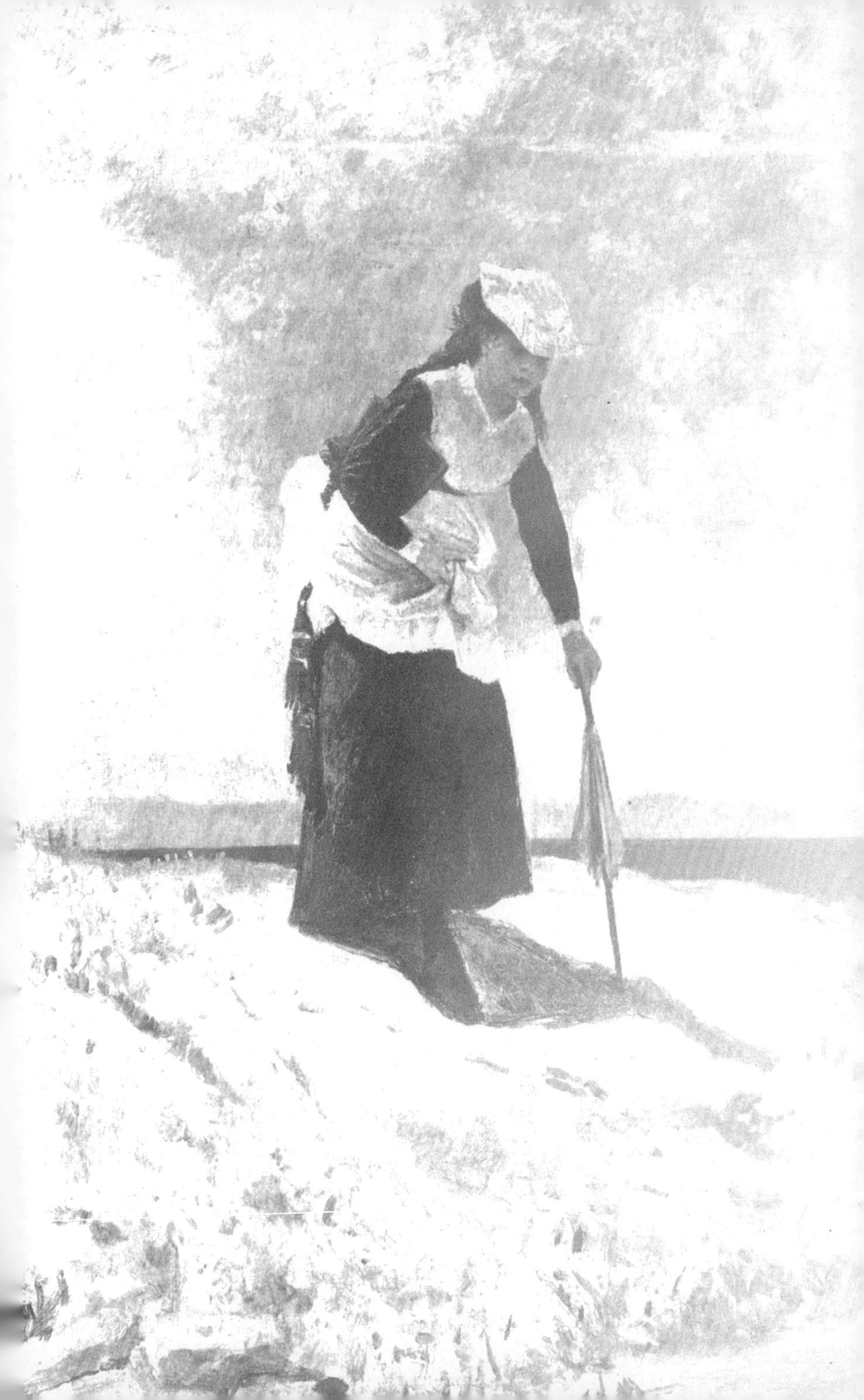

EVELINE

Ela se sentou na janela vendo a tarde invadir a avenida. Sua cabeça estava encostada na cortina da janela e em suas narinas penetrava o cheiro de cretone empoeirado. Estava cansada.

Poucas pessoas passavam. O homem do fim da rua veio andando no caminho para casa, ela ouviu seus passos no pavimento de concreto e depois no calçamento de pedriscos antes das novas casas vermelhas. Antes havia um campo ali, onde eles costumavam brincar toda tarde com outras crianças. Então, um homem de Belfast comprou o terreno e construiu casas – não como suas casinhas marrons, mas, sim, casas de tijolos vermelhos com telhados reluzentes. As crianças da avenida brincavam

Eveline

juntas naquele campo – os Devines, os Waters, os Dunns, o aleijadinho Keogh, ela e seus irmãos e irmãs. Ernest, no entanto, nunca brincava, ele era velho demais para isso. Seu pai costumava persegui-los para fora do campo com uma varinha de abrunheiro, mas o pequeno Keogh geralmente ficava de guarda e avisava quando via o pai dela chegando. Mesmo assim eles pareciam ser bem felizes na época. Seu pai não era tão ruim assim, além disso, sua mãe estava viva. Isso tinha sido muito tempo atrás, ela e os irmãos e irmãs eram todos adultos agora; sua mãe já havia morrido. Tizzie Dunn também morreu, e os Waters tinham voltado para a Inglaterra. Tudo muda. Agora ela iria embora como os outros, deixaria sua casa.

Sua casa! Olhou para a sala ao redor, revendo todos os objetos de família de que ela tirava pó uma vez por semana há tantos anos, imaginando de onde diabos vinha tanto pó. Talvez nunca mais visse esses objetos familiares de que ela nunca sonhou se separar. E, mesmo assim, durante todos aqueles anos, ela nunca descobriu o nome do padre cuja foto amarelada estava pendurada na parede acima do harmônio quebrado, do lado de um panfleto colorido com promessas feitas para Santa Margarida Maria Alacoque. Ele tinha sido um colega de escola de seu pai. Sempre que mostrava a fotografia para uma visita, seu pai passava por ela com um comentário casual:

— Ele está em Melbourne agora.

Ela tinha consentido em ir embora, deixar sua casa. Foi uma decisão sábia? Tentou ponderar cada lado da questão. Em sua casa, tinha abrigo e comida, tinha todos aqueles que ela conheceu a vida toda ao seu redor. Claro, ela tinha que trabalhar pesado, tanto em casa como no negócio. O que diriam nas Lojas[1] quando soubessem que ela tinha fugido com um sujeito? Diriam que ela era uma tola, talvez, e a substituiriam por anúncios. A srta. Gavan ficaria feliz. Ela sempre tinha algo ríspido a dizer, especialmente se houvesse outras pessoas ouvindo.

— Srta. Hill, não está vendo as senhoras esperando?

— Acorde, srta. Hill, faça o favor.

Ela não derramaria muitas lágrimas por deixar as Lojas.

Mas em sua nova casa, num país desconhecido e distante, não seria mais assim. Então estaria casada – ela, Eveline. As pessoas a tratariam com respeito. Seria tratada como a mãe era. Mesmo agora, com mais de dezenove anos, às vezes ela se sentia em perigo de sofrer a violência do pai. Sabia que era isso que tinha causado suas palpitações. Quando crianças, ele nunca foi atrás dela como fazia com Harry e Ernest, porque ela era uma menina, mas ultimamente tinha começado a ameaçá-la e dizer que só faria coisas por ela em memória da mãe morta. E agora não tinha mais ninguém para protegê-la. Ernest morreu, e Harry, que trabalhava decorando igrejas, estava sempre viajando. Além disso, as invariáveis brigas por dinheiro nas noites de sábado estavam começando a cansá-la terrivelmente. Ela sempre dava todo seu salário – sete xelins –, e Harry mandava o que podia, mas o problema era conseguir qualquer dinheiro do pai. Ele dizia que ela gastava demais, que não pensava, que não daria seu suado dinheiro para que ela desperdiçasse nas ruas, e muito mais, pois ele geralmente não estava bem nas noites de sábado. No final, ele acabava dando o dinheiro e perguntando se ela tinha alguma intenção de

---

[1] Como era chamado o armazém geral da família Quacre Pim em Dublin.

Eveline

comprar o jantar de domingo. Aí ela tinha que se apressar para fazer suas compras, segurando firme sua bolsa de couro preto na mão enquanto abria caminho pela multidão, e voltar para casa tarde com o peso todo das provisões. Era trabalho pesado manter a casa em ordem e garantir que as duas crianças que acabaram sob seus cuidados frequentassem a escola e comessem regularmente. Era trabalho duro – uma vida dura –, mas agora que estava prestes a deixar tudo para trás, ela não achava aquela uma vida totalmente indesejável.

Estava prestes a explorar outra vida com Frank. Frank era muito gentil, másculo, sincero. Ela partiria com ele no barco noturno para ser sua esposa e viver com ele em Buenos Aires onde ele tinha uma casa esperando por ela. Lembrava bem da primeira vez que o viu, ele estava hospedado em uma casa na rua principal que ela costumava visitar. Parecia ter sido apenas algumas semanas atrás. Ele estava em pé no portão, seu boné empurrado para trás da cabeça e o cabelo caído sobre um rosto de bronze. Eles acabaram se conhecendo. Ele a esperava do lado de fora das Lojas toda noite para acompanhá-la até em casa. A levou para assistir *The Bohemian Girl*[2], e ela ficou exultante ao se sentar em uma parte não habitual do teatro com ele. Ele gostava muito de música e cantava um pouco. As pessoas sabiam que eles estavam cortejando e, quando ele cantava sobre a moça que amava um marinheiro, ela sempre se sentia agradavelmente confusa. Ele a chamava de Poppens só de brincadeira. Primeiro era excitante ter um amigo e então ela começou a gostar dele. Ele tinha histórias de países distantes. Tinha começado como grumete por uma libra por mês em um navio da Allan Lines indo para o Canadá. Contou a

---

[2] Ópera romântica de 1843 do compositor irlandês Michael William Balfe.

ela os nomes dos navios em que tinha trabalhado e os nomes de diferentes serviços. Tinha navegado pelo Estreito de Magalhães e contava histórias sobre os terríveis patagões. Tinha feito uma vida para si em Buenos Aires, ele disse, e vinha para o velho país apenas de férias. Claro, o pai dela descobriu o caso e proibiu que ela falasse com ele.

— Conheço bem esses marujos — ele disse.

Um dia o pai discutiu com Frank e depois disso ela teve que encontrar seu amado em segredo.

A noite se intensificava na avenida. O branco das duas cartas em seu colo foi ficando indistinto. Uma delas era para Harry, a outra para o pai. Ernest era seu favorito, mas ela também gostava de Harry. Seu pai estava ficando velho, ela percebia, e sentiria falta dela. Às vezes ele até podia ser agradável. Pouco tempo atrás, quando ela ficou de cama por um dia, ele leu uma história de fantasma e fez torrada para ela na lareira. Outro dia, quando a mãe estava viva, todos eles foram para um piquenique na colina de Howth. Lembrou do pai colocando a touca da mãe para fazer as crianças rirem.

Seu tempo estava acabando, mas ela continuava sentada na janela, com a cabeça encostada na cortina, inalando o odor de cretone empoeirado. Mais além na avenida ela podia ouvir o som de um realejo. Conhecia a música. Estranho que isso tenha acontecido logo naquela noite para lembrá-la da promessa que fez à mãe, a promessa de cuidar da casa pelo tempo que pudesse. Lembrou da última noite da enfermidade da mãe: ela estava novamente no quarto fechado e escuro do outro lado do corredor e lá fora ouviu uma música melancólica da Itália. Tinham mandado o homem do realejo ir embora e dado a ele seis pence. Ela lembrava do pai voltando para o quarto da doente e dizendo:

— Malditos italianos! Vindo justo aqui!

Enquanto refletia, a visão triste da vida de sua mãe lançou seu feitiço no âmago de seu ser – aquela vida de sacrifícios comuns se encerrando em uma loucura final. Ela estremeceu ao ouvir a voz da mãe repetindo com insistência tola:

— *Derevaun Seraun! Derevaun Seraun!*[3]

Se levantou em um súbito impulso de terror. Escapar! Ela precisava escapar! Frank a salvaria. Daria a ela uma vida, talvez amor também. Mas ela queria viver. Por que deveria ser infeliz? Ela tinha direito à felicidade. Frank a tomaria em seus braços, a envolveria em seus braços. Ele a salvaria.

Estava em pé no meio da agitada multidão na estação em North Wall. Ele segurou sua mão, e ela sabia que ele estava falando com ela, repetindo de novo e de novo algo sobre a passagem. A estação estava cheia de soldados com bagagens marrons. Através das portas abertas dos galpões, ela teve um vislumbre da massa negra de navios, atracados ao lado do muro do cais, com vigias iluminadas. Ela nada respondeu. Sentiu as bochechas pálidas e geladas e, entre um labirinto de agonia, rezou para que Deus a guiasse, para mostrar qual era seu dever. O barco soltou um longo apito triste na névoa. Se ela fosse, amanhã estaria no mar com Frank, navegando em direção a Buenos Aires. A passagem já havia sido comprada. Poderia recuar agora depois de tudo que ele tinha feito por

---

[3] Expressão em provável gaélico irlandês deturpado, significando "No fim do prazer há dor".

ela? A ansiedade acordou uma náusea em seu corpo, e ela continuava movendo os lábios em uma prece silenciosa.

Um sino badalou em seu coração. Ela o sentiu pegar a sua mão:

— Venha!

Todos os mares do mundo se revolviam em seu coração. Ele a puxava para eles: ele a afogaria. Ela agarrou as grades de ferros com as duas mãos.

— Venha!

Não! Não! Não! Era impossível. Suas mãos agarraram o ferro em um frenesi. Entre os mares ela enviou um grito de angústia!

— Eveline! Evvy!

Ele correu para além da barreira e a chamou para que ela o seguisse. Gritaram para que ele continuasse andando, mas ele ainda chamou por ela. Ela voltou o rosto branco para ele, passiva, como um animal indefeso. Seus olhos não deram a ele nenhum sinal de amor, adeus ou reconhecimento.

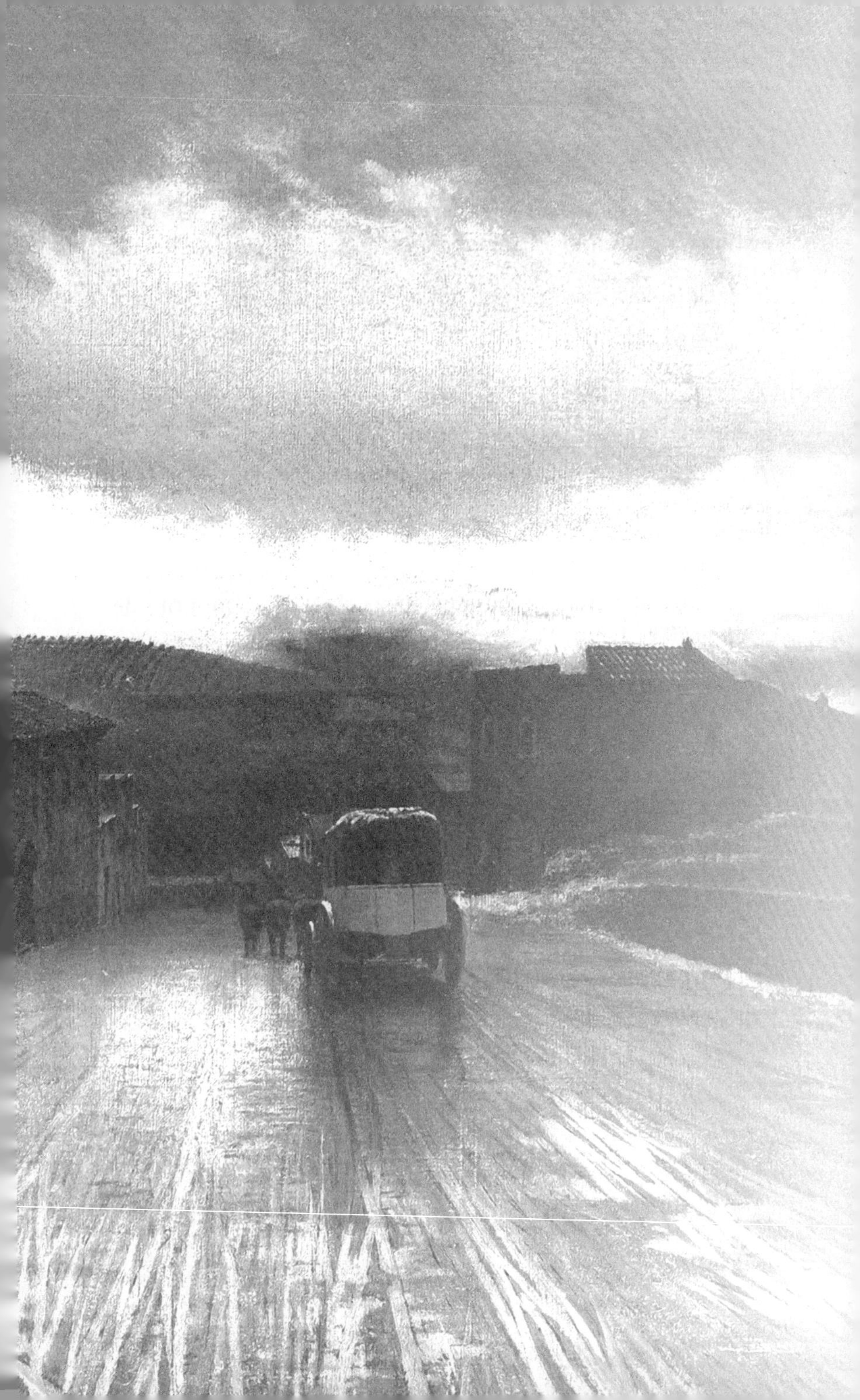

DEPOIS DA CORRIDA[1]

Os carros avançavam para Dublin, correndo uniformemente como bolinhas de chumbo no sulco da Naas Road. No topo do morro, em Inchicore, pessoas tinham se reunido em grupos para assistir aos carros chegando e, através desse canal de pobreza e inatividade, o Continente acelerava sua riqueza e indústria. Vez ou outra as pessoas levantavam o coro de torcida dos oprimidos gratos. A simpatia deles, no entanto, ia para os carros azuis – os carros de seus amigos, os franceses.

---

[1] A corrida anual Gordon-Bennet de 1903.

Depois da corrida

Os franceses, além disso, já eram praticamente os vencedores. Sua equipe tinha terminado com um resultado sólido, ficando em segundo e terceiro lugar, e o piloto do carro em primeiro, segundo as notícias, era belga. Cada carro azul, portanto, recebia uma dose dupla de boas-vindas quando chegava ao topo do morro, e cada rodada de aplausos era recebida com sorrisos e acenos de cabeça nos carros. Em um desses carros bem construídos, estava uma equipe de quatro rapazes cujos espíritos pareciam estar bem acima do nível do galicismo bem-sucedido: na verdade, esses quatro jovens estavam quase gargalhando. Eles eram Charles Ségouin, o proprietário do carro; André Rivière, um jovem eletricista originalmente do Canadá; um enorme húngaro chamado Villona; e um jovem bem-arrumado chamado Doyle. Ségouin estava de bom humor porque recebeu inesperadamente algumas encomendas (ele estava prestes a começar um negócio de motores em Paris), e Rivière estava feliz porque seria o futuro gerente do estabelecimento, esses dois jovens (que eram primos) também estavam de bom humor por causa do sucesso dos carros franceses. Villona estava de bom humor porque tinha almoçado muito bem, além disso, era um otimista por natureza. O quarto membro da equipe, no entanto, estava excitado demais para ficar genuinamente feliz.

Tinha cerca de vinte e seis anos, com um bigode castanho claro macio e olhos cinzentos de aparência inocente. Seu pai, que começou a vida como nacionalista avançado, tinha modificado suas visões cedo. Fez um bom dinheiro como açougueiro em Kingstown e abriu outras lojas em Dublin e nos subúrbios, multiplicando esse dinheiro. Ele também teve a sorte de assegurar alguns contratos com a polícia e, no final, se tornou rico o suficiente para ser mencionado nos jornais de Dublin como um príncipe do comércio. Mandou seu filho para estudar na Inglaterra em um grande colégio católico e depois o mandou para a Dublin University para estudar Direito. Jimmy não era um aluno muito dedicado e se desviou por maus caminhos por um tempo. Ele tinha dinheiro e era popular e dividia seu tempo entre círculos musicais e automotivos. Depois foi mandado para Cambridge por um tempo para conhecer um pouco da vida. Seu pai o repreendia, mas secretamente tinha orgulho dos seus excessos, então pagou suas contas e o trouxe de volta para casa. Foi em Cambridge que ele conheceu Ségouin. Não eram mais que conhecidos ainda, mas Jimmy encontrou grande prazer na companhia de alguém que tinha visto tanto do mundo e tinha a reputação de ser dono de um dos maiores hotéis da França. Valia muito conhecer uma pessoa assim (seu pai concordava), mesmo que ele não fosse a companhia tão charmosa que era. Villona também era divertido – um pianista brilhante – mas, infelizmente, muito pobre.

O carro acelerava alegremente com sua carga de jovens extáticos. Os primos estavam no banco da frente, Jimmy e seu amigo húngaro se sentavam atrás. Decididamente Villona estava com um humor excelente, murmurando uma melodia grave por várias milhas da estrada. Os franceses lançavam suas risadas e palavras sobre os ombros, e Jimmy precisava se inclinar para frente para entender as frases rápidas. Isso não era muito agradável para ele, já que quase sempre tinha que adivinhar o significado e gritar uma resposta adequada contra o vento forte. Além disso, o murmúrio de Villona confundia qualquer um; o barulho do carro também.

A alta velocidade eleva o espírito, assim como a notoriedade, assim como ter dinheiro. Essas eram três boas razões para a

Depois da corrida

empolgação de Jimmy. Tinha sido visto por muitos amigos naquele dia na companhia desses homens do continente. No controle da prova, Ségouin o apresentou a um dos competidores franceses e, em resposta aos seus murmúrios confusos de elogio, o rosto moreno do piloto se abriu em uma linha de dentes brancos. Foi um prazer depois dessa honra retornar ao mundo profano dos espectadores entre cutucões e olhares significativos. Quanto ao dinheiro – ele já tinha uma boa soma sob seu controle. Ségouin talvez não achasse que era uma grande quantia, mas Jimmy, que, apesar de erros temporários, no fundo era herdeiro de instintos sólidos, sabia muito bem das dificuldades para juntá-la. Esse conhecimento o tinha ajudado a manter suas contas nos limites da imprudência razoável e, se ele tinha consciência do trabalho latente no dinheiro quando se tratava apenas de uma questão de aberração de inteligência superior, mais ainda agora quando estava prestes a arriscar grande parte de suas posses. Era uma coisa muito séria para ele.

Claro, o investimento era bom, e Ségouin tinha conseguido dar a impressão de que era um favor de amizade que uma pequena parte de dinheiro irlandês fosse incluída no capital do empreendimento. Jimmy tinha respeito pela astúcia do pai em questões de negócio e, nesse caso, tinha sido o próprio pai que sugeriu o investimento; havia dinheiro a ser feito no ramo de motores, muito dinheiro. Além disso Ségouin tinha o inconfundível ar de riqueza. Jimmy começou a traduzir em trabalho diário aquele carro altivo em que estava sentado. A maneira suave como ele corria. Com que estilo eles vieram acelerando pelas estradas rurais! A jornada colocava um dedo mágico no genuíno pulso da vida e, de maneira galante, o maquinário dos nervos humanos se esforçava para responder aos percursos saltitantes do veloz animal azul.

Eles desceram a Dame Street. A rua estava movimentada com um tráfego incomum, barulhenta com as buzinas dos motoristas e sinetas dos impacientes condutores de bonde. Perto do Banco, Ségouin estacionou, e Jimmy e seu amigo desceram. Um punhado de pessoas se juntou na calçada para prestar homenagem ao motor formidável. O grupo deveria jantar naquela noite no hotel de Ségouin e, enquanto isso, Jimmy e seu amigo, que estava hospedado com ele, deveriam ir para casa se trocar. O carro seguiu devagar pela Grafton Street enquanto os dois jovens abriam caminho entre o amontoado de espectadores. Caminharam para o norte com um sentimento curioso de decepção no exercício, enquanto a cidade pendurava seus globos pálido de luz sobre eles em uma névoa de noite de verão.

Na casa de Jimmy, esse jantar tinha sido anunciado como uma ocasião importante. Um certo orgulho se misturava à trepidação de seus pais, uma ânsia, também, de apostar alto, porque os nomes de grandes cidades estrangeiras têm pelo menos essa virtude. Jimmy ficou muito bem quando se vestiu e, enquanto estava parado no corredor lidando com as últimas equações do nó de sua gravata, seu pai pôde ter se sentido comercialmente satisfeito por assegurar ao filho qualidades que muitas vezes não se compram. O pai, portanto, se mostrava excepcionalmente simpático com Villona, e suas maneiras expressavam um respeito real por realizações estrangeiras, mas essa sutileza do anfitrião provavelmente passou despercebida pelo húngaro, que já começava a sentir um desejo forte pelo jantar.

O jantar foi excelente, requintado. Ségouin, concluiu Jimmy, tinha um gosto refinadíssimo. A festa foi complementada por um jovem inglês chamado Routh, que Jimmy já tinha visto com Ségouin em Cambridge. Os jovens jantaram numa sala aconchegante iluminada por velas elétricas. Falaram muito e com poucas reservas. Jimmy, cuja imaginação começava a se acender, concebeu a alegre juventude dos franceses entrelaçada elegantemente na estrutura firme dos modos do inglês. Uma imagem graciosa sua, ele pensou, e uma imagem justa. Admirou a destreza com que seu anfitrião dirigia a conversa. Os cinco rapazes tinham gostos variados e estavam com as línguas soltas. Villona, com imenso respeito, começou a revelar para o inglês levemente surpreso as belezas dos madrigais ingleses, lamentando a perda de instrumentos antigos. Rivière, de maneira não totalmente ingênua, se comprometeu a explicar a Jimmy o triunfo dos mecânicos franceses. A voz ressonante do húngaro estava prestes a prevalecer no ridículo dos alaúdes espúrios dos pintores românticos quando Ségouin guiou seu grupo para a política. Aqui estava um campo conveniente para todos. Jimmy, já bem alterado, sentiu o zelo enterrado de seu pai acordar dentro dele, e finalmente despertou o entorpecido Routh. A sala foi se tornando duplamente quente, e a tarefa de Ségouin ainda mais difícil, havia até o perigo de ofensas pessoais. O anfitrião, alerta, aproveitou uma oportunidade para levantar sua taça num brinde à Humanidade e, depois que todos beberam, abriu significantemente uma janela.

Naquela noite, a cidade usava a máscara de uma capital. Os cinco rapazes caminharam pela Stephen's Green em uma tênue nuvem de fumaça aromática. Conversavam alegremente em voz alta e suas capas pendiam de seus ombros. As pessoas abriam caminho para eles. Na esquina da Grafton Street, um gordo baixinho estava colocando duas belas damas em um coche guiado por outro homem gordo. O coche partiu, e o gordo baixinho notou o grupo.

— André.

— É o Farley!

Seguiu-se uma torrente de exclamações. Farley era um americano. Ninguém sabia bem sobre o que era a conversa. Villona e Rivière eram os mais falantes, mas todos estavam empolgados. Subiram num coche, se espremendo entre muitas risadas. Passaram pela multidão, agora misturada em cores suaves, ao som de sinos alegres. Os homens pegaram o trem em Westland Row e, em alguns segundos, pareceu a Jimmy, estavam saindo da estação de Kingstown. O cobrador, um homem velho, cumprimentou Jimmy:

— Excelente noite, senhor!

Era uma noite serena de verão; o porto parecia um espelho escuro aos pés dos jovens. Começaram a caminhar naquela direção de braços dados, cantando *Cadet Rousselle* em coro, batendo os pés a cada:

— *Ho! Ho! Hohé, vraiment!*

Subiram em um barco a remo na parte de embarques e partiram na direção do iate do americano. Lá haveria uma ceia, música e carteado. Villona disse com convicção:

— Que maravilha!

Havia um piano na cabine. Villona tocou uma valsa para Farley e Rivière, Farley fazendo a parte do cavalheiro e Rivière como a dama. Depois, uma quadrilha improvisada, com os homens inventando figuras originais. Que diversão! Jimmy fez seu papel com gosto: isso era ver a vida, afinal. Aí Farley ficou sem fôlego e gritou *Chega!* Um homem trouxe uma ceia

Depois da corrida

leve, e os rapazes se sentaram para ela por formalidade. Mas beberam: isso era boemia. Beberam à Irlanda, Inglaterra, França, Hungria, aos Estados Unidos da América. Jimmy fez um discurso, um discurso longo, com Villona dizendo: *Verdade! Verdade!* sempre que havia uma pausa. Ouviu muitos aplausos quando se sentou. Deveria ter sido um bom discurso. Farley deu tapinhas em suas costas e riu alto. Que sujeitos espirituosos! Que boa companhia eles eram!

Cartas! Cartas! A mesa foi limpa. Villona voltou discretamente para seu piano e tocou de improviso para eles. Os outros homens jogaram uma partida atrás da outra, lançando-se confiantes na aventura. Beberam à saúde da Rainha de Copas e da Rainha de Ouros. Jimmy sentiu de forma indefinida a falta de um público: a inteligência brilhava ali. As apostas foram subindo e cédulas começaram a passar entre os jogadores. Jimmy não sabia exatamente quem estava ganhando, mas sabia que estava perdendo. Mas isso era culpa só dele por confundir as cartas, e os outros homens tinham que calcular quanto ele estava devendo. Eram sujeitos endemoniados, mas ele queria que eles parassem: estava ficando tarde. Alguém brindou ao iate *The Belle of Newport* e outro propôs uma última grande partida.

O piano tinha parado, Villona devia ter subido ao convés. Foi um jogo terrível. Eles pararam logo antes do final para um drinque de boa sorte. Jimmy entendeu que a partida estava entre Routh e Ségouin. Que emoção! Jimmy também estava excitado; ia perder, claro. Quanto ficou devendo? Os homens se levantaram para fazer as últimas jogadas, falando e gesticulando. Routh saiu vencedor. A cabine balançava com os rapazes comemorando, e as cartas foram empilhadas. Se juntaram para ver quanto tinham ganhado. Farley e Jimmy foram os que mais perderam.

Ele sabia que ia se arrepender pela manhã, mas no momento estava feliz pelos outros, feliz pelo estupor que encobriria sua insensatez. Apoiou os cotovelos na mesa e descansou a cabeça entre as mãos, contando os pulsos em suas têmporas. A porta da cabine se abriu e ele viu o húngaro parado em um feixe de luz cinza.

— O dia nasceu, cavalheiros!

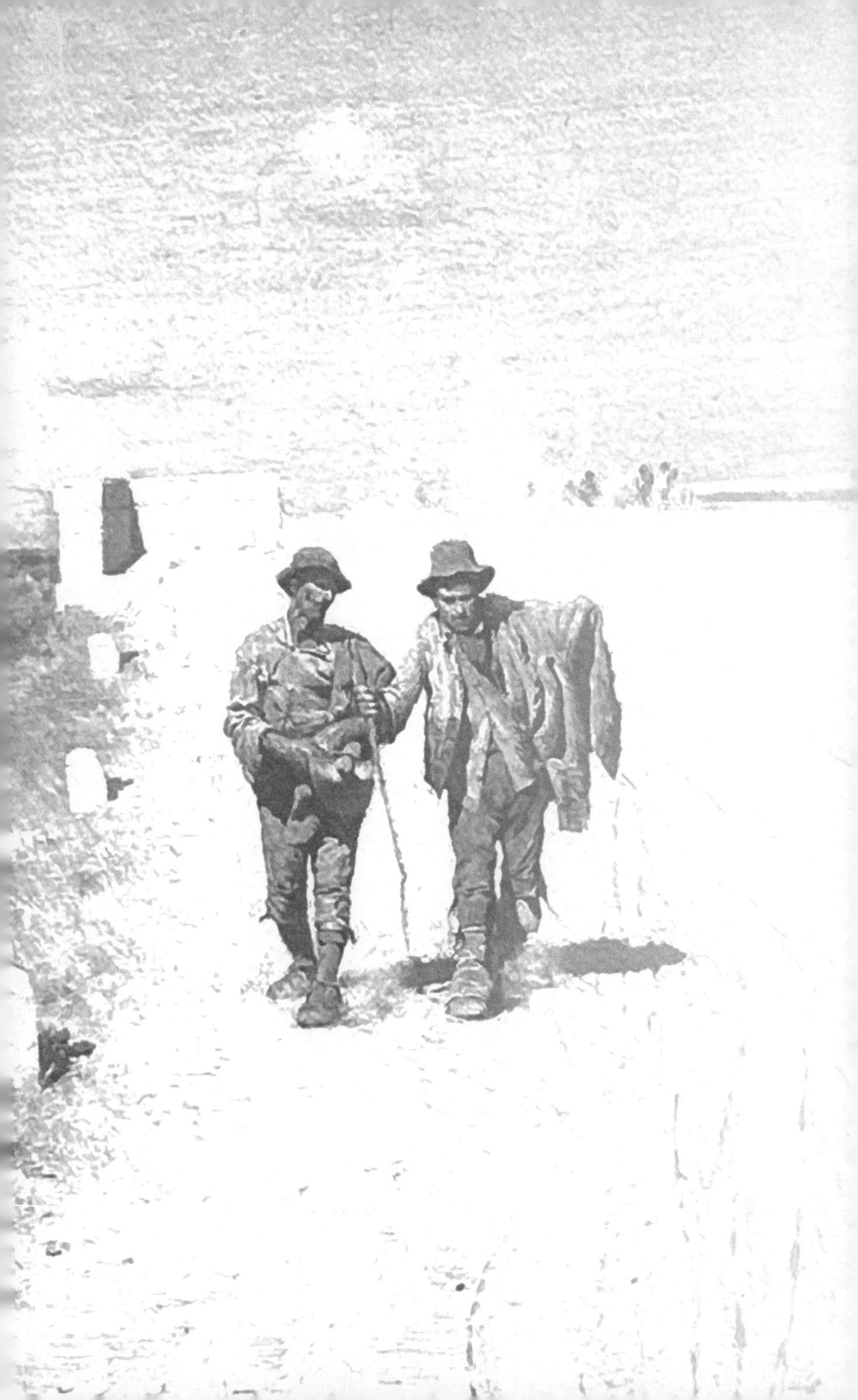

DOIS GALANTEADORES

A tarde cinza de agosto tinha descido sobre a cidade, e uma suave brisa morna, memória do verão, circulava pelas ruas. As ruas, fechadas para o repouso de domingo, fervilhavam com uma multidão colorida. Como pérolas iluminadas, as lâmpadas brilhavam do topo de seus postes altos sobre a textura viva abaixo, mudando de forma e tom incessantemente, mandando para o ar da cinzenta tarde morna um murmúrio imutável e ininterrupto.

Dois homens jovens vinham descendo o morro da Rutland Square. Um deles estava prestes a encerrar um longo monólogo. O outro, que andava à beira da calçada e às vezes era obrigado a

Dois Galanteadores

pisar na rua devido à falta de modos de sua companhia, usava uma expressão de quem se divertia ouvindo. Ele era atarracado e corado. Um boné de iatista repousava jogado bem para trás de sua testa, e a narrativa que ele ouvia fazia ondas constantes de expressão quebrarem em seu rosto dos cantos do nariz, olhos e boca. Pequenos jatos de riso chiado se sucediam de seu corpo convulso. Seus olhos, brilhando com satisfação astuta, se voltavam a todo momento para o rosto de sua companhia. Vez ou outra ele arrumava a capa impermeável leve que tinha pendurada em um dos ombros, como um toureiro. Suas calças, seus sapatos brancos de borracha e sua capa arranjada de maneira despreocupada expressavam juventude. Mas sua figura tinha uma rotundidade na cintura, seu cabelo era ralo e cinza e seu rosto, quando as ondas de expressão passavam, tinha uma aparência devastada.

Quando teve certeza de que a narrativa tinha terminado, ele riu silenciosamente por meio minuto. Então disse:

— Bom!... Essa leva o prêmio!

Sua voz parecia desprovida de vigor e, para reforçar suas palavras, ele acrescentou com humor:

— Essa leva o solitário, único, e, se posso dizer, cobiçado prêmio!

Ficou sério e em silêncio depois de dizer isso. Sua língua estava cansada porque ele passou a tarde toda conversando em um *pub* em Dorset Street. A maioria das pessoas considerava Lenehan um sanguessuga, mas apesar dessa reputação, sua sagacidade e eloquência evitavam que seus amigos formassem qualquer política geral contra ele. Ele tinha um jeito corajoso de se aproximar de um grupo no bar e de se manter atento nas bordas da conversa até ser incluído em uma rodada. Era um vagabundo brincalhão armado com um estoque vasto de histórias, limeriques e charadas. Era insensível a qualquer tipo de descortesia. Ninguém sabia como ele lidava com a árdua tarefa de ganhar a vida, mas seu nome era vagamente associado a publicações sobre corrida de cavalos.

— E onde você a encontrou, Corley? — ele perguntou.

Corley passou a língua rapidamente pelo lábio superior.

— Uma noite, colega — ele disse —, eu estava andando pela Dame Street e vi uma bela mocinha sob o relógio da Waterhouse e disse boa-noite, sabe. Então fomos caminhar pelo canal, e ela me disse que era empregadinha numa casa em Baggot Street. Passei meu braço em volta dela e a apertei um pouco aquela noite. No domingo seguinte, colega, marcamos um encontro. Fomos para Donnybrook, eu a levei para um campo lá. Ela me disse antes que saía com um leiteiro... Era bom, colega. Ela me trazia cigarros toda noite e pagava o bonde de ida e volta. Uma noite ela me trouxe dois charutos muito bons – Oh, coisa fina, sabe, tipo o que o velho fumava... Eu tinha medo, colega, que ela fosse engravidar. Mas ela sabe das coisas.

— Talvez ela ache que você vai se casar com ela — disse Lenehan.

— Eu disse para ela que estava desempregado — disse Corley. — Disse que trabalhava na Pim's. Ela não sabe meu nome. Não sou bobo de dizer a ela. Mas ela acha que tenho alguma classe, sabe.

Lenehan riu de novo, sem som.

— De todas as histórias boas que já ouvi — ele disse —, essa enfaticamente leva o prêmio.

Dois Galanteadores

O caminhar de Corley reconheceu o elogio. O balanço de seu corpo denso fez o amigo executar alguns pulinhos da calçada para a rua e depois de volta. Corley era filho de um inspetor da polícia e tinha herdado a estrutura física e o jeito de andar do pai. Ele andava com as mãos dos lados, com uma postura ereta e balançando a cabeça de um lado para o outro. Sua cabeçorra era redonda e oleosa, suando em qualquer clima, e seu grande chapéu redondo, que ficava meio de lado, parecia um bulbo que havia crescido de outro. Ele sempre encarava à frente como se estivesse em um desfile e, quando queria olhar para alguém na rua, precisava mover o corpo todo a iniciar pelos quadris. No momento ele estava desocupado. Quando algum trabalho vagava, um amigo estava sempre disposto a lhe indicar. Frequentemente ele era visto andando com policiais à paisana, conversando seriamente. Conhecia os bastidores de todos os negócios e gostava de dar a palavra final. Falava sem ouvir o que suas companhias diziam. Suas conversas eram principalmente sobre ele mesmo: o que ele disse para tal pessoa e o que tal pessoa disse a ele e o que ele tinha dito para encerrar a questão. Quando relatava esses diálogos, ele aspirava a primeira letra de seu nome à moda dos florentinos[1].

Lenehan ofereceu um cigarro ao amigo. Enquanto os dois andavam pela multidão, Corley ocasionalmente se virava para sorrir para alguma moça que passava, mas o olhar de Lenehan estava fixo na lua de brilho fraco cercada por um halo duplo. Observava atentamente a teia cinza do crepúsculo que passava por sua face. Por fim, ele disse:

— Bom... me diga, Corley, acho que você consegue, não?

---

[1] Pronunciado como "Whorely".

Corley fechou um olho expressivamente como resposta.

— Ela vai topar? — perguntou Lenehan. — Nunca se sabe com as mulheres.

— Ela é joia — disse Corley. — Sei como lidar com ela, colega. Ela tem uma queda por mim.

— Você é o que eu chamo de conquistador — disse Lenehan. — E um conquistador dos bons!

Um toque de escárnio aliviava o servilismo de sua atitude. Para salvar a face, ele tinha o hábito de deixar sua bajulação aberta para ser interpretada como brincadeira. Mas Corley não tinha uma mente sutil.

— Não há nada igual a uma boa criada — afirmou. — Acredite em mim.

— Vindo de alguém que já provou todas — disse Lenehan.

— Antes eu costumava sair com moças, sabe — confidenciou Corley —, moças de South Circular. Eu as levava para passear, colega, de bonde para algum lugar e pagava o bonde, ou as levava para ver uma banda ou peça no teatro, comprava chocolate e doces ou algo assim. Eu gastava com elas — acrescentou, em tom convincente, como se soubesse que não acreditavam nele.

Mas Lenehan acreditava, e assentiu seriamente.

— Conheço esse jogo — ele disse — e nem vale a pena tentar.

— E o que tirei disso — disse Corley.

— Mesma coisa aqui — disse Lenehan.

— Só uma delas — disse Corley.

Ele molhou o lábio superior com a língua. A lembrança fez seus olhos brilharem. Ele também olhou para o disco pálido da lua, agora quase coberta, e pareceu meditar.

— Ela era... até bem decente — disse com pesar.

Ficou em silêncio de novo. Então acrescentou:

— Ela caiu na vida agora; a vi uma noite em Earl Street com dois sujeitos em um carro.

— E suponho que isso foi coisa sua — disse Lenehan.

— Ela teve outros antes de mim — filosofou Corley.

Dessa vez Lenehan não estava inclinado a acreditar. Balançou a cabeça para frente e para trás e sorriu.

— Você sabe que não me engana, Corley — ele disse.

— Juro por Deus! — disse Corley. — E ela mesma não me disse?

Lenehan fez um gesto trágico.

— Traidor! — ele disse.

Enquanto passavam pelas grades de Trinity College, Lenehan pulou para a rua e olhou para o relógio acima.

— Vinte passados — ele disse.

— Dá tempo — disse Corley. — Ela vai estar lá. Sempre a deixo esperando um pouco.

Lenehan riu silenciosamente.

— Deus! Corley, você sabe lidar com elas — ele disse.

— Conheço os truques delas — confessou Corley.

— Mas diga — disse novamente Lenehan —, tem certeza de que consegue? Sei que é um trabalho espinhoso. Elas são bem fechadas nesse ponto. Hein? Certo?

Seus olhinhos brilhantes procuraram confirmação no rosto do companheiro. Corley balançou a cabeça como se estivesse espantando um inseto insistente, e franziu as sobrancelhas.

— Consigo! — ele disse. — Deixa comigo, certo?

Lenehan não disse mais nada. Não queria irritar o amigo, ser mandado para o diabo e ouvir que seu conselho não era desejado. Um certo tato era necessário. Mas logo a testa de Corley se alisou. Seus pensamentos estavam indo em outra direção.

— Ela é uma moça decente — ele disse, com apreciação — é isso que ela é.

Caminharam pela Nassau Street e depois viraram na Kildare Street. Não muito longe da entrada do clube, um harpista estava na rua, tocando para um pequeno grupo. Ele puxava as cordas descuidadamente, olhando para o rosto de quem chegava e, vez ou outra, também cansado, para o céu. Sua harpa também, sem se importar que sua capa tinha caído, parecia igualmente cansada dos olhares de estranhos e das mãos de seu mestre. Uma mão tocava o baixo da melodia "*Silent, O Moyle*", enquanto a outra percorria os agudos depois de cada grupo de notas. As notas da música soavam profundas e cheias.

Dois Galanteadores

Os dois homens subiram a rua sem falar, a canção triste os seguindo cada vez mais distante. Chegando na Stephen's Green, eles atravessaram. Aqui o barulho dos bondes, as luzes e a multidão os libertaram do silêncio.

— Lá está ela! — disse Corley.

Na esquina da Hume Street estava uma jovem mulher. Ela usava um vestido azul e um chapéu branco de marinheiro. Estava parada no meio-fio, balançando uma sombrinha em uma das mãos. Lenehan se animou.

— Vamos dar uma olhada nela, Corley — ele disse.

Corley olhou de soslaio para o amigo e um sorriso desagradável apareceu em seu rosto.

— Está tentando me passar para trás? — perguntou.

— Mas que droga! — disse Lenehan com audácia — não quero que você me apresente. Só quero dar uma olhada. Não vou engolir a moça.

— Oh... Uma olhada? — disse Corley, mais amistoso. — Bom... Fazemos assim... Vou até lá falar com ela e você pode passar por nós.

— Certo! — disse Lenehan.

Corley já tinha passado uma perna por cima das correntes quando Lenehan gritou:

— E depois? Onde nos encontramos?

— Dez e meia — respondeu Corley, puxando a outra perna.

— Onde?

— Esquina da Merrion Street. Vamos voltar.

— Veja se consegue — disse Lenehan como despedida.

Corley não respondeu. Cruzou a rua balançando a cabeça de um lado para o outro. Seu porte, o andar tranquilo e o som dos seus passos tinham algo mesmo de conquistador. Abordou a mulher e, sem a cumprimentar, começou a conversar com ela. Ela passou a balançar sua sombrinha mais rápido e a executar meias-voltas em seus saltos. Uma ou duas vezes enquanto ele falava com ela de perto, ela riu e curvou a cabeça.

Lenehan os observou por alguns minutos. Então andou rápido ao longo das correntes até certa distância e atravessou a rua na perpendicular. Se aproximando da esquina da Hume Street, ele sentiu um ar pesadamente aromático, e seus olhos fizeram um exame rápido e ansioso da aparência da mulher. Ela estava usando roupas de domingo. A saia de sarja azul estava presa na cintura com um cinto de couro preto. A grande fivela dourada parecia afundar o centro de seu corpo, prendendo o tecido leve de sua blusa branca. Ela usava uma jaqueta preta curta com botões de madrepérola e um boá preto que parecia ter bastante uso. As pontas de seu colarinho de tule estavam cuidadosamente desarrumadas e um grande ramalhete de flores vermelhas estava preso ao busto, com os caules para cima. Os olhos de Lenehan notaram com aprovação o corpo pequeno e robusto dela. Uma saúde óbvia e grosseira brilhava em seu rosto, em suas bochechas gordas e coradas e em seus olhos azuis imperturbáveis. Seus traços eram rudes. Ela tinha narinas grandes, uma boca larga aberta em um sorriso satisfeito e dois dentes da frente salientes. Enquanto passava, Lenehan tirou o boné e, depois de uns dez segundos, Corley retribuiu a saudação no ar. Fez isso levantando vagamente a mão e mudando a posição do chapéu.

Dois Galanteadores

Depois de uma boa caminhada até o Shelbourne Hotel, Lenehan parou e esperou. Algum tempo depois viu os dois vindo em sua direção e, quando eles viraram à direita, ele os seguiu, pisando leve com seus sapatos brancos por um lado da Merrion Square. Enquanto caminhava devagar, medindo seus passos com os deles, observou a cabeça de Corley se voltando a todo momento para mulher como uma grande bola girando em um eixo. Manteve os dois à vista até que subiram os degraus do bonde de Donnybrook, então se virou e voltou pelo mesmo caminho.

Agora que estava sozinho, seu rosto tinha uma aparência mais velha. Sua disposição parecia tê-lo abandonado e, passando pelas grades de Duke's Lawn, ele permitiu que sua mão corresse por elas. A música que o harpista estava tocando começou a controlar seus movimentos. Seus passos suaves tocavam a melodia enquanto os dedos percorriam uma escala preguiçosa de variações pelas grades depois de cada grupo de notas.

Caminhou indiferente ao redor de Stephen's Green e então desceu a Grafton Street. Embora seus olhos notassem muitos elementos da multidão por qual passava, ele o fez de forma melancólica. Achava trivial tudo que deveria encantá-lo e não respondeu aos olhares que o convidavam a ousar. Sabia que teria que falar muito, inventar e entreter, e seu cérebro e garganta estavam secos demais para isso. O problema de como ele poderia passar as horas até encontrar-se novamente com Corley o incomodava um pouco. Não conseguia pensar em um jeito de gastar o tempo além de continuar andando. Virou à esquerda na esquina da Rutland Square e se sentiu mais à vontade na rua escura e silenciosa, já que o aspecto combinava com seu humor. Finalmente fez uma pausa diante de uma vitrine de um estabelecimento pobre com os dizeres "Refrescos" escrita em letras brancas. No vidro da vitrine havia duas inscrições flutuantes: "Cerveja de Gengibre" e "Gengibirra". Um presunto cortado estava exposto em um grande prato azul ao lado de um pedaço bem claro de pudim de ameixa. Observou a comida com interesse por algum tempo e, então, depois de olhar cautelosamente para os dois lados da rua, entrou no local.

Ele estava com fome já que, fora alguns biscoitos que tinha pedido a dois garçons que o serviram de má vontade, não tinha comido nada desde o café da manhã. Se sentou em uma mesa de madeira sem toalha em frente a duas moças saídas do trabalho e um mecânico. Uma menina desmazelada o atendeu.

— Quanto custa um prato de ervilha? — ele perguntou.

— Um pêni e meio, senhor — disse a menina.

— Um prato de ervilha — ele disse — e uma garrafa de cerveja de gengibre.

Falou de modo áspero para apagar qualquer ar de distinção já que as pessoas tinham parado de falar quando ele entrou. Seu rosto estava quente. Para parecer mais natural, empurrou o boné para trás da cabeça e colocou os cotovelos na mesa. O mecânico e as trabalhadoras o examinaram antes de continuarem a conversar em voz mais baixa. A menina trouxe um prato de ervilhas, temperado com pimenta e vinagre, um garfo e sua cerveja de gengibre. Ele comeu com vontade e achou o prato tão bom que fez uma nota mental de voltar ao estabelecimento. Depois de comer todas as ervilhas, bebericou sua cerveja de gengibre e ficou sentado pensando na aventura de Corley. Em sua imaginação ele contemplou o casal andando por alguma rua escura, ouviu a voz de Corley dizendo galanteios profundos e enérgicos e viu de novo o sorriso malicioso na boca da mulher. Essa visão o fez sentir intensamente sua pobreza financeira e espiritual. Estava cansado de ficar por aí puxando o diabo pelo rabo, de planos e esquemas. Faria trinta e um em novembro. Será que nunca conseguiria um bom emprego? Nunca teria uma casa para chamar de sua? Pensou em como seria agradável se sentar perto de uma lareira acesa e ir para um bom jantar. Já tinha andado muito pelas ruas com amigos e garotas. Sabia o que valiam esses amigos – e o que essas garotas valiam também. A experiência tinha deixado seu coração amargo contra o mundo. Mas agora ele se encontrava sem esperanças. Se sentia melhor depois de ter comido, menos cansado da vida, menos derrotado em espírito. Talvez ainda pudesse sossegar em algum canto confortável e viver feliz se encontrasse uma moça simples com algum dinheiro.

Pagou dois pence e meio à menina desmazelada e saiu da loja para retomar sua caminhada. Foi até Capel Street e andou em direção à prefeitura. Virou para a Dame Street. Na esquina da George's Street encontrou dois amigos e parou para conversar. Ficou feliz em poder descansar depois de andar tanto. Os amigos perguntaram se ele tinha visto Corley e qual era a última. Ele respondeu que tinha passado o dia com Corley. Os amigos falavam pouco. Olhavam distraídos para algumas figuras entre os pedestres e às vezes faziam um comentário. Um disse que tinha visto Mac uma hora antes em Westmoreland Street. Lenehan disse que tinha visto Mac na noite anterior no Egan's. O homem que tinha visto Mac em Westmoreland Street perguntou se era verdade que Mac tinha ganhado um dinheiro numa partida de bilhar. Lenehan disse que não sabia, disse que Holohan tinha pagado algumas bebidas para eles no Egan's.

Deixou os amigos às quinze para as dez e foi para George's Street. Virou à esquerda em City Markets e caminhou para a Grafton Street. O movimento de moças e rapazes tinha diminuído e, subindo a rua, ele ouviu muitos grupos e casais se despedindo. Andou até o relógio do College of Surgeons, que batia dez horas. Apertou o passo ao longo do lado norte da Green com medo de que Corley fosse embora antes. Chegando na esquina da Merrion Street, ele parou na sombra de um poste, puxou um cigarro que tinha reservado e acendeu. Encostou ali no poste e ficou olhando fixamente para o lugar de onde esperava ver Corley e a mulher voltarem.

Sua mente ficou ativa novamente. Ele ficou imaginando se Corley tinha conseguido. Imaginou se ele já tinha feito a pergunta a ela ou se deixaria por último. Sofreu todas as dores e ansiedade da situação do amigo além da sua. Mas a memória de Corley virando a cabeça o acalmou: com certeza ele conseguiria. De repente lhe veio a ideia de que talvez Corley tivesse levado a moça para casa por outro caminho e dado o fora. Seus olhos vasculharam a rua: nenhum sinal deles. Mas com certeza já fazia meia hora que ele tinha visto o relógio do College of Surgeons. Será que Corley faria algo assim? Acendeu seu último cigarro e começou a fumar nervoso. Apertou os olhos para cada bonde que parava no canto da praça. Eles deviam ter ido para casa por outro caminho. O papel de seu cigarro rasgou e ele o jogou na rua com um palavrão.

De repente viu os dois caminhando em sua direção. Se endireitou, animado, e, ficando perto do poste, tentou ler o resultado no andar deles. Andavam rápido, a mulher dando passinhos curtos, enquanto Corley a acompanhava com seus passos largos. Não pareciam estar conversando. Uma indica-

Dois Galanteadores

ção do resultado o espetou como a ponta de um instrumento afiado. Sabia que Corley fracassaria, sabia que não daria certo.

Os dois viraram na Baggot Street, e ele os seguiu imediatamente, andando pela outra calçada. Quando pararam, ele também parou. Eles conversaram por alguns momentos e então a mulher desceu os degraus para a área de uma casa. Corley ficou parado na beira da calçada, a alguns passos de distância dos degraus da frente. Alguns minutos se passaram. Aí a porta da frente foi aberta devagar e com cuidado. Uma mulher desceu correndo os degraus da frente e tossiu. Corley se virou e foi em direção a ela. Seu corpo largo escondeu o dela por alguns segundos e então ela reapareceu subindo os degraus. A porta fechou atrás dela, e Corley começou a andar rápido em direção a Stephen's Green.

Lenehan se apressou na mesma direção. Gotas de chuva começaram a cair. Ele as considerou um aviso e, olhando de volta para a casa onde a mulher entrou para ver se não tinha sido notado, correu para o outro lado da rua. Ansiedade e corrida o deixaram sem fôlego. Ele gritou:

— Ei, Corley!

Corley virou a cabeça para ver quem o tinha chamado, e depois continuou andando como antes. Lenehan correu atrás dele, ajeitando a capa impermeável nos ombros com uma mão.

— Ei, Corley! — ele gritou outra vez.

Alcançou o amigo e olhou intensamente para seu rosto. Não conseguiu ver nada ali.

— E então? — ele disse. — Conseguiu?

Eles tinham chegado à esquina de Ely Place. Ainda sem responder, Corley desviou para a esquerda e pegou a rua lateral. Sua feição estava composta em uma calma séria. Lenehan acompanhou o amigo, respirando com dificuldade. Estava perplexo, e um tom de ameaça transpareceu em sua voz.

— Não vai contar? — ele disse. — Perguntou a ela?

Corley parou no primeiro poste e olhou severo para frente. Então com um gesto grave estendeu uma mão para a luz e, sorrindo, a abriu lentamente para o olhar de seu discípulo. Uma pequena moeda de ouro brilhou em sua palma.

A PENSÃO

Sra. Mooney era filha de um açougueiro. Era uma mulher capaz de guardar as coisas para si, uma mulher determinada. Tinha se casado com o capataz do pai e aberto um açougue perto de Spring Gardens. Mas assim que o sogro morreu, o sr. Mooney começou a sair dos trilhos. Ele bebia, esvaziava o caixa e mergulhou em dívidas. Era inútil fazê-lo prometer parar, com certeza ele voltaria a dar problemas poucos dias depois. Brigando com a esposa na frente dos fregueses e comprando carne ruim, ele arruinou o negócio. Uma noite ele atacou a esposa com um cutelo, e ela teve que dormir na casa de uma vizinha.

Depois disso eles não moraram mais juntos. Ela procurou um

A Pensão

padre, conseguiu uma separação e ficou com as crianças. Parou de dar a ele dinheiro, comida ou um lugar para dormir na casa e, assim, ele foi obrigado a se alistar como um dos homens do xerife. Era um bêbado encurvado e ensebado de rosto branco com bigode branco e sobrancelhas brancas, que pareciam desenhadas a lápis sobre seus pequenos olhos, sempre vermelhos, e ele ficava o dia inteiro sentado na sala do meirinho, esperando ser colocado para trabalhar. A sra. Mooney, que tinha pegado o que sobrou do dinheiro do açougue e aberto uma pensão em Hardwicke Street, era uma mulher grande e imponente. A casa dela tinha uma população flutuante composta de turistas de Liverpool e da Ilha de Man e, vez ou outra, acomodava também *artistes* de teatro. A população residente era de trabalhadores da cidade. Ela governava a casa com perspicácia e firmeza, sabendo quando dar crédito, quando ser severa e quando deixar as coisas passarem. Todos os residentes a chamava de *A Madame*.

Os rapazes da sra. Mooney pagavam quinze xelins por semana pela alimentação e alojamento (fora cerveja ou *stout* no jantar). Compartilhavam gostos e ocupações e por essa razão eram muito amigos. Discutiam entre si as chances de favoritos e azarões. Jack Mooney, o filho da Madame, que trabalhava para um comissionista em Fleet Street, tinha a reputação de ser uma pessoa difícil. Ele gostava de usar palavrões de soldado, geralmente chegava em casa de madrugada. Quando encontrava os amigos sempre tinha uma boa história para contar e sempre tinha certeza de estar atrás de algo bom – ou seja, um bom cavalo ou uma boa *artiste*. Também era bom de briga e cantava canções cômicas. Em algumas noites de domingo havia uma reunião na sala de estar da sra. Mooney. Os *artistes* sempre participavam, e Sheridan tocava valsas e polcas e acompanhamentos. Polly Mooney, a filha de Madame, também costumava cantar. Ela cantava:

Sou... uma menina danada.
Não precisas fingir:
Sabes que sim.

Polly era uma moça esbelta de dezenove anos, tinha cabelo claro e sedoso e uma boca pequena e cheia. Seus olhos, cinzas de um tom esverdeado, tinham como hábito olhar para cima quando ela falava com alguém, o que fazia ela parecer uma pequena Madonna perversa. A sra. Mooney tinha mandado a filha para ser datilógrafa no escritório de uma fábrica de milho, mas, como um desavergonhado homem do xerife costumava aparecer sempre no escritório pedindo para trocar algumas palavras com a filha, ela trouxe a moça de volta para casa e a colocou para fazer trabalhos domésticos. Como Polly era muito alegre, a intenção era deixar que ela lidasse com os rapazes. Além disso, homens jovens gostam de sentir que há uma mocinha por perto. Polly, claro, flertava com os rapazes, mas a sra. Mooney, muito astuta, sabia que os moços estavam só passando o tempo: nenhum deles levava a coisa a sério. Isso continuou por um bom tempo, e a sra. Mooney começava a pensar em mandar Polly de volta para o escritório, mas notou que tinha algo acontecendo entre Polly e um dos jovens. Ela observava o par e não dizia nada.

Polly sabia que estava sendo vigiada, mesmo assim o silêncio persistente da mãe não podia ser confundido. Não havia cumplicidade aberta entre mãe e filha, nenhum entendimento explícito, mas, apesar das pessoas da casa começarem a falar sobre o caso, a sra. Mooney não interveio. Polly começou a ficar com um jeito estranho, e o rapaz estava evidentemente perturbado. Por fim, quando julgou ser o momento certo, sra. Mooney agiu. Ela lidava com problemas morais como um cutelo lida com a carne e, nesse caso, já tinha se decidido.

A Pensão

Era uma manhã ensolarada de domingo do começo do verão, prometendo calor, mas com o sopro de uma brisa fresca. Todas as janelas da pensão estavam abertas e as cortinas de renda esvoaçavam para a rua sob os vidros levantados. O campanário da Igreja de São Jorge emitia badaladas constantes, e os fiéis, sozinhos ou em grupos, atravessavam o largo diante da igreja, revelando seu propósito pelo comportamento contido e pelos pequenos volumes que traziam nas mãos enluvadas. O café da manhã tinha acabado na pensão, e a mesa da sala estava coberta de pratos sujos de ovos e gordura e cascas de bacon. Sra. Mooney se sentou em uma poltrona de palha e observou a criada Mary recolhendo as louças do café. Ela fez Mary juntar as cascas e pedaços de pão partido para fazer o pudim de pão da terça-feira. Quando a mesa estava limpa, o pão partido retirado, o açúcar e a manteiga guardados e trancados, ela começou a reconstruir a conversa que tinha tido na noite anterior com Polly. As coisas eram como ela suspeitava, ela foi franca em suas perguntas, e Polly foi franca em suas respostas. As duas estavam um tanto constrangidas, claro. Ela estava constrangida por não querer receber as notícias de modo displicente ou parecer conivente, e Polly estava constrangida não apenas porque alusões daquele tipo sempre a deixavam constrangida, mas também porque não queria que achassem que, em sua sábia inocência, tinha adivinhado as intenções por trás da tolerância da mãe.

Sra. Mooney olhou instintivamente para o pequeno relógio dourado sobre a lareira assim que percebeu através de seus pensamentos que os sinos da São Jorge tinham parado. Onze e dezessete: teria bastante tempo para discutir a questão com o sr. Doran e então pegar a missa do meio-dia em Marlborough Street. Sabia que teria sucesso. Para começar, tinha todo o peso da opinião pública ao seu lado: era uma mãe indignada.

Permitiu que ele morasse sob seu teto, presumindo que era um homem honrado, e ele tinha simplesmente abusado de sua hospitalidade. Ele tinha trinta e quatro ou trinta e cinco anos, então não poderia usar a juventude como desculpa, nem a ignorância, já que era um homem que tinha visto um pouco do mundo. Ele tinha se aproveitado da juventude e da inexperiência de Polly, isso era evidente. A pergunta era: que reparação ele faria?

Reparação era necessária em casos assim. Para o homem tudo está bem, ele podia seguir com a vida como se nada tivesse acontecido, tido seu momento de prazer, mas a moça precisava lidar com as consequências. Algumas mães ficavam satisfeitas em resolver um caso assim com dinheiro, conhecia exemplos disso. Mas ela não. Para ela havia apenas uma reparação para a perda da honra da filha: casamento.

Recontou suas cartas antes de mandar Mary para o quarto do sr. Doran para dizer que queria falar com ele. Sentia que teria o resultado desejado. Ele era um homem sério, não um libertino ou falastrão como os outros. Se tivesse sido o sr. Sheridan, sr. Meade ou Galinho Lyons, sua tarefa seria muito mais difícil. Não achava que estivesse disposto a enfrentar a questão publicamente. Todos os hóspedes da casa sabiam algo sobre o caso, alguns tinham inventado detalhes. Além disso, ele trabalhava há treze anos em um escritório de um comerciante católico de vinhos e, se o caso se tornasse público, ele podia, talvez, perder o emprego. Mas se ele aceitasse, tudo ficaria certo. Para começar, sabia que ele ganhava bem e suspeitava que ele tinha algo guardado.

Quase onze e meia! Se levantou e olhou no espelho da parede. A expressão decidida de seu grande rosto corado a deixou satisfeita e ela pensou em algumas das mães que conhecia que não conseguiam se livrar das filhas.

A Pensão

O sr. Doran estava mesmo ansioso naquela manhã de domingo. Por duas vezes tentou fazer a barba, mas suas mãos tremiam tanto que foi obrigado a desistir. Três dias de barba ruiva cobriam seu maxilar e a cada dois ou três minutos seus óculos embaçavam e ele precisava tirá-los e limpá-los com seu lenço de bolso. A lembrança de sua confissão na noite anterior o causava uma dor aguda, o padre tinha arrancado dele cada detalhe ridículo do caso e no fim havia amplificado tanto seu pecado que ele quase se sentiu grato por ter recebido uma brecha para reparação. O mal estava feito. O que restava agora a não ser casar-se com ela ou fugir? Não podia se esquivar dessa. O caso já era comentado, e seu patrão certamente ficaria sabendo. Dublin é uma cidade tão pequena, todo mundo sabe da vida de todo mundo. Sentiu o coração disparar quente na garganta ouvindo em sua imaginação excitada o velho sr. Leonard chamando com sua voz rouca: *Mande o sr. Doran aqui, por favor!* Todos aqueles anos de serviço para nada! Todo seu trabalho e diligência jogados fora! Quando jovem, ele teve seus momentos de farra, claro, tinha até se gabado de ser um livre pensador e negado a existência de Deus para seus companheiros em *pubs*. Mas tudo isso era passado... quase. Ainda comprava o *Reynolds's Newspaper*[1] toda semana, mas cumpria com seus deveres religiosos e, por nove décimos do ano, levava uma vida normal. Tinha dinheiro suficiente para se estabelecer, não era isso. Mas a família não a veria com bons olhos. Primeiro havia a história vergonhosa do pai e, depois, a pensão da mãe estava começando a ganhar uma certa fama. Ele tinha noção de ter sido ludibriado. Conseguia imaginar seus amigos falando sobre o caso e rindo. Ela *era* mesmo um pouco vulgar; às vezes dizia *pra mim ver* e *sim eu soubesse*. Mas de que importava a gramática se

---

[1] *Reynolds's Weekly Newspaper,* jornal politicamente radical publicado em Londres desde 1850.

ele realmente a amasse? Não conseguia decidir se gostava dela ou a desprezava pelo que ela tinha feito. Claro que ele também tinha feito. Seu instinto era continuar livre, não se casar. Quando você se casa acabou, dizem.

Enquanto ele estava sentado na beira da cama apenas de camisa e calça, ela bateu de leve na porta e entrou. Contou tudo a ele, que havia confessado à mãe e que a mãe falaria com ele naquela manhã. Ela chorou e jogou os braços em volta de seu pescoço, dizendo:

— Oh, Bob! Bob! O que vou fazer? O que posso fazer?

Daria um fim em si mesma, ela disse.

Ele a conformou sem muita convicção, disse que não chorasse, que tudo ficaria bem, para nada temer. Sentiu contra sua camisa a agitação no peito dela.

Não era culpa só dele o que tinha acontecido. Ele lembrava bem, com a memória curiosa e paciente do celibato, das primeiras carícias casuais que o vestido, o hálito e os dedos dela tinham lhe dado. Então, certa noite, quando ele estava se despindo para dormir, ela bateu em sua porta, tímida. Queria acender de novo sua vela que tinha apagado por um sopro do vento. Era a noite de banho dela. Ela usava um penhoar aberto de flanela estampada. O peito do pé branco aparecia na abertura de suas chinelas felpudas e o sangue tinha um brilho morno por trás de sua pele perfumada. Enquanto ela acendia e firmava sua vela, um leve perfume também se fez sentir de suas mãos e pulsos.

Nas noites em que ele chegava muito tarde, era ela quem esquentava seu jantar. Mal sabia o que estava comendo, sentindo a presença dela sozinha ao lado dele, à noite, na casa adormecida. E quanta consideração ela tinha! Se a noite estivesse mesmo que um pouco fria, úmida ou se estivesse ventando, havia sempre um copinho de ponche para ele. Talvez eles pudessem ser felizes juntos...

Eles costumavam subir as escadas na ponta dos pés, cada um com uma vela, e no terceiro andar se despedir relutantes com desejos de uma boa noite. Se beijavam. Ele lembrava bem dos olhos dela, do toque de suas mãos e de seu delírio...

Mas delírios passam. Ele repetiu a frase dela, agora para ele mesmo: *O que vou fazer?* O instinto de celibatário o alertava para se conter. Mas o pecado estava ali, mesmo seu senso de honra dizia que uma reparação deveria ser feita para um pecado assim.

Enquanto estava sentado com ela na beira da cama, Mary veio até a porta e disse que a senhora queria vê-lo na sala. Se levantou para colocar o colete e o paletó, mais desamparado que nunca. Depois de se vestir, ele se aproximou para confortá-la. Ficaria tudo bem, não havia o que temer. Ele a deixou chorando na cama e gemendo baixinho: *Oh, meu Deus!*

Descendo as escadas, seus óculos ficaram tão embaçados que ele precisou tirá-los para limpar de novo. Queria ascender pelo telhado e voar para outro país onde nunca mais teria que ouvir sobre seus problemas mas, ainda assim, uma força o puxava para baixo, degrau por degrau. Os rostos implacáveis de seu patrão e da Madame fitavam sua confusão. No último lance de escadas passou por Jack Mooney que vinha da despensa com duas garrafas de cerveja Bass. Se cumprimentaram friamente, e os olhos do amante pousaram por um segundo ou dois numa cara densa de buldogue e num par de braços curtos e grossos. Chegando ao pé da escada, ele levantou os olhos e viu Jack o observando da porta do corredor.

De repente se lembrou de uma noite em que um dos *artistes*, um londrino loiro, aludiu a Polly de um jeito um tanto livre. A reunião quase foi encerrada por conta da violência de Jack. Todos tentaram acalmá-lo. O *artiste*, um pouco mais pálido que o normal, continuou sorrindo e dizendo que não quis ofender, mas Jack continuou gritando que se algum sujeito tentasse qualquer coisa com *sua* irmã, teria os dentes enfiados garganta abaixo.

Polly ficou um tempo sentada na beira da cama, chorando. Depois secou os olhos e foi até o espelho. Molhou a ponta da toalha no jarro de água e refrescou as pálpebras. Se olhou de perfil e arrumou um grampo de cabelo acima da orelha. Depois voltou para cama e se sentou. Olhou para os travesseiros por um longo tempo, e a imagem despertou em sua mente agradáveis memórias secretas. Apoiou a nuca na grade fria da cama de ferro e caiu em devaneios. Não havia mais nenhuma perturbação visível em seu rosto.

Esperou pacientemente, quase alegre, sem alarme, suas memórias dando lugar a esperanças e visões do futuro. Esperanças e visões tão intrincadas que ela não via mais os travesseiros brancos onde seus olhos estavam fixados nem se lembrava de que estava esperando alguma coisa.

Finalmente ouviu a mãe a chamando. Ela se levantou e correu até o corrimão da escada.

— Polly! Polly!

— Sim, mamãe?

— Venha aqui, querida. O sr. Doran quer falar com você.

Então ela se lembrou do que estava esperando.

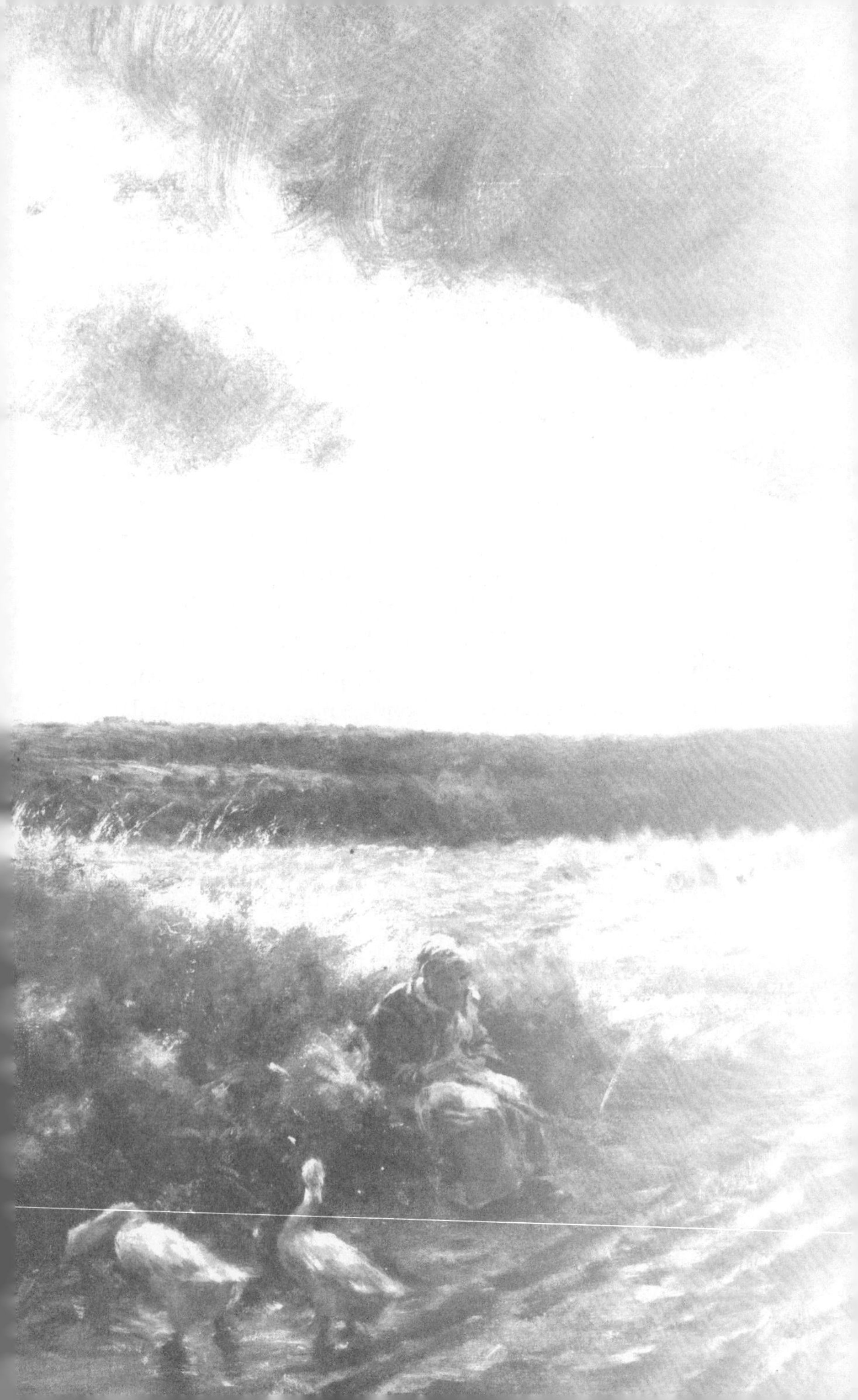

UMA NUVENZINHA

Oito anos antes, ele tinha acompanhado o amigo até North Wall e desejado boa sorte a ele. Gallaher tinha se saído bem. Era possível ver isso pelo seu ar viajado, seu terno de *tweed* bem cortado e seu sotaque destemido. Poucos sujeitos tinham talentos como ele e menos ainda continuaram os mesmos depois de tanto sucesso. O coração de Gallaher estava no lugar certo, e ele mereceu sua vitória. Era algo especial ter um amigo assim.

Desde o almoço, os pensamentos de Little Chandler estavam em seu encontro com Gallaher, no convite de Gallaher e na grande cidade de Londres, onde ele morava. O chamavam de "pequeno" Chandler porque, embora fosse apenas um pou-

Uma Nuvenzinha

co mais baixo que a estatura mediana, ele dava a ideia de ser um homem franzino. Suas mãos eram brancas e pequenas, seu porte era frágil, sua voz era baixa e seus modos eram refinados. Ele cuidava muito bem de seu cabelo e bigode claros e sedosos e usava perfume discretamente no lenço. As meias-luas de suas unhas eram perfeitas e quando ele sorria era possível ter um vislumbre de seus dentes brancos quase infantis.

Sentado em sua mesa em King's Inns[1], ele pensava nas mudanças que aqueles oito anos tinham trazido. O amigo que tinha conhecido sob uma aparência pobre e necessitada se tornou uma figura brilhante da imprensa londrina. Deixou de lado sua a escrita cansativa do trabalho para olhar pela janela do escritório. O brilho do pôr do sol do fim de outono cobria a grama e o calçamento. O poente lançava uma chuva de poeira dourada sobre as enfermeiras desarrumadas e velhos decrépitos que cochilavam nos bancos, luzindo sobre as figuras em movimento – sobre as crianças que corriam gritando pelas trilhas de cascalho e todos que passavam pelos jardins. Assistia à cena e pensava na vida, e, como sempre acontecia quando ele pensava na vida, ficou triste. Uma leve melancolia o possuiu. Sentia como era inútil lutar contra o destino, esse sendo o fardo da sabedoria que as eras lhe haviam legado.

Lembrou dos livros de poesia nas estantes em casa. Comprou-os quando era solteiro e muitas vezes à noite; enquanto estava sentado na salinha ao lado da entrada se sentia tentado a tirar um deles da estante e ler algo para sua esposa. Mas a timidez sempre o impedia, e assim os livros continuavam em suas prateleiras. Às vezes ele repetia versos para si mesmo e isso o consolava.

---

[1] Escritório jurídico de Dublin.

Quando deu seu horário, ele se levantou e se despediu pontualmente da sua mesa e de seus colegas. Emergiu sob o arco feudal de King's Inns, uma figura arrumada e modesta, e caminhou rápido pela Henrietta Street. O poente dourado estava perdendo intensidade e o ar tinha se tornado gelado. Uma horda de crianças maltrapilhas povoava a rua. Estavam paradas ou correndo pela rua ou engatinhando pelos degraus diante de portas abertas ou se agachando como ratos nas soleiras. Little Chandler não deu atenção a elas. Abria caminho habilmente por entre aquela vida diminuta e sob a sombra das mansões lúgubres e espectrais onde a velha nobreza de Dublin tinha festejado. Nenhuma memória do passado o tocava, já que sua mente estava cheia de uma alegria presente.

Nunca tinha ido ao Corless, mas conhecia a fama do nome. Sabia que as pessoas iam para lá depois do teatro para comer ostras e beber licor e tinha ouvido que os garçons falavam francês e alemão. Passando por ali à noite ele tinha visto táxis encostarem diante das portas e mulheres, ricamente vestidas e escoltadas por cavalheiros, descerem e entrarem rapidamente. Elas usavam vestidos que faziam barulho e muitas echarpes. Seus rostos eram empoados e elas levantavam seus vestidos, quando tocavam o chão, como alarmadas Atalantas. Sempre passava por ali sem voltar sua cabeça para olhar. Costumava caminhar rápido na rua mesmo de dia e sempre que se via na cidade tarde da noite andava ainda mais apreensivo e excitado. Às vezes, porém, cortejava as causas de seu medo. Escolhia as ruas mais escuras e estreitas e, enquanto caminhava, o silêncio que se espelhava depois de seus passos o perturbava, as figuras errantes silenciosas o perturbavam e, às vezes, o som de uma risada baixa passageira o fazia tremer inteiro.

Uma Nuvenzinha

Virou à direita para Capel Street. Ignatius Gallaher na imprensa londrina! Quem diria que isso seria possível há oito anos? Ainda assim, agora que estava revisando o passado, Little Chandler se lembrava de muitos sinais da futura grandeza do amigo. Diziam que Ignatius Gallaher era selvagem. Claro, ele se misturava com um grupo de sujeito libertinos naquela época, bebendo muito e emprestando dinheiro por todo lado. No fim ele acabou envolvido em alguns negócios suspeitos, transações com dinheiro, pelo menos, essa era uma versão de sua fuga. Mas ninguém negava seu talento. Sempre houve um certo... alguma coisa em Ignatius Gallaher que impressionava apesar de tudo. Mesmo quando estava em algum aperto ou sem saber o que fazer por dinheiro sempre tinha um ar ousado. Little Chandler lembrou (e a lembrança trouxe a ele um leve rubor de orgulho) algo que Ignatius Gallaher dizia quando estava em uma situação complicada:

— Intervalo, amigos — ele costumava dizer despreocupadamente. — Onde está meu chapéu de pensar?

Esse era Ignatius Gallaher, e, caramba, não havia como não o admirar.

Little Chandler apertou o passo. Pela primeira vez na vida se sentia superior às pessoas pelas quais passava. Pela primeira vez sua alma se revoltou contra a deselegância monótona de Capel Street. Não havia dúvida: se queria ter sucesso era preciso ir embora. Era impossível fazer qualquer coisa em Dublin. Ao cruzar a Grattan Bridge, olhou para o rio e para o cais abaixo e teve pena das pobres casas atrofiadas. Elas pareciam um bando de mendigos amontoados na beira do rio, os casacos velhos cobertos de poeira e fuligem, perplexos pelo panorama do pôr do sol e esperando que o frio da noite os fizesse levantar, se sacudir e ir embora. Ficou imaginando se poderia escrever um poema para expressar sua ideia. Talvez Gallaher pudesse fazer com que ele fosse publicado em algum jornal de Londres. Seria capaz de escrever algo original? Não tinha certeza de que ideia gostaria de expressar, mas o pensamento de que um momento poético o tivesse tocado ganhou vida nele como uma esperança infantil. Seguiu em frente com firmeza.

Cada passo o levava mais perto de Londres, mais longe de sua própria vida sóbria e inartística. Uma luz começou a brilhar no horizonte de sua mente. Não era tão velho – tinha trinta e dois. Poderia dizer que seu temperamento estava quase no ponto da maturidade. Havia tantos estados de espírito e impressões diferentes que ele desejava expressar em verso. Sentia-os dentro de si. Tentou analisar sua alma para ver se era uma alma de poeta. Melancolia era uma nota dominante de seu temperamento, ele achava, mas era uma melancolia temperada por fé recorrente, resignação e prazer simples. Se ele pudesse expressar tudo isso em um livro de poemas, talvez os homens o ouvissem. Ele nunca seria popular, sabia disso. Não influenciaria multidões, mas podia ter apelo para um círculo de mentes semelhantes. Os críticos ingleses talvez o reconhecessem como um membro da escola celta em razão do tom melancólico de seus poemas, além disso, ele faria alusões. Começou a inventar frases das resenhas que seu livro receberia. *Sr. Chandler tem o dom do verso fácil e gracioso... Uma tristeza saudosa permeia seus poemas... A nota celta.* Era uma pena que seu nome não fosse mais irlandês. Talvez fosse uma boa ideia inserir o nome da mãe antes do sobrenome: Thomas Malone Chandler ou, melhor ainda, T. Malone Chandler. Falaria com Gallaher sobre isso.

Uma Nuvenzinha

Seguiu seu devaneio de maneira tão ardente que passou de sua rua de destino e teve que voltar. Chegando no Corless, sua agitação anterior começou a dominá-lo e ele parou diante da porta, indeciso. Por fim, abriu a porta e entrou.

A luz e o barulho do bar o detiveram por alguns momentos. Olhou ao redor, mas sua visão se confundia pelo brilho de muitas taças de vinho vermelhas e verdes. O bar lhe pareceu cheio, e sentiu que as pessoas o observavam curiosamente. Olhou rápido para a direta e para a esquerda (franzindo a testa levemente para fazer parecer que sua tarefa era séria), mas quando sua visão clareou um pouco, notou que ninguém tinha se voltado para olhar para ele; e lá, claro, estava Ignatius Gallaher, de costas para o balcão e com os pés bem separados.

— Olá, Tommy, meu velho herói, aqui está você! O que vai ser? O que vai beber? Estou tomando uísque, coisa boa, melhor do que do outro lado do mar. Soda? Água? Mineral não? O mesmo para mim. Estraga o sabor... Aqui, *garçon*, duas doses de uísque de malte para nós, como um bom camarada... Então, como você tem passado desde a última vez que te vi? Bom Deus, como estamos velhos! Vê algum sinal da idade em mim, hein, o quê? Um pouco grisalho e ralo aqui em cima, hum?

Ignatius Gallaher tirou seu chapéu e mostrou uma cabeça com o cabelo raspado curto. Seu rosto era pesado, pálido e bem barbeado. Seus olhos, que eram de um azulado tom de ardósia, amenizavam sua palidez doentia e brilhavam intensamente sobre a gravata laranja chamativa que ele usava. Entre esses traços rivais, os lábios pareciam muito longos, sem forma definida e sem cor. Ele curvou a cabeça e sentiu com dois dedos compreensivos o cabelo ralo no topo. Little Chandler balançou a cabeça negando. Ignatius Gallaher colocou o chapéu de novo.

— Acaba com você — ele disse. — A vida na imprensa. Sempre com pressa, correndo, procurando e às vezes não encontrando, e aí, sempre ter algo novo no seu material. Danem-se as provas e editores, digo, por alguns dias. Estou muito feliz, te digo, em voltar para o velho país. Faz bem para o sujeito, umas férias. Me sinto muito melhor desde que coloquei os pés de novo na querida e imunda Dublin... E aqui está você, Tommy. Água? Me diga quando quiser.

Little Chandler deixou seu uísque ser bem diluído.

— Você não sabe o que é bom, meu garoto — disse Ignatius Gallaher. — Bebo o meu puro.

— Como regra, bebo muito pouco — disse Little Chandler, com modéstia. — Uma ou duas quando encontro a velha turma, e só.

— Ah, bom — disse Ignatius Gallaher, alegre —, aqui, a nós e aos velhos tempos e aos velhos conhecidos.

Brindaram e beberam.

— Encontrei parte da velha turma hoje — disse Ignatius Gallaher. — O'Hara parece estar na pior. O que ele anda fazendo?

— Nada — disse Little Chandler. — Está arruinado.

— Mas Hogan tem uma boa posição, não?

— Sim, ele está na Comissão de Terras[2].

— Encontrei-o em Londres uma noite e ele parecia muito bem... Pobre O'Hara! Bebida, suponho?

---

[2] Órgão responsável na época pela redistribuição de terras para agricultura na Irlanda.

— Outras coisas também — disse Little Chandler, breve.

Ignatius Gallaher riu.

— Tommy — ele disse —, vejo que você não mudou um átomo. É a mesma pessoa séria que me passava sermão nas manhãs de domingo quando eu tinha dor de cabeça e pelos na língua. Você precisa ver um pouco do mundo. Nunca foi para outro lugar, mesmo a passeio?

— Estive na Ilha de Man — disse Little Chandler.

Ignatius Gallaher riu.

— A Ilha de Man! — ele disse. — Vá a Londres ou Paris. Paris, de preferência. Seria bom para você.

— Você já esteve em Paris?

— Eu diria que sim! Andei um pouco por lá.

— É realmente tão bonita quanto dizem? — perguntou Little Chandler.

Tomou um golinho de seu drinque enquanto Ignatius Gallaher virava o dele.

— Bonita? — disse Ignatius Gallaher, pausando na palavra e no sabor do drinque. — Nem é tão bonita assim, sabe. Claro, é linda... Mas é a vida de Paris; essa é a graça. Ah, não há cidade como Paris para diversão, movimento, emoção...

Little Chandler terminou seu uísque e, com alguma dificuldade, conseguiu chamar a atenção do *barman*. Pediu o mesmo.

— Estive no Moulin Rouge — Ignatius Gallaher continuou quando o *barman* levou seus copos — e estive em todos os cafés boêmios. Coisa quente. Não é para um camarada pio como você, Tommy.

Little Chandler não disse nada até que o *barman* retornou com dois copos; aí tocou o copo do amigo e retribuiu o brinde anterior. Estava começando a se sentir um tanto desiludido. O sotaque de Gallaher e o jeito como ele se expressava não o agradavam. Havia algo de vulgar no amigo que não tinha notado antes. Mas talvez fosse apenas o resultado de viver em Londres entre o alvoroço e a competição da imprensa. O velho charme pessoal ainda estava lá sob seu novo jeito espalhafatoso. E, afinal de contas, Gallaher tinha vivido, tinha visto o mundo. Little Chandler olhou para o amigo com inveja.

— Tudo em Paris é alegre — disse Ignatius Gallaher. — Eles acreditam em aproveitar a vida –, e você não acha que eles têm razão? Se quer realmente se divertir você precisa ir a Paris. E, imagine só, eles gostam muito dos irlandeses por lá. Quando ouviam que eu era da Irlanda, só faltavam me engolir, colega.

Little Chandler tomou quatro ou cinco golinhos de seu copo.

— Me conte — ele disse —, é verdade que Paris é tão... imoral quanto dizem?

Ignatius Gallaher fez um gesto católico com o braço direito.

— Todo lugar é imoral — ele disse. — Claro que você encontra coisas picantes em Paris. Vá a um baile de estudantes, por exemplo. É uma animação, se você preferir, quando as *cocottes* começam a se soltar. Você sabe o que é isso, suponho?

— Ouvi falar delas — disse Little Chandler.

Ignatius Gallaher bebeu seu uísque se balançou a cabeça.

— Ah — ele disse —, diga o que for. Não há mulher como a parisiense – no estilo, no jeito.

— Então é uma cidade imoral — disse Little Chandler, com uma insistência tímida —, quer dizer, comparado com Londres ou Dublin?

— Londres! — disse Ignatius Gallaher. — É trocar seis por meia dúzia. Pergunte a Hogan, meu menino. Mostrei a ele um pouco de Londres quando ele estava por lá. Ele abriria seus olhos... Te digo, Tommy, não deixe seu uísque virar ponche, pode virar.

— Não, sério...

— Oh, vamos lá, outro não vai fazer mal. O que vai ser? O mesmo, suponho?

— Bom... está bem.

— *François*, o mesmo... Vai fumar, Tommy?

Ignatius Gallaher pegou sua cigarreira. Os dois amigos acenderam seus charutos e fumaram em silêncio até que seus drinques fossem servidos.

— Minha opinião — disse Ignatius Gallaher, emergindo depois de um tempo das nuvens de fumaça onde tinha se refugiado —, é um mundo estranho. Falar de imoralidade! Já ouvi casos – o que estou dizendo? – os conheço: casos de... imoralidade...

Ignatius Gallaher deu uma baforada pensativa em seu charuto e, então, num tom calmo de historiador, começou a desenhar para o amigo algumas imagens de corrupção que eram comuns no exterior. Enumerou os vícios de muitas capitais e parecia inclinado a dar o troféu a Berlim. Algumas coisas ele não podia garantir – amigos tinham contado –, mas de outras ele tinha experiência pessoal. Não poupava nenhuma posição social. Revelou muitos dos segredos das casas religiosas do continente e descreveu algumas das práticas que estavam na moda na alta sociedade e acabou contando, com detalhes, a história de uma duquesa inglesa – uma história que sabia ser verdadeira. Little Chandler ficou abismado.

— Ah, bom — disse Ignatius Gallaher —, aqui estamos na velha e ordinária Dublin, onde ninguém sabe de coisas assim.

— Você deve achar um tédio — disse Little Chandler —, depois de todos os lugares que viu!

— Bom — disse Ignatius Gallaher —, é relaxante voltar, sabe. E, afinal, é o velho país, como dizem, não é mesmo? Você não consegue deixar de ter um certo sentimento por ele. É a natureza humana... Mas me fale de você. Hogan disse que você... teve um gostinho das alegrias da vida conjugal. Dois anos atrás, não?

Little Chandler corou e sorriu.

— Sim! — ele disse. — Um ano de casado em maio passado.

— Espero que não seja muito tarde para oferecer meus parabéns — disse Ignatius Gallaher. — Eu não tinha seu endereço, senão teria feito isso na época.

Ele estendeu sua mão, que Little Chandler a apertou.

— Bom, Tommy — ele disse —, desejo toda felicidade do mundo para você e os seus, velho amigo, e muito dinheiro, e que você não morra a não ser que eu te dê um tiro. São os votos de um amigo sincero, um velho amigo. Você sabe disso?

— Eu sei — disse Little Chandler.

— Filhos? — disse Ignatius Gallaher.

Little Chandler corou de novo.

— Temos um — ele disse.

— Filho ou filha?

— Um menino.

Ignatius Gallaher deu um tapinha sonoro nas costas do amigo.

— Bravo — ele disse —, nunca duvidei de você, Tommy.

Little Chandler sorriu, olhando confuso para seu copo e mordendo o lábio com três dentes brancos infantis.

— Eu gostaria que você viesse passar uma noite conosco — ele disse —, antes de voltar. Minha esposa ficaria encantada em te conhecer. Poderíamos ouvir um pouco de música e...

— Muito obrigado, velho amigo — disse Ignatius Gallaher —, uma pena não termos nos encontrado antes. Mas vou embora amanhã à noite.

— Hoje então, talvez...?

— Sinto muitíssimo, meu velho. Veja você, estou aqui com outro sujeito, um jovem camarada muito esperto também, e combinamos de ir a uma festa jogar cartas. Se não fosse por isso...

— Oh, nesse caso...

— Mas quem sabe? — disse Ignatius Gallaher atenciosamente. — Ano que vem posso dar uma passada aqui agora que quebrei o gelo. Será apenas um prazer adiado.

— Muito bem — disse Little Chandler —, da próxima vez

que você vier temos que passar uma noite todos juntos. Fica combinado então?

— Sim, combinado! — disse Ignatius Gallaher. — Ano que vem se eu vier, *parole d'honneur*[3].

— E para fechar negócio — disse Little Chandler —, vamos tomar só mais uma.

Ignatius Gallaher pegou um grande relógio de ouro e viu as horas.

— Essa vai ser a última? — ele disse. — Porque você sabe, tenho um compromisso.

— Ah, sim, com certeza! — disse Little Chandler.

— Muito bem, então — disse Ignatius Gallaher —, vamos tomar mais um como *deoc an doruis*[4] - que quer dizer um uisquezinho, acredito.

Little Chandler pediu os drinques. O rubor que tinha subido ao seu rosto momentos antes se estabeleceu. Qualquer coisa o fazia corar, e agora ele se sentia quente e excitado. Três doses pequenas de uísque tinham lhe subido à cabeça e o charuto forte de Gallaher tinha confundido sua mente, pois ele era uma pessoa delicada e abstinente. A aventura de ter encontrado Gallaher oito anos depois, de estar com Gallaher no Corless cercado de luzes e barulho, de ouvir as histórias de Gallaher e compartilhar por um breve momento a vida errante e triunfal de Gallaher tinham perturbado o equilíbrio de sua natureza sensível. Sentia agudamente o contraste entre sua

---

[3] "Palavra de honra" em francês.

[4] "Bebida da porta" em irlandês, equivalente a "saideira".

Uma Nuvenzinha

própria vida e a do amigo, e isso lhe parecia injusto. Gallaher era inferior a ele em nascimento e educação. Tinha certeza de que conseguiria fazer algo melhor do que tudo que o amigo já tinha feito ou que poderia fazer algo melhor que mero jornalismo de mau gosto se ao menos tivesse a chance. O que o impedia? Sua infeliz timidez! Ele queria se justificar de algum jeito, reivindicar de alguma forma a sua masculinidade. Via o que estava por trás da recusa de Gallaher ao seu convite. Gallaher estava apenas sendo condescendente à sua simpatia, assim como era condescendente com a Irlanda em sua visita.

O *barman* trouxe os drinques. Little Chandler empurrou o copo na direção do amigo e pegou o seu com firmeza.

— Quem sabe? — ele disse, enquanto eles levantavam os copos. — Quando você vier ano que vem posso ter o prazer de desejar vida longa e felicidade para o sr. e sra. Ignatius Gallaher.

Ignatius Gallaher enquanto bebia fechou um olho expressivamente sob a borda do copo. Terminado, ele estalou os lábios decididamente, colocou o copo no balcão e disse:

— Isso não tema, meu garoto. Vou me divertir primeiro e ver um pouco da vida e do mundo antes de colocar as rédeas – se é que vou.

— Um dia você vai — disse calmamente Little Chandler.

Ignatius Gallaher voltou sua gravata laranja e seus olhos azul-ardósia direto para o amigo.

— Você acha? — ele disse.

— Vai colocar as rédeas — repetiu com firmeza Little Chandler — como todo mundo, se conseguir achar a moça certa.

Ele havia enfatizado ligeiramente seu tom e estava consciente de que tinha se traído, mas, embora a cor de suas bochechas tivesse se intensificado, não desviou do olhar do amigo. Ignatius Gallaher o observou por alguns momentos e disse:

— Se isso acontecer, pode apostar seu último dólar que não haverá frescuras. Me caso por dinheiro. Ela terá uma gorda conta no banco ou não servirá para mim.

Little Chandler balançou a cabeça.

— Por que, meu Deus... — disse Ignatius Gallaher com veemência — Sabe por quê? Basta eu erguer um dedo e amanhã já tenho a mulher e o dinheiro. Não acredita? Bom, eu sei. Há centenas – o que estou dizendo? – milhares de alemãs e judias, podres de ricas, que ficariam felizes... Espere só, meu menino. Espere para ver se não jogo as cartas certas. Quando falo, falo sério, lhe garanto. Espere.

Ele virou o copo na boca, terminou seu drinque e riu alto. Então olhou pensativo para frente e disse em um tom mais calmo:

— Mas não estou com pressa. Elas podem esperar. Não gosto de me ver preso a uma mulher só, sabe.

Imitou com a boca o gesto de provar alguma coisa e fez uma careta.

— Deve perder o gosto logo, acho — ele disse.

Little Chandler estava sentado na sala, segurando uma criança nos braços. Para economizar, eles não tinham criada, mas a irmã mais nova de Annie vinha por cerca de uma hora de manhã e à noite para ajudar. Mas Mônica tinha ido fazia tempo. Eram quinze para as nove. Little Chandler havia chegado em casa tarde para o chá e, além disso, esqueceu de trazer à Annie o pacote de café da Bewley's. Claro que ela estava de mau humor e lhe deu respostas curtas. Ela disse que passaria sem o chá, mas quando chegou a hora em que a loja da esquina fecharia, decidiu sair ela mesma para comprar um quarto de libra de chá e duas libras de açúcar. Ela colocou com jeito a criança adormecida no colo dele e disse:

— Aqui. Não o acorde! Uma pequena luminária de porcelana branca estava em cima da mesa e sua luz caía sobre uma foto numa moldura de chifre. Era uma fotografia de Annie. Little Chandler olhou para ela, pausando nos seus lábios finos apertados. Ela estava usando um blusa azul-claro de verão que ele tinha trazido como presente para ela num sábado. Custou dez xelins e onze pence, mas havia custado muito mais em agonia e nervosismo para ele. Como sofreu aquele dia, esperando na porta até que a loja estivesse vazia, de pé no balcão tentando parecer calmo enquanto a moça empilhava blusas femininas na sua frente, pagando, esquecendo o troco, sendo chamado de volta pelo caixa e, finalmente, tentando esconder o rubor examinando se o pacote estava bem amarrado quando saía da loja. Quando trouxe a blusa para casa, Annie o beijou e disse que era muito bonita e na moda, mas quando ouviu o preço, ela jogou a blusa na mesa e disse que era um roubo cobrar dez xelins e onze pence por ela. Primeiro ela quis devolver, mas quando experimentou a blusa ficou encantada, especialmente com o corte das mangas, e o beijou e disse que ele era muito carinhoso em pensar nela.

— Hm!...

Olhou friamente para os olhos da fotografia e eles responderam friamente. Claro, eram olhos bonitos e o rosto em si era bonito. Mas ele encontrou algo de maldoso ali. Por que era um rosto tão inconsciente e apropriado? A compostura dos olhos o irritava. Eles o repeliam e o desafiavam, não havia paixão neles, não havia encanto. Pensou no que Gallaher tinha dito sobre judias ricas. Aqueles olhos escuros orientais, ele pensou, quão cheios de paixão, de desejo voluptuoso!... Por que tinha se casado com aqueles olhos da fotografia?

Ele se surpreendeu com a própria pergunta e olhou nervoso ao redor da sala. Encontrou algo mau nos móveis bonitos que comprou à prestação para sua casa. A própria Annie os tinha escolhido, e eles o lembravam dela. Também eram afetados e bonitos. Um ressentimento aborrecido contra sua vida despertou dentro dele. Não podia escapar de sua pequena casa? Era tarde demais para tentar viver corajosamente como Gallaher? Poderia ir para Londres? Ainda havia móveis a pagar. Se pudesse escrever um livro e ser publicado, isso poderia abrir as portas para ele.

Um volume dos poemas de Byron estava diante dele na mesa. Ele o abriu com cuidado com a mão esquerda para não acordar a criança e começou a ler o primeiro poema do livro:

> *Mudos são os ventos e parada a tarde escura,*
> *Nem mesmo um Zéfiro vaga pela floresta,*
> *Retorno para o túmulo de minha Margaret*
> *E espalho flores na poeira que resta.*[5]

Parou ali. Sentiu o ritmo do verso sobre si na sala. A melancolia! Poderia ele também escrever assim, expressar a melancolia de sua alma em verso? Havia tanto que ele queria descrever: sua sensação algumas horas antes na Grattan Bridge, por

---

[5] Primeira estrofe do poema "On The Death Of A Young Lady" (1802) de Lord Byron.

exemplo. Se pudesse voltar àquele estado de espírito...

A criança acordou e começou a chorar. Ele desviou os olhos da página e tentou acalmá-la, mas a criança não queria se acalmar. Começou a balançá-la de um lado para o outro, mas o choro ficava cada vez mais agudo. Balançou a criança mais rápido enquanto seus olhos começavam a ler a segunda estrofe:

Dentro da cela estreita repousa seu barro,
O barro que...

Era inútil. Ele não conseguia ler. Não conseguia fazer nada. O choro da criança perfurava seus tímpanos. Era inútil, inútil! Ele era um prisioneiro perpétuo. Seus braços tremiam de raiva e de repente curvou-se sobre o rosto da criança e gritou:

— Pare!

A criança parou por um instante, teve um espasmo de susto e começou a gritar. Ele se levantou da cadeira e começou a caminhar rápido de um lado para o outro da sala com a criança nos braços. Ela passou a soluçar, perdendo o fôlego por quatro ou cinco segundos, e começando de novo. As paredes finas da sala ecoavam o som. Tentou acalmá-la, mas ela chorou ainda mais convulsivamente. Olhou para o rosto contraído e trêmulo da criança e ficou alarmado. Contou sete soluços seguidos e apertou a criança contra o peito com medo. E se morresse!...

A porta se abriu de supetão e uma jovem mulher entrou correndo, sem fôlego.

— O que foi? O que foi? — ela gritava.

A criança, ouvindo a voz da mãe, irrompeu em um paroxismo de choro.

— Não foi nada, Annie... não foi nada... Ele começou a chorar...

Ela jogou as compras no chão e arrancou a criança dele.

— O que você fez com ele? — ela gritou, olhando duramente para seu rosto.

Little Chandler sustentou por um momento os olhos dela e seu coração se fechou ao encontrar o ódio neles. Começou a gaguejar:

— Não foi nada... Ele... ele começou a chorar... Eu não conseguia... Não fiz nada... O quê?

Sem lhe dar atenção, ela começou a andar de um lado para o outro da sala, segurando a criança firmemente em seus braços e murmurando:

— Meu homenzinho! Meu pequenino! Assustou, amor? Pronto, amor? Pronto!... Lambabaun![6] Cordeirinho da mamãe!... Pronto!Little Chandler sentiu suas bochechas queimarem de vergonha e se afastou da luz da luminária. Ficou ouvindo enquanto o paroxismo de choro da criança diminuía e diminuía; e seus olhos se encheram de lágrimas de remorso.

---

[6] Irlandês deturpado significando algo como "cordeirinho" ou "criancinha".

DUPLICATAS

A sineta tocou furiosa e, quando a srta. Parker foi até o tubo[1], uma voz irritada gritou num sotaque perfurante do norte da Irlanda:

— Mande Farrington aqui!

Srta. Parker voltou para sua máquina, dizendo para um homem que estava escrevendo em uma mesa:

— Sr. Alleyne está te chamando lá em cima.

O homem murmurou "Que se exploda" baixinho e empurrou

---
[1] Antigo meio de comunicação entre andares de prédios comerciais.

sua cadeira para trás para se levantar. De pé ele era alto e corpulento. Tinha um rosto caído, pele cor de vinho, com sobrancelhas e bigode claros, seus olhos eram ligeiramente saltados com as partes brancas amareladas. Ele levantou o balcão e, passando pelos clientes, foi para o escritório com o caminhar pesado.

Subiu as escadas até o segundo andar, onde uma porta tinha uma placa de bronze com a inscrição "Sr. Alleyne". Ali ele parou, ofegante com o esforço e a vexação, e bateu. A voz cortante gritou:

— Entre!

O homem entrou na sala do sr. Alleyne. Simultaneamente, sr. Alleyne, um homem baixinho com óculos de armação dourada em um rosto barbeado, levantou a cabeça de uma pilha de documentos. A cabeça em si era tão rosada e calva que parecia um grande ovo repousando sobre os papéis. Sr. Alleyne não perdeu tempo:

— Farrington? O que significa isto? Por que sempre tenho reclamações sobre você? Posso saber por que você não fez uma cópia do contrato entre Bodley e Kirwan? Eu disse que isso tinha que estar pronto às quatro.

— Mas o sr. Shelley disse, senhor...

— *O sr. Shelley disse, senhor...* Faça o favor de ouvir o que eu digo e não o que *o sr. Shelley disse, senhor*. Você sempre tem uma desculpa ou outra para fugir do trabalho. Te digo uma coisa, se o contrato não estiver copiado antes desta noite vou levar a questão para o sr. Crosbie... Você me ouviu?

— Sim, senhor.

— Me ouviu?... Ah, e outra coisinha! É como se eu estivesse

falando com as paredes com você. Entenda de uma vez por todas que você tem meia hora de almoço e não uma hora e meia. Quantos pratos você come, isso eu queria saber... Me entendeu?

— Sim, senhor.

Sr. Alleyne baixou a cabeça novamente para sua pilha de papéis. O homem olhou fixamente para o crânio polido que dirigia os negócios na Crosbie & Alleyne, avaliando sua fragilidade. Um espasmo de raiva fechou sua garganta por alguns momentos e então passou, deixando uma forte sede. O homem reconheceu a sensação e sentiu que precisava beber aquela noite. O mês já estava para mais da metade e, se ele conseguisse fazer a cópia a tempo, o sr. Alleyne poderia lhe dar um adiantamento. Ficou parado lá, olhando fixamente para a cabeça sobre a pilha de papéis. De repente sr. Alleyne começou a revirar os papéis, procurando alguma coisa. Então, como se não tivesse percebido a presença do homem até aquele momento, levantou a cabeça de novo, dizendo:

— Hein? Vai ficar parado aí o dia inteiro? Juro por Deus, Farrington, você não leva nada a sério!

— Eu estava esperando para ver se...

— Muito bom, não precisa esperar para ver. Volte lá para baixo e faça seu trabalho!O homem andou de modo arrastado até a porta e, enquanto saía da sala, ouviu o sr. Alleyne gritar atrás dele que se o contrato não estivesse copiado até aquela noite o sr. Crosbie ficaria sabendo.

Voltou para sua mesa no escritório de baixo e contou as folhas que ainda precisavam ser copiadas. Pegou sua caneta e mergulhou na tinta, mas continuou a olhar estupidamente para as últimas palavras que tinha escrito: *Em nenhum caso o supracitado Bernard Bodley poderá...* Estava ficando tarde e em alguns minutos acenderiam a luz a gás, aí ele poderia escrever. Sentiu que precisava saciar a sede em sua garganta. Se levantou da mesa e, erguendo o balcão como antes, saiu do escritório. Enquanto estava passando, o chefe do escritório olhou para ele em interrogação.

— Tudo bem, sr. Shelley — disse o homem, apontando com o dedo para indicar o objetivo de sua jornada[2].

O chefe olhou para o cabideiro, mas, vendo a fileira de chapéus completa, não fez nenhum comentário. Assim que pisou na escada, o homem tirou um boné de pastor xadrez do bolso, o colocou na cabeça e desceu rapidamente os precários degraus. Da porta da rua, ele andou furtivamente pelo lado interno da calçada até a esquina e logo entrou em uma porta. Agora ele estava seguro no aconchego escuro do O'Neill's, e tapando a pequena janela do bar com seu rosto inflamado, da cor de vinho ou carne, pediu:

— Aqui, Pat, me veja uma, por favor.

O garçom trouxe um copo de cerveja preta. O homem bebeu tudo de um só gole e pediu uma semente de cominho[3]. Colocou um pence no balcão e, deixando o garçom tatear na penumbra pelo dinheiro, saiu do bar tão furtivamente quanto entrou.

Uma escuridão, acompanhada de uma neblina espessa, avançava no crepúsculo de fevereiro, e os postes na Eustace Street já

---

[2] Que iria ao banheiro.

[3] Para disfarçar o hálito de álcool.

tinham sido acesos. O homem passou pelas casas até chegar à porta do escritório, imaginando se conseguiria terminar sua cópia a tempo. Na escada um odor úmido e pungente de perfumes saudou seu nariz: era evidente que a srta. Delacour tinha chegado enquanto ele estava no O'Neill's. Enfiou o boné de novo no bolso e entrou no escritório, assumindo um ar distraído.

— Sr. Alleyne estava te chamando — disse severo o chefe do escritório. — Onde você estava?

O homem olhou para os dois clientes que estavam no balcão como se quisesse dizer que a presença deles o impedia de responder. Como os clientes eram homens, o chefe se permitiu uma risada.

— Conheço esse jogo — ele disse. — Cinco vezes em um dia é um pouco... Bom, acorde e pegue uma cópia da nossa correspondência no caso Delacour para o sr. Alleyne.

Ser advertido assim em público, a corrida pelas escadas e a cerveja que ele tinha bebido tão rápido confundiram o homem e, enquanto se sentava em sua mesa para fazer o que foi pedido, percebeu quão sem esperança era a tarefa de terminar a cópia do contrato antes das cinco e meia. A noite escura e úmida estava chegando e ele ansiava por passá-la em bares, bebendo com os amigos entre o brilho do gás e o barulho dos copos. Pegou a correspondência de Delacour e saiu do escritório. Esperava que sr. Alleyne não descobrisse que as duas últimas cartas estavam faltando.

O perfume forte pairava por todo o caminho até a sala do sr. Alleyne. A srta. Delacour era uma mulher de meia-idade de aparência judia. Diziam que o sr. Alleyne tinha uma queda por ela ou por seu dinheiro. Ela vinha ao escritório com frequência e ficava por um longo tempo. Estava sentada do lado da mesa dele agora em meio ao aroma de perfumes, alisando o cabo de seu guarda-chuva e balançando a grande pluma preta em seu chapéu. O sr. Alleyne tinha virado sua cadeira para ficar de frente para ela e cruzado o pé direito descontraidamente por cima do joelho esquerdo. O homem colocou a correspondência na mesa e se curvou em respeito, mas nem o sr. Alleyne nem a srta. Delacour notaram. Sr. Alleyne bateu com o dedo na correspondência e apontou para ele como dizendo: *Só isso: pode ir.*

O homem voltou para o escritório de baixo e se sentou novamente na mesa. Olhou intensamente para a frase incompleta: *Em nenhum caso o supracitado Bernard Bodley poderá...* e pensou como o nome com a primeira letra repetida era estranho. O chefe do escritório começou a apressar a srta. Parker, dizendo que assim ela nunca terminaria de datilografar as cartas a tempo de mandar para o correio. O homem ouviu os cliques da máquina por alguns minutos e então se preparou para terminar a cópia. Mas sua cabeça não estava clara e sua mente vagava para o brilho e burburinho do bar. Era uma noite para ponches quentes. Lutava com sua cópia, mas quando o relógio bateu cinco ele ainda tinha quatorze páginas para escrever. Que se exploda! Não conseguiria terminar a tempo. Queria amaldiçoar em voz alta, bater com os punhos em algo violentamente. Estava tão enraivecido que escreveu *Bernard Bernard* em vez de *Bernard Bodley* e teve que começar de novo em uma folha limpa.

Se sentia forte o suficiente para quebrar o escritório inteiro sozinho. Seu corpo ansiava por fazer alguma coisa, para sair correndo e se refestelar em violência. Todas as indignidades de sua vida o enfureciam... Podia pedir em particular ao caixa um adiantamento? Não, o caixa não o ajudava, não o ajudava em nada, não lhe daria um adiantamento... Ele já sabia onde encontraria os colegas: Leonard, O'Halloran e Narigão Flynn. O barômetro de sua natureza emocional apontava para um acesso de revolta.

Sua imaginação o distraiu tanto que seu nome teve que ser chamado duas vezes antes que ele respondesse. Sr. Alleyne e a srta. Delacour estavam parados do lado de fora do balcão e todos os funcionários tinham se virado antecipando alguma coisa. O homem se levantou de sua mesa. Sr. Alleyne começou um tirada de insultos, dizendo que duas cartas estavam faltando. O homem respondeu que não sabia nada sobre isso, que tinha feito uma cópia fiel. A tirada continuou tão amarga e violenta que o homem mal conseguia conter seu punho de descer sobre a cabeça daquele boneco em sua frente:

— Não sei nada sobre as outras duas cartas — disse ele estupidamente.

— *Não — sabe — nada.* Claro que não sabe nada — disse sr. Alleyne. — Me diga — ele acrescentou, procurando primeiro a aprovação da dama ao seu lado —, você acha que sou idiota? Acha que eu sou um completo idiota?

O homem passou os olhos do rosto da dama para a pequena cabeça de ovo e de volta, e, quase antes que se desse conta, sua língua tinha encontrado um momento oportuno:

— Não acho, senhor — ele disse —, que essa seja uma pergunta justa a me fazer.

Houve uma pausa na própria respiração e na dos outros funcionários. Estavam todos pasmos – o autor da frase não menos que seus colegas – e a srta. Delacour, que era uma pessoa muito simpática, foi abrindo um sorriso. Sr. Alleyne ficou da cor de uma rosa selvagem e sua boca se contraiu com a fúria de um anão. Sacudiu o punho na cara do homem até quase vibrar como a alavanca de alguma máquina elétrica:

— Seu rufião impertinente! Rufião impertinente! Vou acabar com você! Espere para ver! Você vai pedir desculpas por sua impertinência ou sair deste escritório imediatamente! Vai sair daqui, estou dizendo, ou vai se desculpar!

Ele estava parado em uma porta do outro lado do escritório esperando para ver se o caixa sairia sozinho. Todos os outros funcionários passaram e finalmente o caixa saiu com o chefe do escritório. Era inútil tentar falar com ele enquanto ele estivesse com o chefe. O homem sentia que sua posição já não era das melhores. Foi obrigado a oferecer uma desculpa abjeta ao sr. Alleyne por sua impertinência, mas sabia que o escritório seria vespeiro para ele. Lembrava de como o sr. Alleyne tinha perseguido o pobre Peake até ele sair do escritório para dar lugar ao seu sobrinho. Se sentia selvagem, sedento e vingativo, irritado consigo mesmo e com todo mundo. O sr. Alleyne não lhe daria mais sossego; sua vida seria um inferno. Fez um belo papel de idiota dessa vez. Não podia ter segurado a língua? Mas eles nunca se acertaram, ele e o sr. Alleyne, desde o dia em que Alleyne tinha ouvido ele imitando seu sotaque do norte para fazer Higgins e a srta. Parker rirem: aquilo tinha sido o começo. Podia ter pedido dinheiro ao Higgins, mas Higgins nunca tinha nem para ele. Um homem com duas casas para manter, claro que não tinha...

Sentiu seu grande corpo novamente desejando o conforto do bar. A neblina tinha começado a esfriar e ele imaginou se podia pedir algo ao Pat do O'Neill's. Não tinha como lhe pedir mais uma merreca – e uma merreca não dava para nada. Ainda assim tinha que arranjar dinheiro de um jeito ou de outro, tinha gastado seu último pene na cerveja preta e logo seria tarde demais para conseguir qualquer coisa. De repente, enquanto mexia na corrente de seu relógio, lembrou da loja de penhor Terry Kelly em Fleet Street. Isso! Por que não pensou nisso antes?

Atravessou rapidamente o beco estreito de Temple Bar, murmurando para si mesmo que podiam todos ir para o inferno porque ele teria sua noitada. O balconista da loja de penhores disse *Uma coroa!*, mas o consignador insistiu em seis xelins, e no final os seis xelins ele levou. Saiu alegre da loja, fazendo um pequeno cilindro com as moedas na palma da mão. Em Westmoreland Street as calçadas estavam cheias de homens e mulheres voltando do trabalho, e meninos esfarrapados corriam de um lado para o outro gritando os nomes das edições vespertinas. O homem passou pela multidão, observando o espetáculo em geral com orgulhosa satisfação e encarando com maestria as moças de escritório. Sua cabeça estava cheia com o barulho dos gongos dos bondes e troles que passavam, e seu nariz já farejava os vapores de ponche. Enquanto caminhava, considerava os termos em que narraria o incidente aos amigos:

— Então, só olhei para ele – frio, sabe, e olhei para ela. Aí olhei para ele de novo – sem pressa, sabe. *Não acho que essa seja uma pergunta justa a me fazer*, eu disse.

Narigão Flynn estava sentado em seu canto de sempre no Davy Byrne's e, quando ouviu a história, pagou uma meia a Farrington, dizendo que essa era uma das coisas mais inteligentes que ele já tinha ouvido. Farrington também pagou uma rodada. Depois de um tempo O'Halloran e Paddy Leonard chegaram, e a história foi repetida. O'Halloran pagou uma ro-

Duplicatas

dada de uísque quente, e contou a história de uma resposta que tinha dado ao chefe do escritório quando trabalhava na Callan's de Fownes's Street, mas, como a resposta foi à moda dos pastores das éclogas, ele teve que admitir que não foi tão boa quanto a de Farrington. Nisso Farrington disse aos amigos para virarem o copo e pedirem outra.

Quando estavam fazendo o pedido, ninguém menos que Higgins apareceu! Claro que ele teve que se juntar aos outros. Os homens pediram a ele que desse sua versão do caso, e ele o fez com grande vivacidade, já que a visão de cinco doses de uísque quente era muito estimulante. Todos se acabaram de rir quando ele mostrou como o sr. Alleyne tinha sacudido o punho na cara de Farrington. Imitou Farrington, dizendo, *E meu amigo lá, na maior tranquilidade*, enquanto Farrington observava seus companheiros com seus olhos pesados e amarelos, sorrindo e vez ou outra pegando as gotas de bebida de seu bigode com o lábio inferior.

Quando a rodada acabou houve uma pausa. O'Halloran tinha dinheiro, mas os outros dois pareciam estar sem nada; então o grupo todo saiu um tanto entristecido do bar. Na esquina de Duke Street, Higgins e Narigão Flynn desviaram para a esquerda enquanto os outros três voltaram na direção da cidade. A chuva caía nas ruas frias e, quando chegaram ao Ballast Office, Farrington sugeriu o Scotch House. O bar estava cheio de homens e barulhento com o som de conversas e copos. Os três passaram pelos pedintes vendedores de fósforo na porta e formaram um pequeno grupo no canto do balcão. Começaram a trocar histórias. Leonard os apresentou a um jovem camarada chamado Weathers que estava se apresentando no Tivoli como acrobata e *artiste* de comédia. Farrington pagou uma rodada.

Weathers disse que tomaria uma dose de uísque irlandês e uma Apollinaris[4]. Farrington, que definitivamente sabia das coisas, perguntou se os amigos também queriam Apollinaris, mas os rapazes pediram que a deles fosse quente. A conversa foi se tornando teatral. O'Halloran pagou uma rodada e então Farrington pagou outra, com Weathers protestando que a hospitalidade era irlandesa demais. Ele prometeu levá-los para os bastidores do espetáculo e apresentá-los a algumas das garotas. O'Halloran disse que ele e Leonard iriam, mas que Farrington não poderia ir porque era um homem casado, e os olhos pesados de Farrington se voltaram para os amigos dando sinal de que entendia que eles o estavam provocando. Weathers fez todos tomarem só mais uma por sua conta e prometeu encontrá-los mais tarde no Mulligan's em Poolbeg Street.

Quando o Scotch House fechou, eles foram para o Mulligan's. Todos rumaram para o salão dos fundos, e O'Halloran pediu uma dose quente especial para todos. Eles estavam começando a se sentir soltos. Farrington estava prestes a pedir outra rodada quando Weathers voltou. Para grande alívio de Farrington ele bebeu um *bitter* dessa vez. Os fundos para a noite estavam acabando, mas eles ainda tinham o suficiente para continuar. Naquele momento, duas moças de chapéu grande e um rapaz de terno xadrez entraram e se sentaram numa mesa próxima. Weathers os cumprimentou e disse aos companheiros que eles eram do Tivoli. Os olhos de Farrington voltavam a todo momento para a direção de uma das moças. Havia algo de diferente na aparência dela. Uma echarpe imensa de musselina azul-pavão segurava seu chapéu com um grande laço sob seu queixo, e ela usava luvas de um amarelo brilhante, indo até os

---

[4] Marca de água mineral gaseificada.

cotovelos. Farrington olhava admirado para o braço roliço que ela movia com muita graça, e quando, depois de um tempo, ela respondeu ao seu olhar, ele ficou ainda mais admirado com seus grandes olhos castanhos. A expressão oblíqua deles o fascinava. Ela olhou para ele uma ou duas vezes e, quando o grupo estava saindo do salão, ela esbarrou na cadeira dele e disse *Oh, pardon!* com um sotaque londrino. Ficou observando-a sair do salão na esperança de que ela fosse olhar de volta, mas ficou desapontado. Amaldiçoou sua falta de dinheiro e todas as rodadas que tinha pagado, particularmente todo o uísque e Apollinaris para Weathers. Se tinha uma coisa que ele detestava era uma esponja. Ficou tão zangado que se perdeu na conversa com os amigos.

Quando Paddy Leonard o chamou, descobriu que eles estavam falando sobre feitos de força. Weathers estava mostrando seu bíceps aos companheiros e se gabando tanto que os outros dois tinham chamado Farrington para defender a honra nacional. Farrington também puxou sua manga e mostrou o bíceps para o grupo. Os dois braços foram examinados e comparados e finalmente foi decidido que era necessário um teste. A mesa foi limpa, e os dois homens colocaram os cotovelos sobre ela, juntando as mãos. Quando Paddy Leonard dissesse *Vai!*, cada um tinha que tentar encostar a mão do outro na mesa. Farrington estava muito sério e determinado.

O teste começou. Uns trinta segundos depois, Weathers encostou a mão do oponente lentamente na mesa. O rosto cor de vinho de Farrington ficou ainda mais vermelho de raiva e humilhação por ter sido derrotado por um moleque daqueles.

— Você não pode colocar o peso do corpo. Jogue limpo! — ele disse.

— Quem não está jogando limpo? — disse o outro.

— De novo. Melhor de três.

O teste recomeçou. Veias saltaram da testa de Farrington, e o tom pálido de Weathers mudou para um rosado peônia. As mãos e braços tremiam com o esforço. Depois de uma longa luta, Weather encostou de novo a mão do oponente na mesa. Houve um murmúrio de aplausos dos espectadores. O garçom, que estava parado atrás da mesa, apontou com a cabeça ruiva para o vencedor e disse com uma familiaridade estúpida:

— Ah, é assim que se faz!

— Que diabos você sabe disso? — disse Farrington ferozmente, se virando para o homem. — Não se meta!

— Shi, shi! — disse O'Halloran, vendo a expressão violenta no rosto de Farrington. — Vamos, amigos. Vamos tomar só mais uma e vamos embora.

Um homem muito carrancudo estava parado na esquina da O'Connell Bridge esperando o bonde de Sandymount o levar para casa. Estava cheio de uma raiva ardente e desejo de vingança. Se sentia humilhado e desgostoso; não estava bêbado e tinha apenas dois pence no bolso. Amaldiçoava tudo. Tinha se queimado no escritório, penhorado seu relógio, gastado todo seu dinheiro e nem tinha ficado bêbado. Começou a sentir sede outra vez e queria estar de novo no bar quente e fedorento. Perdeu sua reputação de homem forte, sendo derrotado duas vezes por um mero moleque. Seu coração inchou de fúria e, quando pensou na mulher de chapéu grande que tinha esbarrado nele e dito *Pardon!*, sua raiva quase o sufocou.

O bonde o deixou em Shelbourne Road e ele conduziu seu

corpo pesado pela sombra do muro do quartel. Detestava voltar para casa. Quando entrou pela porta lateral encontrou a cozinha vazia e o fogão quase apagado. Ele gritou escada acima:

— Ada! Ada!

Sua esposa era uma mulherzinha de rosto fino que torturava o marido quando ele estava sóbrio e era torturada por ele quando ele estava bêbado. Tinham cinco filhos. Um menino pequeno desceu a escada correndo.

— Quem está aí? — disse o homem, tentando ver na escuridão.

— Eu, pa.

— Eu quem? Charlie?

— Não, pa. Tom.

— Onde está sua mãe?

— Ela foi à capela.

— Ah, sim... Ela pensou em deixar algum jantar para mim?

— Sim, pa. Eu...

— Acenda a lamparina. Por que o lugar está todo escuro? As outras crianças estão na cama?

O homem sentou-se pesadamente em uma das cadeiras enquanto o menino acendia a lamparina. Começou a imitar o sotaque fino do filho, dizendo meio para que si mesmo: *Foi à capela. Para a capela. Por favor!* Quando a lamparina foi acesa, ele bateu com o punho na mesa e gritou:

— O que tem para jantar?

— Vou... vou preparar, pa — disse o menino.

O homem se levantou com ódio e apontou para o fogo.

— Naquele fogo! Você deixou o fogo apagar! Por Deus, vou te ensinar a não fazer isso de novo!

Deu um passo em direção à porta e pegou uma bengala que estava atrás dela.

— Vou te ensinar a não deixar o fogo apagar! — ele disse, enrolando as mangas para deixar o braço livre.

O menininho gritou *Oh, pa!* e correu chorando ao redor da mesa, mas o homem o seguiu e o agarrou pelo casaco. O menino olhou ao redor desesperado, mas, não vendo como escapar, caiu de joelhos.

— Agora quero ver se você vai deixar o fogo apagar da próxima vez! — disse o homem batendo nele vigorosamente com a bengala. — Tome isso, seu cachorrinho!

O menino soltou um berro de dor quanto a bengala marcou sua coxa. Ele juntou as mãos no ar e sua voz tremeu de medo.

— Oh, pa! — ele chorava. — Não me bata, pa! E eu vou... Vou rezar uma Ave Maria para você... Vou rezar uma Ave Maria para você, pa, se você não me bater... Vou rezar uma Ave Maria...

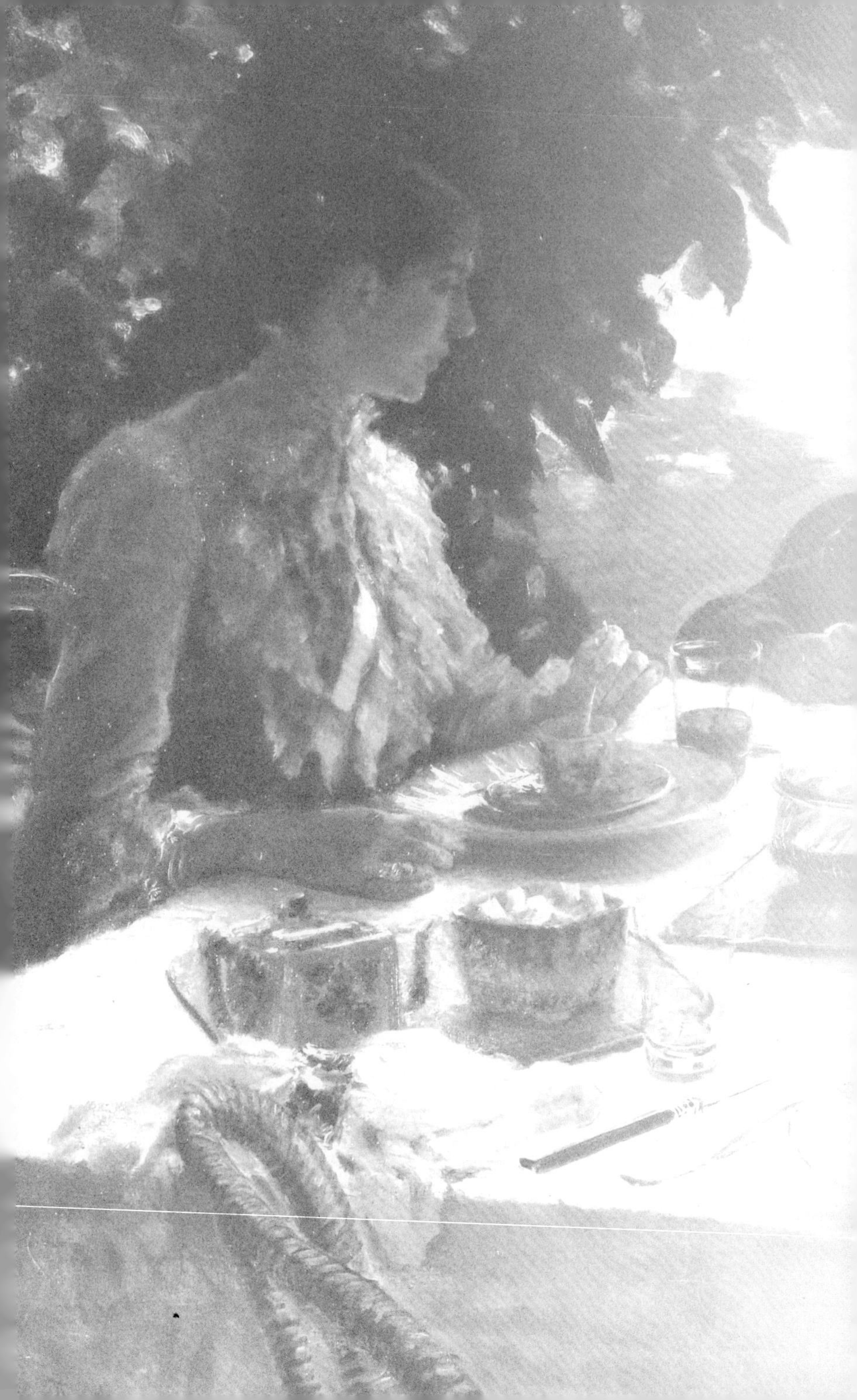

BARRO

A senhora tinha dado folga a ela assim que o chá das mulheres terminasse, e Maria aguardava ansiosa sua noite fora. A cozinha estava impecável: a cozinheira disse que podia ver seu reflexo nas grandes caldeiras de cobre. O fogo estava forte e em uma das mesas de canto estavam quatro grandes *barmbracks*[1]. Os *barmbracks* pareciam inteiros, mas olhando de perto era possível ver que eles tinham sido cortados em fatias grossas e estavam prontos para serem distribuídos no chá. A própria Maria os tinha cortado.

---

[1] Pães doces assados com um anel dentro. Segundo a superstição irlandesa, a pessoa que achasse o pedaço com o anel se casaria em breve.

Maria era uma pessoa baixa, bem baixa e tinha o nariz e o queixo muito longos. Tinha a voz um tanto anasalada e sempre falava em tom reconfortante: *Sim, querida* e *Não, querida*. Sempre a chamavam quando as mulheres estavam brigando por causa das tinas, e ela sempre conseguia apaziguá-las. Um dia a senhora comentou:

— Maria, você é uma verdadeira pacificadora!

A subchefe e duas das senhoras do conselho tinham ouvido o elogio. E Ginger Mooney sempre dizia que não saberia o que fazer com a moça que cuidava dos ferros se não fosse por Maria. Todos gostavam muito dela.

As mulheres tomariam o chá às seis, e ela poderia sair antes das sete. De Ballsbridge até Pillar, vinte minutos, de Pillar até Drumcondra, vinte minutos, e mais vinte minutos para comprar as coisas. Ela deveria chegar ao seu destino antes das oito. Pegou sua bolsa com fecho de prata e leu de novo as palavras "Um presente de Belfast". Gostava muito daquela bolsa que Joe tinha comprado para ela cinco anos antes quando ele e Alphy foram para Belfast na segunda-feira de Pentecostes[2]. Na bolsa havia duas meias-coroas e alguns trocados. Ficaria com cinco xelins depois de pagar a passagem do bonde. Que noite agradável seria aquela, com todas as crianças cantando! Ela só esperava que Joe não ficasse bêbado. Ele era tão diferente quando bebia.

Muitas vezes ele pediu a ela que fosse morar com eles; mas ela sentia que só iria atrapalhar (apesar de a esposa de Joe ser sempre tão simpática com ela) e ela também já estava acostumada com a vida na lavanderia. Joe era um bom sujeito. Ela

---

[2] Feriado nacional na Irlanda.

havia sido babá dele e do Alphy também; e Joe costumava dizer:

— A mamãe é mamãe, mas Maria é minha mãe de verdade.

Depois da dissolução da casa, os meninos tinham conseguido uma posição para ela na lavanderia *Dublin by Lamplight*[3], ela gostava. Costumava ter uma opinião tão negativa dos protestantes, mas agora achava que eram boas pessoas, um pouco quietos e sérios, mas ainda assim boas pessoas com quem morar. Ainda tinha suas plantas na estufa e gostava de cuidar delas. Ela tinha lindas samambaias e flores-de-cera e, sempre que alguém vinha visitá-la, ela dava ao visitante uma ou duas mudas de sua estufa. Se tinha uma coisa que ela não gostava era os cartazes com dizeres protestantes nos corredores; mas a senhora era uma pessoa tão fácil de lidar, tão distinta.

Quando a cozinheira disse que tudo estava pronto, ela foi para o quarto das mulheres e puxou a corda do grande sino. Em alguns minutos as mulheres começaram a entrar em duplas e trios, enxugando as mãos nas anáguas e desdobrando as mangas das blusas sobre os braços vermelhos e fumegantes. Elas se sentaram diante das canecas que a cozinheira e a criada tinham enchido de chá quente, já misturado com leite e açúcar em grandes latas. Maria supervisionou a distribuição dos *barmbracks* para que cada mulher pegasse quatro pedaços. A refeição foi acompanhada de muitas risadas e brincadeiras. Lizzie Fleming disse que Maria pegaria o anel com certeza e, mesmo que Fleming dissesse isso em muitas vésperas de Todos os Santos, Maria teve que rir e dizer que

---

[3] Um tipo de abrigo beneficente de recuperação para prostitutas. Maria era funcionária do abrigo.

não queria nem anel nem homem nenhum; e quando riu seus olhos cinza-esverdeados brilharam com uma timidez desapontada, e a ponta de seu nariz quase tocou a ponta de seu queixo. Então Ginger Mooney ergueu sua caneca de chá e fez um brinde à saúde de Maria, enquanto as outras mulheres pegavam suas canecas na mesa, e disse que era uma pena não ter um golinho de cerveja preta para acompanhar. Maria riu de novo até que a ponta do nariz quase tocasse a ponta do queixo e seu diminuto corpo quase tremesse porque sabia que Mooney tinha boas intenções, claro, apesar de ter noções de uma mulher da vida.

Mas como Maria ficou feliz quando as mulheres terminaram seu chá e a cozinheira e a criada começaram a retirar as coisas das mesas! Foi para seu quartinho e, lembrando que na manhã seguinte teria missa, mudou o ponteiro do despertador de sete para seis. Então despiu sua saia de trabalho e suas botas, estendeu sua melhor saia na cama e colocou suas pequenas botas de passeio aos pés do móvel. Trocou de blusa também e, de pé em frente ao espelho, pensou em como costumava se vestir para as missas das manhãs de domingo quando menina; olhou com uma afeição singular para o pequeno corpo que tantas vezes adornara. Apesar dos anos, ela ainda achava seu corpinho muito aprumado.

Quando saiu, as ruas estavam brilhando com a chuva, e ela ficou grata por sua boa e velha capa impermeável marrom. O bonde estava cheio, e ela teve que se sentar no banquinho do fundo, encarando todas as pessoas, com as pontas dos pés mal tocando o chão. Organizou em sua mente tudo que faria e pensou como era muito melhor ser independente e ter seu próprio dinheiro no bolso. Esperava que eles tivessem uma noite agradável. Sabia que sim, mas não conseguia deixar de pensar que era uma pena que Alphy e Joe não estivessem se falando. Estavam sempre brigando agora, mas quando meninos eram melhores amigos: mas assim é a vida.

Desceu do bonde em Pillar e abriu caminho rapidamente entre a multidão. Entrou na confeitaria Downes, mas o lugar estava tão cheio que levou muito tempo para que ela fosse atendida. Comprou uma dúzia de bolinhos e finalmente saiu da loja com uma grande sacola. Então pensou o que mais poderia comprar: queria levar algo realmente especial. Certamente eles teriam muitas maçãs e nozes. Era difícil saber o que comprar, e ela só conseguia pensar em bolo. Decidiu comprar bolo de ameixa, mas o bolo de ameixa da Downes não tinha amêndoa suficiente na cobertura, então ela foi para uma loja em Henry Street. Levou tempo escolhendo, e a moça bem-vestida atrás do balcão, que claramente estava um pouco irritada com ela, perguntou se era um bolo de casamento que ela ia comprar. Isso fez Maria corar e sorrir para a moça, mas a funcionária estava muito séria e finalmente cortou uma fatia grossa de bolo de ameixa, embrulhou e disse:

— Dois e quatro, por favor.

Ela achou que teria que ficar em pé no bonde de Drumcondra porque nenhum rapaz pareceu notá-la, mas um cavalheiro mais velho abriu espaço para ela. Era um homem corpulento e usava um chapéu marrom rígido, tinha um rosto vermelho e quadrado e um bigode grisalho. Maria pensou que o cavalheiro parecia um coronel e refletiu como ele era mais educado do que os rapazes que simplesmente olhavam para frente. O cavalheiro começou a conversar com ela sobre a véspera de Todos os Santos e o tempo chuvoso. Ele adivinhou que a sacola estava cheia de coisas gostosas para os pequenos e disse que era certo que os jovens se divertissem enquanto eram jovens. Maria concordou curvando vez por outra a cabeça e emitindo pigarros modestos. Ele foi muito gentil, e quando ela estava descendo em Canal Bridge agradeceu e fez uma reverência, e ele fez uma reverência de volta, levantou o chapéu e sorriu alegre, e enquanto estava subindo o terraço, curvando a cabeça sob a chuva, ela pensou como era fácil reconhecer um cavalheiro mesmo quando ele tinha tomado umas.

Todos disseram: *Oh, a Maria chegou!* quando ela entrou na casa de Joe. Joe já estava lá, tendo voltado para casa do trabalho, e todas as crianças estavam com roupas de domingo. Havia também duas meninas maiores da casa vizinha brincando na festa. Maria deu a sacola de bolos para o menino mais velho, Alphy, para dividir, e a sra. Donnelly disse que era bondade dela trazer uma sacola tão grande de bolos e fez todas as crianças dizerem:

— Obrigado, Maria.

Mas Maria disse que havia trazido algo especial para o papai e para a mamãe, algo que com certeza eles iam gostar, e começou a procurar pelo bolo de ameixa. Ela procurou na sacola da Downes, depois nos bolsos de sua capa e depois no cabideiro, mas não conseguiu encontrar em lugar nenhum. Ela perguntou para todas as crianças se alguma delas tinha comido o bolo – por engano, claro – mas as crianças disseram que não e olharam para ela como se não gostassem de comer bolos se fossem ser acusadas de roubar depois. Todo mundo tinha uma solução para o mistério, e a sra. Donnelly disse que estava claro que Maria tinha deixado o bolo no bonde. Maria, lembrando como o cavalheiro de bigode grisalho a tinha distraído, ficou vermelha de vergonha e de irritação e decepção. Pensando no fracasso de sua pequena surpresa e nos dois e quatro que tinha jogado fora por nada ela quase chorou.

Mas Joe disse que não se importava e a fez sentar perto do fogo. Ele foi muito gentil com ela. Contou tudo que acontecia no escritório, repetindo uma resposta inteligente que tinha dado ao gerente. Maria não entendeu por que Joe ria tanto da resposta, mas disse que o gerente parecia ser uma pessoa muito difícil de lidar. Joe disse que ele não era tão ruim assim quando você sabia lidar com ele, que era um tipo decente, desde que você não o irritasse. Sra. Donnelly tocou piano para as crianças e elas dançaram e cantaram. As duas meninas vizinhas entregaram nozes. Ninguém conseguia encontrar o quebra-nozes, e Joe já estava ficando irritado e perguntando como eles esperavam que Maria quebrasse nozes sem um quebra-nozes. Mas Maria disse que não gostava de nozes mesmo e para não se preocuparem com ela. Então Joe perguntou se ela tomaria uma garrafa de *stout*, e a sra. Donnelly disse que eles tinham também vinho do Porto caso ela quisesse. Maria disse que preferia que eles não pedissem a ela para tomar nada: mas Joe insistiu.

Maria fez como ele queria, e eles se sentaram perto da lareira e falaram sobre os velhos tempos; e ela pensou em dizer algo de bom sobre Alphy, mas Joe gritou dizendo que podia cair mortinho ali mesmo se trocasse uma palavra que fosse com o irmão de novo, e Maria disse que sentia muito por ter mencionado a questão. A sra. Donnelly disse ao marido que era uma vergonha falar assim de seu próprio sangue, mas

Joe disse que Alphy não era mais seu irmão, e uma briga quase começou por causa disso. Joe disse que não perderia a paciência por ser uma noite especial e pediu à esposa que abrisse outra *stout*. As duas meninas vizinhas arranjaram brincadeiras típicas de véspera de Todos os Santos e logo todos estavam felizes de novo. Maria estava encantada em ver as crianças tão alegres, e Joe e a esposa estavam de bom humor. As meninas vizinhas colocaram alguns pires na mesa e levaram as crianças até eles, vendadas. Uma criança pegou o missal e as outras três pegaram a água e, quando uma das meninas vizinhas pegou o anel, a sra. Donnelly balançou o dedo para a menina corada como dizendo: *Oh, acha que eu não sei o que vocês estão fazendo?*

Aí eles insistiram em vendar Maria e a levaram até a mesa para ver o que ela pegava; e enquanto colocavam a venda, Maria riu e riu até que a ponta de seu nariz quase tocou a ponta de seu queixo.

Elas a levaram até a mesa entre risadas e piadas, e ela estendeu a mão no ar como mandaram. Moveu a mão de um lado para o outro no ar e abaixou em um dos pires. Ela sentiu uma substância macia e úmida com os dedos e ficou surpresa quando ninguém falou nada ou tirou sua venda. Houve uma pausa de alguns segundos e depois uma briga por alguma coisa e cochichos. Alguém mencionou o jardim e finalmente a sra. Donnelly disse algo atravessado para uma das meninas vizinhas e para jogar aquilo fora logo de uma vez: que não tinha graça. Maria entendeu que alguma coisa tinha dado errado e então fez tudo de novo: e dessa vez pegou o missal.

Depois disso, a sra. Donnelly tocou "Miss McCloud's Reel"[4] para as crianças e Joe fez Maria tomar uma taça de vinho. Logo todos estavam bem de novo, e a sra. Donnelly disse que Maria entraria para um convento antes do ano terminar porque ela tinha pegado o missal. Maria nunca tinha visto Joe tão simpático com ela quanto naquela noite, tão cheio de conversas e reminiscências agradáveis. Ela disse que eles eram muito bons para ela.

Finalmente as crianças ficaram cansadas e sonolentas e Joe pediu a Maria para cantar alguma canção antes de ir, uma das velhas canções. A sra. Donnelly disse *Por favor, Maria!* e então Maria se levantou e ficou em pé ao lado do piano. Sra. Donnelly pediu às crianças que ficassem quietas e ouvissem a canção de Maria. Aí ela tocou o prelúdio e disse *Agora, Maria!*, e Maria, corando muito, começou a cantar com uma voz trêmula. Ela cantou *I Dreamt that I Dwelt*[5], e, chegando no segundo verso, cantou de novo:

> *Sonhei que em salões de mármore morava*
>   *Com vassalos e servos ao meu dispor*
> *E de todo aquele que entre os muros habitava*
>   *Era eu a esperança e o maior valor.*
> *Muitas riquezas arrecadei,*
>   *De um nome ancestral podia me gabar,*
> *Mas o sonho que mais gostei,*
>   *Foi que você nunca deixou de me amar.*

Mas ninguém tentou apontar seu erro[6], e quando ela terminou a canção Joe estava muito emocionado. Ele disse que

---

[4] Canção tradicional irlandesa.

[5] Ária muito popular da ópera *The Bohemian Girl*, de Michael William Balfe.

[6] Maria pula a estrofe em que a heroína canta sobre seus vários pretendentes.

não havia época como o passado e nem música como a do velho e pobre Balfe, não importava o que dissessem, e seus olhos se encheram de tantas lágrimas que ele não conseguiu encontrar o que estava procurando e teve que pedir à esposa para lhe dizer onde estava o saca-rolhas.

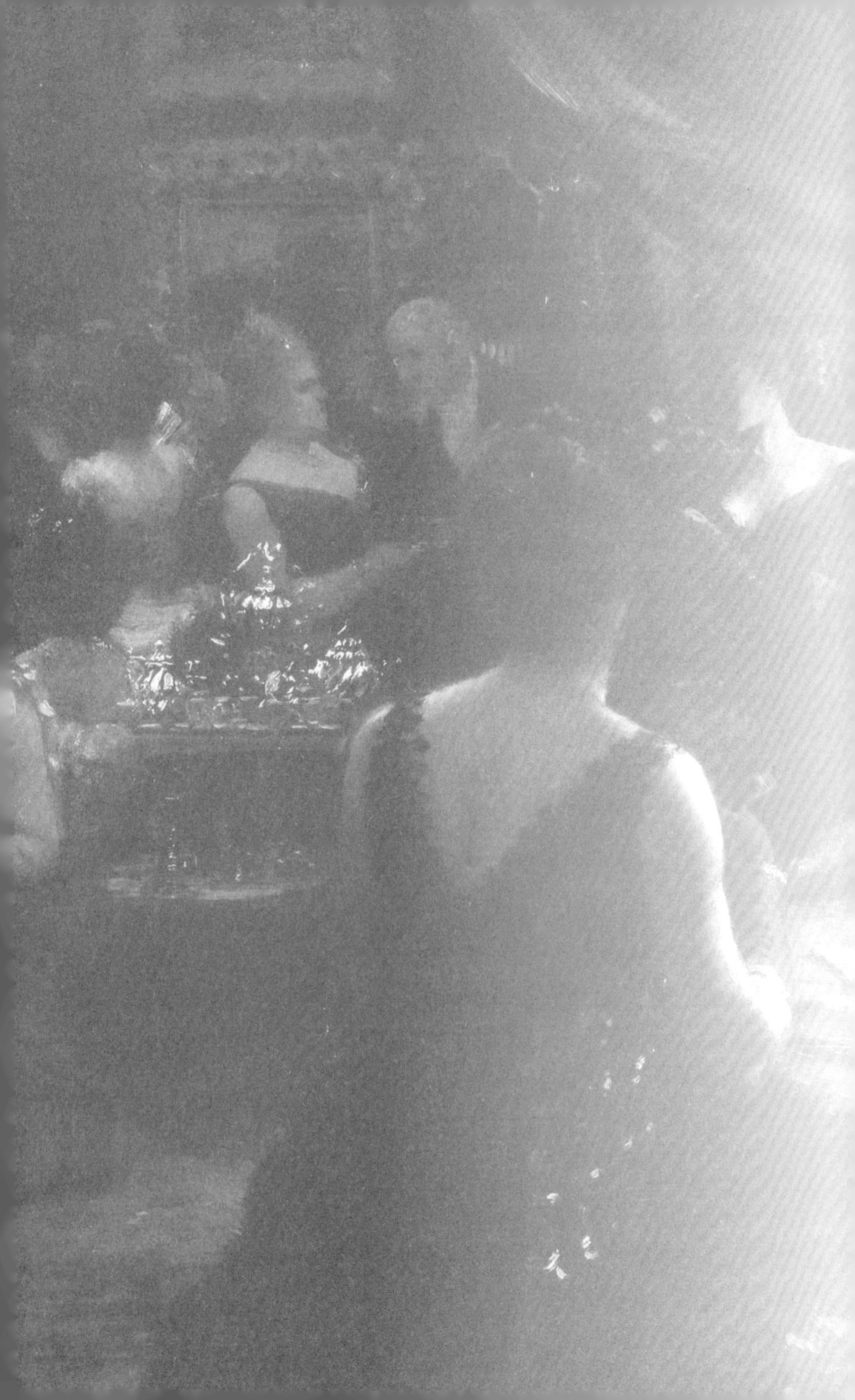

UM CASO DOLOROSO

Sr. James Duffy morava em Chapelizod porque queria viver o mais longe possível da cidade da qual era cidadão e porque achava todos os outros subúrbios de Dublin hostis, modernos e pretenciosos. Morava em uma velha e sombria casa, de suas janelas podia ver a destilaria desativada ou o rio raso ao longo do qual Dublin foi construída. As paredes altas de seu quarto sem tapetes eram livres de imagens. Ele mesmo tinha comprado cada mobília do cômodo: uma cama de ferro preto, um lavatório de ferro, quatro cadeiras de vime, um cabideiro, um balde de carvão, um guarda-fogo e atiçadores de lareira e uma mesa quadrada com escrivaninha dupla.

Um Caso Doloroso

Uma estante de livros foi feita em um nicho com prateleiras de madeira branca. A cama tinha lençóis brancos, e um cobertor preto e escarlate cobria os pés dela. Um pequeno espelho de mão ficava pendurado acima do lavatório e, durante o dia, uma lâmpada de cúpula branca era o único ornamento sob a lareira. Os livros nas prateleiras de madeira branca eram arranjados de cima para baixo de acordo com o peso. Um volume com a obra completa de Wordsworth ficava na ponta da prateleira mais baixa e um exemplar de *Maynooth Cathechism*, costurado na capa de tecido de um caderno, ficava na ponta da prateleira do topo. Materiais para escrita estavam sempre sobre a mesa. Na escrivaninha havia um manuscrito traduzido de *Michael Kramer*, de Hauptmann, com anotações em tinta roxa, e uma pequena pilha de papéis presos com um pino de latão. Nessas folhas, uma sentença era escrita vez ou outra e, em um momento irônico, um anúncio do laxante Bile Beans tinha sido colado na primeira folha. Levantando a tampa da escrivaninha era possível sentir uma fragrância sutil – cheiro de lápis novos de cedro ou de um frasco de cola ou, ainda, de uma maçã deixada ali e esquecida.

Sr. Duffy abominava qualquer coisa que indicasse desordem física ou mental. Um médico medieval o chamaria de saturnino. Seu rosto, que carregava a história inteira de seus anos, era do tom marrom das ruas de Dublin. Em sua cabeça longa e grande cresciam cabelos pretos secos e um bigode castanho-amarelado que não cobria totalmente uma boca pouco simpática. Suas bochechas também davam ao seu rosto uma aparência severa; mas não havia essa severidade em seus olhos que, vendo o mundo sob sobrancelhas castanhas, davam a impressão de um homem sempre alerta para acolher um instinto redentor nos outros, mas que geralmente se desapontava. Ele vivia a uma certa distância de seu corpo, considerando seus próprios atos com olhares oblíquos duvidosos. TinTinha um estranho hábito autobiográfico que às vezes o levava a compor em sua mente uma pequena frase sobre si mesmo contendo um sujeito em terceira pessoa e um predicado no passado. Nunca dava esmola a mendigos e andava com firmeza, carregando uma bengala de madeira.

Ele foi por anos caixa de um banco particular em Baggot Street. Toda manhã ele ia de bonde de Chapelizod até o trabalho. Ao meio-dia ia ao Dan Burke's para almoçar – uma garrafa de *lager* e um prato pequeno de biscoitos de polvilho de araruta. Às quatro da tarde ele era liberado. Jantava em um restaurante em George's Street, onde se sentia a salvo da juventude dourada de Dublin e onde havia uma certa honestidade na conta. Passava as noites ou diante do piano de sua senhoria ou vagando pelos arredores da cidade. Seu gosto pela música de Mozart às vezes o levava a uma ópera ou concerto: os únicos excessos de sua vida.

Não tinha companhia ou amigos, igreja ou credo. Vivia sua vida espiritual sem qualquer comunhão com outros, visitando parentes no Natal e os escoltando para o cemitério quando morriam. Realizava esses dois deveres sociais em nome da velha dignidade, mas não cedia às demais convenções que regulam a vida cívica. Se permitia pensar que, em certas circunstâncias, roubaria seu banco, mas, como essas circunstâncias nunca surgiam, sua vida seguia normalmente – um conto sem aventuras.

Uma noite ele se viu sentado ao lado de duas mulheres no Rotunda. A casa de espetáculos, com poucas pessoas e silenciosa, dava um presságio incômodo de fracasso. A mulher sentada ao seu lado olhou em volta para a sala deserta e disse:

— Que pena a casa tão vazia esta noite! É tão difícil ter que cantar para bancos vazios.

Ele interpretou o comentário como um convite para conversar. Ficou surpreso por ela parecer tão pouco tímida. Enquanto falavam, ele tentou fixá-la permanentemente em sua memória. Quando soube que a garota ao lado dela era sua filha, julgou que ela devia ser um ano e pouco mais jovem que ele. O rosto da mulher, que deveria ter sido bonito, tinha continuado com um ar inteligente. Era um rosto oval com traços fortemente marcados. Seus olhos eram firmes e de um azul muito escuro. O olhar dela começou com uma nota de desafio logo confundida pelo que pareceu uma queda deliberada da pupila na íris, por um instante revelando um temperamento de grande sensibilidade. A pupila se rearranjou rapidamente, a natureza quase revelada se resguardou de novo sob o véu da prudência, e sua jaqueta de astracã, moldando um busto de certo volume, deu mais firmeza à nota de desafio inicial.

Ele a encontrou de novo algumas semanas depois em um concerto em Earlsfort Terrace e aproveitou os momentos em que a filha estava distraída para falar de maneira mais íntima. Ela aludiu uma ou duas vezes ao marido, mas seu tom não dava a impressão de um aviso. Seu nome era sra. Sinico. O trisavô do marido tinha vindo de Livorno. O marido era capitão de um navio mercante que viajava entre Dublin e Holanda; e eles tinham uma filha.

Encontrando-a por acaso uma terceira vez, ele criou coragem para marcar um encontro. Ela foi. Esse foi o primeiro de muitos encontros; se viam sempre à noite e escolhiam os quarteirões mais calmos para suas caminhadas. Sr. Duffy, no entanto, não gostava de clandestinidade e, vendo que eram compelidos a se encontrar em segredo, a obrigou a convidá-lo para sua casa. O capitão Sinico encorajou as visitas, achando que a questão era a mão da filha. Tinha dispensado a esposa tão sinceramente de sua galeria de prazeres que não suspeitava que outro se interessaria por ela. Como o marido estava sempre viajando e a filha fora dando aulas de música, o sr. Duffy tinha muitas oportunidades para desfrutar da companhia da senhora. Nenhum deles tinha tido uma aventura assim antes e nenhum dos dois estava ciente de qualquer incongruência. Pouco a pouco ele entrelaçou seus pensamentos aos dela. Emprestava-lhe livros, dava ideias, compartilhava sua vida intelectual com ela. Ela ouvia tudo.

Às vezes em troca de suas teorias ela compartilhava alguns fatos de sua própria vida. Com uma solicitude quase maternal ela o incentivou a abrir totalmente sua natureza: se tornou sua confessora. Ele contou a ela que por algum tempo frequentou reuniões de um Partido Socialista Irlandês onde se sentiu uma figura diferente entre trabalhadores sérios em um sótão mal iluminado. Quando o partido se dividiu em três seções, cada uma com o próprio líder e com o próprio sótão, ele deixou de comparecer. As discussões dos trabalhadores, ele disse, eram muito tímidas; havia um interesse excessivo na questão dos salários. Sentia que eles eram realistas e duros demais e que ressentiam uma exatidão que era produto de um lazer a que eles não tinham acesso. Dificilmente uma revolução social aconteceria em Dublin por alguns séculos ainda, ele disse a ela.

Ela perguntou por que ele não escrevia seus pensamentos. *Para quê*, perguntou com um desdém cuidadoso. Para competir com repetidores de frases feitas, incapazes de pensar por sessenta segundos consecutivos? Para se submeter às críticas de uma classe média obtusa que confiava sua moral à polícia e suas artes a empresários?

Ele ia com frequência ao pequeno chalé dela nos arredores de Dublin; geralmente eles passavam as tardes sozinhos. Pouco a pouco, enquanto seus pensamentos se emaranhavam, eles passaram a falar de assuntos menos remotos. A companhia dela era como um solo morno sob uma planta exótica. Muitas vezes ela permitiu que a escuridão caísse sobre eles, se recusando a acender a lâmpada. A discreta sala escura, o isolamento, a música que ainda vibrava em seus ouvidos os uniu. Essa união o elevou, desgastou as arestas de sua personalidade, emocionou sua vida mental. Às vezes ele se pegava ouvindo o som da própria voz. Pensava que, aos olhos dela, ele ascendia a uma estatura angelical; e, quanto mais se apegava à natureza fervente de sua companhia, ouviu a estranha voz impessoal que reconheceu como sua, insistindo na solidão incurável da alma. Não podemos nos entregar, dizia a voz: somos só nossos. O fim desses discursos veio em uma noite na qual ela mostrou todos os sinais de sua excitação incomum; sra. Sinico pegou sua mão de maneira passional e pressionou contra o próprio rosto.

Sr. Duffy ficou muito surpreso. A interpretação dela de suas palavras o desiludiu. Não a visitou por uma semana, então escreveu pedindo a ela para encontrá-lo. Como não queria que a última conversa deles sofresse a influência de seu confessionário arruinado, eles se encontraram numa confeitaria perto de Parkgate. Era outono, mas apesar do frio eles andaram pelos caminhos do parque por quase três horas. Concordaram em romper seu relacionamento: *cada laço*, ele disse, *é um laço com o sofrimento*. Quando saíram do parque, andaram em silêncio até o bonde; aí ela começou a tremer tão violentamente que, temendo outro colapso dela, disse adeus rapidamente e a deixou sozinha. Alguns dias depois, ele recebeu um pacote com seus livros e música.

Quatro anos se passaram. Sr. Duffy retornou ao seu modo de vida tranquilo. Seu quarto ainda testemunhava a ordem de sua mente. Algumas novas peças musicais enchiam o suporte de partituras na sala de baixo e em sua estante havia dois volumes de Nietzsche: *Assim Falou Zaratustra* e *A Gaia Ciência*. Raramente escrevia na pilha de papéis que ficava sobre sua escrivaninha. Uma de suas frases, escrita dois meses depois de sua última conversa com a sra. Sinico, dizia: *Amor entre homem e homem é impossível porque não deve haver relação sexual e amizade entre homem e mulher é impossível porque deve haver relação sexual.* Ficou longe dos concertos por medo de encontrá-la. Seu pai morreu; o sócio minoritário do banco se aposentou. E ainda assim toda manhã ele ia para a cidade de bonde e toda noite andava para casa depois de jantar moderadamente em George's Street e ler o jornal vespertino como sobremesa.

Certa noite, quando estava prestes a colocar uma garfada de carne e repolho na boca, sua mão parou. Seus olhos se fixaram em uma notícia do jornal o qual ele havia apoiado sua garrafa de água. Voltou o garfo de comida ao prato e leu a notícia com atenção. Então ele bebeu um copo de água, empurrou o prato para o lado, dobrou o jornal diante de si entre os cotovelos e leu as frases de novo e de novo. O repolho começou a depositar uma gordura branca e fria em seu prato. A moça veio até ele perguntar se o jantar não estava do seu agrado. Ele disse que estava muito bom e comeu alguns bocados com dificuldade. Então pagou a conta e saiu.

Um Caso Doloroso

Andou rapidamente no crepúsculo de novembro, sua bengala de madeira batendo regularmente no chão, a ponta do *Mail*[1] aparecendo por cima do bolso lateral de sua jaqueta curta. No caminho solitário que levava de Parkgate a Chapelizod, ele diminuiu o passo. Sua bengala batia no chão com menos ênfase e sua respiração, irregular, quase com um som de suspiro, condensava no ar invernal. Chegando em casa ele subiu de uma vez para seu quarto e, pegando o jornal do bolso, leu a notícia novamente contra a luz fraca vinda da janela. Não leu em voz alta, mas movendo os lábios como um padre lendo as orações em voz baixa. A notícia era:

MORTE DE UMA SENHORA EM SIDNEY PARADE

UM CASO DOLOROSO

Hoje no Hospital da Cidade de Dublin o legista adjunto (na ausência do sr. Leverett) realizou um inquérito sobre o corpo da sra. Emily Sinico, 43 anos, morta na Estação Sydney Parade na noite de ontem. As evidências mostraram que a senhora, enquanto tentava cruzar o trilho, foi atropelada pela locomotiva do trem das dez horas de Kingstown, sofrendo ferimentos na cabeça e no lado direito do corpo que a levaram à morte.

James Lennon, condutor da locomotiva, declarou ser funcionário da companhia ferroviária há 15 anos. Ao ouvir o apito do guarda, ele colocou o trem em movimento e um ou dois segundos depois parou a máquina em resposta a gritos. O trem estava em baixa velocidade.

P. Dunne, carregador da estação, declarou que quando o trem estava prestes a partir observou uma mulher tentando

---

[1] O jornal *Dublin Evening Mail*.

cruzar o trilho. Ele correu até ela e gritou, mas, antes que pudesse alcançá-la, ela foi pega pelo para-choque da locomotiva e caiu no chão.

Jurado — Você viu a senhora cair?

Testemunha — Sim.

O sargento de polícia Croly declarou que ao chegar ao local encontrou a senhora deitada na plataforma aparentemente já sem vida. Ele ordenou que o corpo fosse levado para a sala de espera para aguardar a ambulância.

O policial 57E corroborou.

Dr. Halpin, cirurgião assistente do Hospital da Cidade de Dublin, declarou que a falecida teve duas costelas fraturadas e contusões graves no ombro direito. O lado direito da cabeça foi ferido na queda. Os ferimentos não eram suficientes para causar a morte numa pessoa normal. A morte, na opinião dele, provavelmente se deu pelo choque e parada cardíaca súbita.

O sr. H. B. Patterson Finlay, em nome da companhia ferroviária, expressou seu profundo pesar com o acidente. A companhia sempre toma precauções para evitar que as pessoas cruzem os trilhos exceto pelas passarelas, tanto colocando avisos em todas as estações como usando cancelas de mola em cruzamentos. A falecida tinha o hábito de cruzar os trilhos tarde da noite de plataforma a plataforma e, diante de outras circunstâncias do caso, ele não acha que os oficiais da ferrovia sejam os culpados pelo acidente.

Capitão Sinico, de Leoville, Sydney Parade, marido da falecida, também forneceu evidências. Declarou que a senhora era sua esposa. Ele não estava em Dublin na hora do acidente, uma

Um Caso Doloroso

vez que chegou de Rotterdam apenas naquela manhã. Eles eram casados há 22 anos e viviam felizes até cerca de dois anos atrás, quando a esposa começou a apresentar hábitos destemperados.

A srta. Mary Sinico disse que a mãe tinha o hábito de sair à noite para comprar bebidas. Ela, testemunhou, muitas vezes tentou argumentar com a mãe e a induziu a se juntar a uma liga de abstinência. Ela só chegou em casa uma hora depois do acidente. O júri deu seu veredito de acordo com as evidências médicas e absolveu Lennon.

O legista adjunto disse que esse foi um caso muito doloroso e expressou grande pesar ao capitão Sinico e sua filha. Ele pediu à companhia ferroviária que tome medidas mais fortes para prevenir acidentes similares no futuro. Ninguém foi considerado culpado.

Sr. Duffy levantou os olhos do jornal e olhou pela janela para a paisagem triste do anoitecer. O rio corria tranquilo ao lado da destilaria vazia e vez ou outra uma luz surgia de alguma casa na Lucan Road. Que fim! Toda a narrativa da morte dela o revoltou, e ele se revoltou também ao pensar que tinha falado a ela sobre tudo que considerava sagrado. As frases triviais, as expressões vazias de simpatia, as palavras cautelosas de um repórter convencido a ocultar os detalhes de uma morte comum e vulgar atacaram seu estômago. Não só ela tinha se degradado; tudo aquilo o degradou também. Viu o rastro sórdido do vício dela, miserável e fétido. A companheira de sua alma! Pensou nos infelizes cambaleantes que tinha visto carregando latas e garrafas para serem cheias pelo *barman*. Deus, que fim! Evidentemente ela não servia para viver, sem nenhuma força ou propósito, uma presa fácil do hábito, uma das ruínas onde a civilização se ergueu. Mas que ela tenha chegado a um nível tão baixo! Seria possível que se enganou tão completamente sobre ela? Lembrou do acesso dela naquela noite e o interpretou de forma mais dura que nunca. Agora ele não tinha mais dificuldade em aprovar a decisão que tomou.

Enquanto a luz diminuía e sua memória começava a vagar, ele pensou na mão dela tocando a dele. O choque que primeiro atacou seu estômago agora atacava seus nervos. Colocou seu sobretudo e chapéu rapidamente e saiu. O ar frio o encontrou na soleira; penetrou as mangas de seu casaco. Chegando ao *pub* em Chapelizod Bridge ele entrou e pediu um ponche quente.

O proprietário o serviu obsequioso, mas não se aventurou a dizer nada. Havia cinco ou seis trabalhadores no estabelecimento discutindo o valor da propriedade de um cavalheiro em County Kildare. Bebiam em intervalos de seus enormes copos e fumavam, cuspindo no chão e às vezes arrastando a serragem por cima dos cuspes com suas botas pesadas. Sr. Duffy se sentou em um dos bancos e olhou para eles, sem realmente vê-los ou ouvi-los. Depois de um tempo eles saíram e ele pediu outro ponche. Ficou sentado por um longo tempo com sua bebida. O estabelecimento estava silencioso. O proprietário estava com os braços esticados no balcão lendo o *Herald*[2] e bocejando. Vez ou outra era possível ouvir um bonde passando pela estrada solitária lá fora.

Sentado lá, revivendo sua trajetória com ela e evocando alternadamente as duas imagens que agora concebia dela, percebeu que ela estava morta, que tinha deixado de existir, se tornado uma memória. Começou a se sentir incomodado. Perguntou a si mesmo o que mais poderia ter feito. Não po-

---

[2] *The Evening Herald,* outro jornal vespertino de Dublin.

deria ter mantido uma comédia de enganos com ela; não poderia ter vivido com ela abertamente. Tinha feito o que achava melhor. Como aquilo era culpa dele? Agora que ela tinha partido, ele entendeu quão solitária deveria ser a vida dela, sentada noite após noite naquela sala. Sua vida também seria solitária até que ele também morresse, deixasse de existir, se tornasse uma memória – se alguém se lembrasse dele.

Só depois das nove ele saiu do *pub*. A noite estava fria e pesada. Entrou no parque pelo primeiro portão e andou sob as árvores descarnadas. Percorreu as ruelas sombrias onde eles costumavam caminhar quatro anos antes. Ela parecia estar perto dele na escuridão. Em certos momentos, ele tinha a sensação de ouvir a voz dela tocar sua orelha, suas mãos tocarem as suas. Parou para ouvir. Por que havia negado a vida a ela? Por que a sentenciou à morte? Sentiu sua natureza moral desmoronar.

Quando chegou ao topo de Magazine Hill, ele parou e seguiu com os olhos o rio até Dublin, as luzes brilhando vermelhas e hospitaleiras na noite fria. Olhou para baixo da encosta e, na base, nas sombras do muro do parque, viu figuras humanas deitadas. Aqueles amores venais e furtivos o encheram de desespero. Remoía a retidão de sua vida, sentia que havia sido excluído do banquete da vida. Um ser humano parecia tê-lo amado e ele negou a vida e a felicidade dela: a sentenciou à infâmia, a uma morte vergonhosa. Sabia que as criaturas prostradas lá embaixo no muro o observavam desejando que ele fosse embora. Ninguém o queria; ele era um excluído do banquete da vida. Voltou seus olhos para o rio cinza brilhante, serpenteando para Dublin. Além do rio, viu um trem de carga saindo de Kingsbridge, como um verme com uma cabeça de fogo se arrastando pela escuridão, de maneira obstinada e laboriosa. O trem desapareceu lentamente de vista, mas ele ainda ouvia o barulho da locomotiva reiterando as sílabas do nome dela.

Voltou pelo caminho de que tinha vindo com o ritmo da locomotiva pulsando em seus ouvidos. Ele começou a duvidar da realidade que a memória lhe contava. Parou sob uma árvore e permitiu que o ritmo morresse. Não a sentia mais perto dele na escuridão nem a voz dela tocar sua orelha. Esperou alguns minutos. Não ouvia nada: a noite estava em perfeito silêncio. Ouviu de novo: perfeito silêncio. Sentiu que estava sozinho.

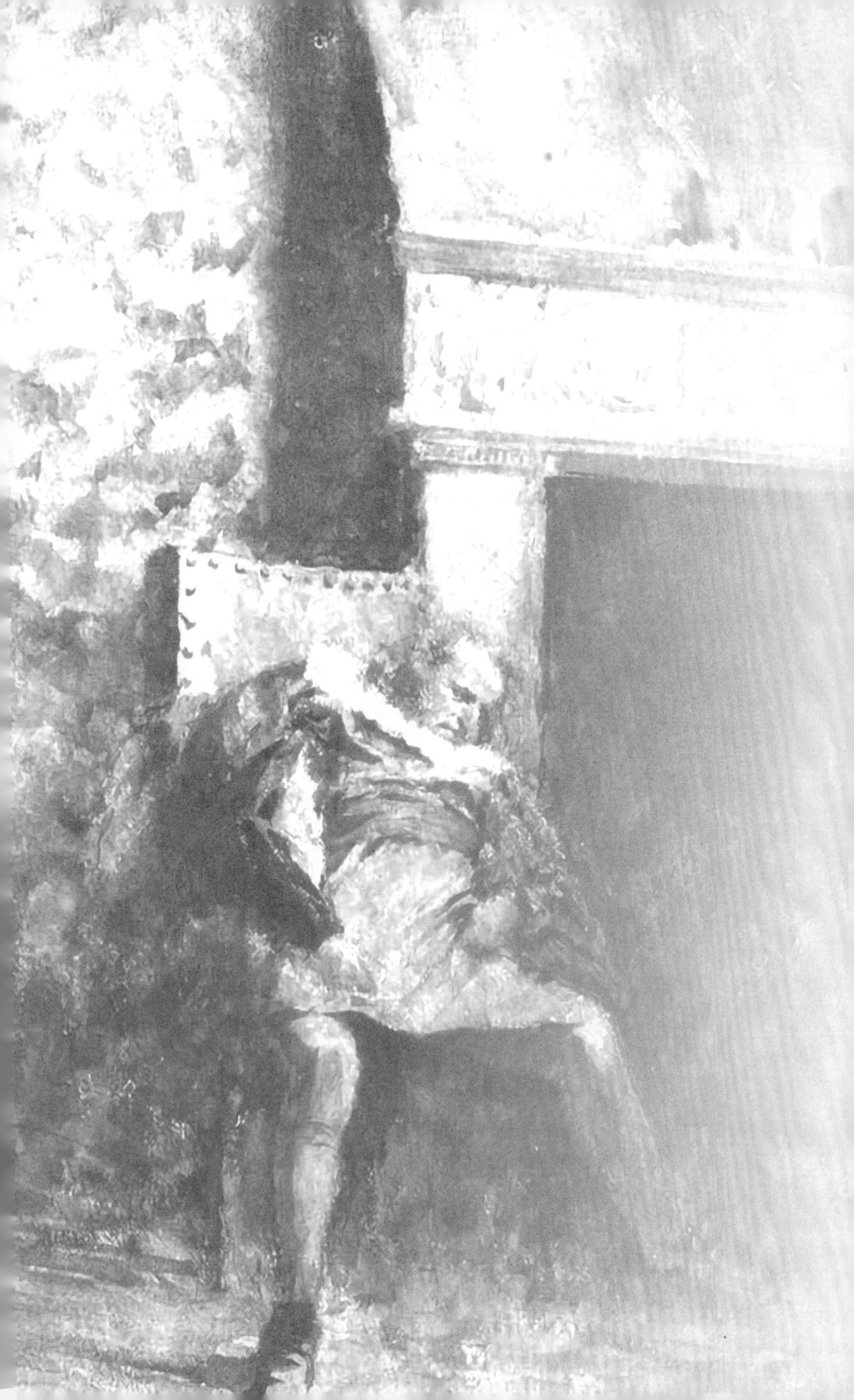

DIA DA HERA[1] NA SALA DO COMITÊ

O velho Jack juntou as cinzas com um pedaço de papelão e as espalhou criteriosamente sobre a doma embranquecida de brasas. Quando a doma estava finamente coberta, seu rosto caiu na escuridão, mas, enquanto se preparava para abanar de novo, sua sombra curvada ascendeu na parede oposta e seu rosto lentamente ressurgiu na luz. Era o rosto de um homem velho, muito ossudo e peludo. Os olhos úmidos azuis piscavam para

---

[1] O chamado "Ivy Day" acontecia em 6 de outubro, dia da morte do importante político nacionalista irlandês Charles Stewart Parnell (1846-1891). A carreira política de Parnell sofreu um grande golpe com a revelação de que ele tinha um relacionamento com uma mulher casada, e ele faleceu logo depois. Na data, seus simpatizantes costumavam usar uma folha de hera nas roupas.

o fogo e sua boca úmida se abriu algumas vezes, mastigando o nada mecanicamente quando fechava. Quando as cinzas pegaram fogo, ele apoiou o papelão contra a parede, suspirou e disse:

— Melhor agora, sr. O'Connor.

Sr. O'Connor, um homem grisalho cujo rosto era desfigurado por muitas manchas e espinhas, tinha acabado de colocar o tabaco para acender um cigarro em um perfeito cilindro, mas, quando o homem falou, ele desfez meditativamente o trabalho. Recomeçou a enrolar o tabaco e depois de pensar por um momento, lambeu o papel.

— O sr. Tierney disse quando voltaria? — perguntou em um falsete rouco.

— Não disse.

Sr. O'Connor colocou o cigarro na boca e começou a procurar algo nos bolsos. Pegou um maço de cartões finos de papelão.

— Vou pegar um fósforo para o senhor — disse o velho.

— Pode deixar, isto serve! — disse o sr. O'Connor.

Escolheu um dos cartões e leu o que estava impresso nele:

ELEIÇÕES MUNICIPAIS

ROYAL EXCHANGE WARD

Sr. Richard J. Tierney, P. L. G.[2], solicita respeitosamente o favor de seu voto e influência na próxima eleição de Royal Exchange Ward.

---

[2] *Poor Law Guardian* (Guardião da Lei dos Pobres): oficiais eleitos que deviam garantir que pessoas sem recursos tivessem acesso a abrigo e trabalho.

O sr. O'Connor tinha sido contatado pelo agente de Tierney para fazer campanha em parte da região de Ward, mas, como o tempo estava inclemente e suas botas deixavam passar umidade, ele passava boa parte do dia sentado junto ao fogo na Sala do Comitê em Wicklow Street com Jack, o velho zelador. Estavam ali desde que o curto dia começou a escurecer. Era seis de outubro, com tempo carregado e frio lá fora.

Sr. O'Connor rasgou uma tira do cartão e, depois de o colocar no fogo, acendeu seu cigarro. Quando fez isso, a chama iluminou uma folha de hera escura e acetinada na lapela de seu casaco. O velho o observou com atenção e, depois, pegando novamente o pedaço de papelão, começou a abanar o fogo lentamente enquanto sua companhia fumava.

— Ah, sim — ele disse, continuando o assunto —, é difícil saber como criar os filhos. Mas quem pensaria que ele acabaria assim. Mandei-o para a Christian Brothers[3] e fiz o que pude, mas ele deu para beber. Tentei fazer dele alguém decente.

Soltou novamente, de maneira cansada, o papelão.

— Sou só um velho agora senão daria um jeito nele. Desceria a vara nas costas dele e bateria o quanto aguentasse – como fiz muitas vezes antes. A mãe, sabe, o protege demais...

— É isso que estraga as crianças — disse o sr. O'Connor.

— Com certeza — disse o velho. — E nenhuma gratidão você recebe por isso, só insolência. E ele sai falando por cima de mim sempre que vê que tomei umas doses. Que mundo é esse onde os filhos falam assim com o pai?

---
[3] Escola religiosa.

— Que idade ele tem? — disse o sr. O'Connor.

— Dezenove — disse o velho.

— Por que você não o coloca para fazer alguma coisa?

— Claro, e eu parei de brigar com aquele bêbado desde que ele saiu da escola? *Não vou te sustentar*, eu digo. *Você precisa arranjar um emprego*. Mas, claro, é pior quando ele consegue um trabalho, ele bebe tudo.

O sr. O'Connor balançou a cabeça em simpatia, e o velho ficou em silêncio, olhando para o fogo. Alguém abriu a porta e chamou:

— Olá! A reunião dos maçons é aqui?

— Quem é? — disse o velho.

— O que vocês estão fazendo no escuro? — respondeu uma voz.

— Hynes, é você? — perguntou o sr. O'Connor.

— Sim. O que vocês estão fazendo no escuro? — disse o sr. Hynes avançando para a luz do fogo.

Ele era um homem alto, magro e com um bigode castanho claro. Pequenas gotas de chuva se penduravam na aba de seu chapéu e na gola levantada de sua jaqueta.

— Bom, Mat — ele disse ao sr. O'Connor —, como foi?

Sr. O'Connor balançou a cabeça. O velho deixou a lareira e, depois de tropeçar pela sala, voltou com duas velas que acendeu uma após a outra no fogo e carregou para a mesa. Uma sala nua surgiu, e o fogo perdeu sua cor alegre. As paredes estavam vazias exceto por uma cópia de um discurso. No meio da sala estava uma pequena mesa com papéis empilhados.

Sr. Hynes se apoiou ao lado da lareira e perguntou:

— Ele já te pagou?

— Ainda não — disse o sr. O'Connor. — Espero que ele não nos deixe na mão esta noite.

Sr. Hynes riu.

— Oh, ele vai te pagar. Nada tema — ele disse.

— Espero que ele seja esperto com isso se está falando sério mesmo — disse o sr. O'Connor.

— O que você acha, Jack? — disse satiricamente o sr. Hynes para o velho.

O velho voltou para sua cadeira perto do fogo e disse:

— Mesmo se não estiver, ele tem, de qualquer forma. Não como aquele outro.

— Que outro? — perguntou o sr. Hynes.

— Colgan! — disse o velho com desdém.

— Você diz isso porque Colgan é um trabalhador? Qual a diferença entre um pedreiro bom e honesto e um comerciante, hein? Um trabalhador não tem o direito de estar na Corporação[4] como qualquer um? Sim, e tem mais direito do que aqueles irlandeses que se acham ingleses e sempre estão com o chapéu na mão para qualquer um com um título na frente do nome! Não é verdade, Mat? — disse o sr. Hynes, falando com o sr. O'Connor.

---

[4] Administração municipal.

— Acho que você tem razão — disse o sr. O'Connor.

— Um homem honesto e simples sem nada a esconder. Ele entra para representar as classes trabalhadoras. Esse sujeito para quem você está trabalhando só quer arranjar um cargo ou outro.

— Claro, as classes trabalhadoras devem ser representadas — disse o velho.

— O trabalhador — disse o sr. Hynes — aguenta todo o fardo e não tem direito a quase nada. Mas é o trabalho que produz tudo. O trabalhador não está atrás de cargos para os filhos e sobrinhos e primos. O trabalhador não vai arrastar a honra de Dublin na lama para agradar um monarca alemão[5].

— Como assim? — disse o velho.

— Você não sabia que querem fazer um discurso de boas-vindas para o Eduardo Rex quando ele vier aqui ano que vem? Por que iríamos querer nos curvar para um rei estrangeiro?

— Nosso homem não vai votar pelo discurso — disse o sr. O'Connor. — Ele é dos nacionalistas.

— Não vai? — disse o sr. Hynes. — Espere para ver se ele vai ou não. Conheço ele. Não é o Dicky Trapaceiro Tierney?

— Por Deus! Talvez você tenha razão, Joe — disse o sr. O'Connor. — Bom, eu queria que ele aparecesse com o dinheiro.

Os três homens ficaram em silêncio. O velho começou a juntar mais cinzas. Sr. Hynes tirou seu chapéu, o sacudiu e, então, abaixou a gola de seu casaco, deixando à mostra, ao fazer isso, uma folha de hera na sua lapela.

---

[5] Eduardo VII da Inglaterra tinha pai alemão.

— Se esse homem aqui estivesse — ele disse, apontando para a folha — não teríamos essa conversa de discurso de boas-vindas.

— Isso é verdade! — disse o sr. O'Connor.

— *Musha*[6], que Deus abençoe a alma dele! — disse o velho.
— Aquela época tinha mais vida.

A sala ficou em silêncio de novo. Então um homenzinho agitado com o nariz fungando e as orelhas geladas empurrou a porta. Ele se aproximou rápido do fogo, esfregando as mãos como se quisesse produzir faíscas delas.

— Sem dinheiro hoje, colegas — ele disse.

— Sente aqui, sr. Henchy — disse o velho, oferecendo sua cadeira.

— Oh, não precisa, Jack, não precisa — disse o sr. Henchy.

Cumprimentou brevemente o sr. Hynes e se sentou na cadeira que o velho liberou.

— Foi até a Aungier Street? — ele perguntou ao sr. O'Connor.

— Sim — disse sr. O'Connor, começando a procurar os memorandos nos bolsos.

— Falou com Grimes?

— Falei.

— E então? O que ele disse?

— Não prometeu nada. Ele disse: *Não vou dizer a ninguém em quem vou votar.* Mas acho que ele está dentro.

---

[6] Interjeição irlandesa que pode ser traduzida como "é mesmo", "de fato".

— Por quê?

— Ele me perguntou quem é que eu indicava, e eu disse. Mencionei o nome do padre Burke. Acho que vai dar certo.

Sr. Henchy começou a fungar e esfregar as mãos sobre o fogo numa velocidade impressionante. Então disse:

— Pelo amor de Deus, Jack, traga mais um pouco de carvão. Ainda deve ter.

O velho saiu da sala.

— Não adianta — disse o sr. Henchy, balançando a cabeça. — Perguntei ao moleque, mas ele disse: *Oh, sr. Henchy, quando eu vir o trabalho encaminhado não vou esquecer do senhor, pode ter certeza.* Molequinho safado!'*Usha*[7], como poderia ser outra coisa?

— O que eu te disse, Mat? — disse o sr. Hynes. — Dicky Trapaceiro Tierney.

— Oh, trapaceiro mesmo — disse o sr. Henchy. — Ele não tem aqueles olhinhos de porco por nada. Que se exploda! Não podia pagar como um homem em vez de: *Oh, sr. Henchy, tenho que falar com o sr. Fanning... Gastei muito dinheiro?* Moleque safado dos infernos! Acho que ele esqueceu a época em que seu pai tinha uma loja de roupas usadas em Mary's Lane.

— Mas isso é fato? — perguntou o sr. O'Connor.

— Por Deus, sim — disse o sr. Henchy. — Nunca ouviu isso? Os homens iam para lá no domingo de manhã antes dos *pubs*

---

[7] Contração de *musha*.

abrirem para comprar coletes e calças – *moya*![8]. Mas o velho paizinho do Trapaceiro sempre tinha uma garrafinha preta em um canto[9]. Me entende? É isso! Foi onde ele primeiro viu a luz.

O velho retornou com alguns pedaços de carvão que colocou aqui e ali no fogo.

— Bom saber — disse o sr. O'Connor. — Como ele espera que trabalhemos para ele se não nos paga?

— Não posso fazer nada — disse o sr. Henchy. — Já espero encontrar os oficiais de justiça na sala quando chegar em casa.

Sr. Hynes riu e, se afastando da lareira com ajuda dos ombros, se preparou para ir embora.

— Vai ficar tudo bem quando o Rei Eddie vier — ele disse. — Bom, colegas, vou indo. Vejo vocês depois. Tchau.

Saiu da sala lentamente. Nem o sr. Henchy nem o velho disseram nada, mas enquanto a porta fechava, sr. O'Connor, que estava encarando melancolicamente o fogo, disse de súbito:

— Tchau, Joe.

Sr. Henchy esperou alguns momentos e então acenou com a cabeça em direção à porta.

— Diga — disse por cima da lareira — o que trouxe seu amigo aqui? O que ele quer?

— 'Usha, pobre Joe — disse o sr. O'Connor, jogando a bituca de seu cigarro no fogo —, está na pior, assim como nós.

---

[8] Expressão irlandês: "por assim dizer".

[9] Insinuando que ele vendida bebidas ilegalmente.

Sr. Henchy fungou vigorosamente e cuspiu tão grosso que quase apagou o fogo, soltando um chiado de protesto.

— Te digo minha própria e cândida opinião — ele disse — acho que ele é um homem do outro lado. Um espião do Colgan, se quer saber. *Saia por aí para tentar saber o que eles estão conseguindo. Não vão suspeitar de você. Entende?*

— Ah, o pobre do Joe é um sujeito decente — disse o sr. O'Connor.

— O pai dele era um homem decente e respeitável — admitiu o sr. Henchy. — O bom e velho Larry Hynes! Fez muita coisa em sua época. Mas temo que seu amigo não é 19 quilates. Caramba, entendo um sujeito passando dificuldade, mas não entendo um sujeito que se aproveita. Ele não tem um pingo de valor próprio?

— Não o recebo de muito bom grado quando ele vem aqui — disse o velho. — Que ele trabalhe para o seu lado e não venha espionar aqui.

— Não sei — disse duvidando o sr. O'Connor enquanto pegava o papel de cigarro e o tabaco. — Acho que Joe Hynes é um homem direito. É inteligente também com a caneta. Lembra daquela coisa que ele escreveu...?

— Alguns desses sujeitos das colinas e fenianos[10] são um pouco espertos demais na minha opinião — disse o sr. Henchy. — Quer saber minha humilde opinião sobre esses palhaços? Acho que metade deles estão na folha de pagamento do Castelo[11].

---

[10] Membros da Irmandade Republicana Irlandesa.

[11] Dublin Castle, centro da administração do governo britânico na cidade.

— Não tem como saber — disse o velho.

— Ah, mas eu sei — disse o sr. Henchy. — São mercenários do Castelo... Não digo Hynes... Não, caramba, acho que ele está um pouco acima disso... Mas tem um certo nobre com um olho torto – conhece o patriota a quem estou me referindo?

Sr. O'Connor fez que sim com a cabeça.

— É um descendente do Major Sirr[12] se você preferir. Oh, o sangue de um patriota! É um sujeito que venderia o país por quatro pence – ah – e iria de joelhos agradecendo a Jesus Cristo por ter um país para vender.

Houve uma batida na porta.

— Entre! — disse o sr. Henchy.

Uma pessoa com aparência de clérigo ou ator pobre apareceu na porta. Suas roupas pretas estavam abotoadas firmemente em seu corpo pequeno e era impossível saber se ele usava ou não um colarinho de clérigo ou leigo, porque a gola de seu sobretudo surrado, cujos botões refletiam a luz das velas, estava levantada. Ele usava um chapéu redondo de feltro preto. Seu rosto, brilhando com as gotas de chuva, tinha a aparência de queijo amarelo se não fossem as duas manchas rosadas que indicavam as maçãs de seu rosto. Abriu sua boca muito larga de repente para expressar decepção e ao mesmo tempo abriu seus olhos muito azuis para expressar prazer e surpresa.

— Ah, padre Keon! — disse o sr. Henchy, pulando de sua cadeira. — É você? Pode entrar!

---

[12] Henry Charles Sirr (1764-1841), militar anglo-irlandês que participou na repressão da Rebelião Irlandesa de 1798.

Dia da Hera na sala do comitê

— Oh, não, não, não! — disse o padre Keon rapidamente, franzindo os lábios como se estivesse falando com uma criança.

— Não quer entrar e se sentar um pouco?

— Não, não, não! — disse padre Keon, falando com uma voz suave, discreta e indulgente. — Não quero atrapalhar vocês! Só estou procurando o sr. Fanning...

— Ele está no *Black Eagle* — disse o sr. Henchy. — Mas você não quer entrar e se sentar um minuto?

— Não, não, obrigado. É só uma questão de negócios — disse o padre Keon. — Mas muito obrigado.

Ele voltou pelo mesmo caminho, e o sr. Henchy, pegando uma das velas, foi até a porta para iluminar a escada para ele.

— Oh, não se preocupe, eu imploro!

— Não, mas a escada está muito escura.

— Não, não, consigo enxergar... Muito obrigado mesmo.

— Está bem agora?

— Tudo bem, obrigado... Obrigado.

Sr. Henchy voltou com a vela e a colocou na mesa. Se sentou novamente perto do fogo. Os presentes ficaram em silêncio por alguns momentos.

— Me diga uma coisa, John — disse o sr. O'Connor, acendendo seu cigarro em outro cartão.

– Hum?

— O que ele é exatamente?

— Me pergunte uma mais fácil — disse o sr. Henchy.

— Ele e Fanning parecem muito próximos. Muitas vezes estão no Kavanagh's juntos. Ele é mesmo padre?

— Mmm, sim, acredito que sim... Acho que é o que chamam de ovelha negra. Não temos muitos dele, graças a Deus! Mas temos alguns... É um homem de certo modo infeliz...

— E do que ele vive? — perguntou o sr. O'Connor.

— Esse é outro mistério.

— Ele tem ligação com alguma capela ou igreja ou instituição...

— Não — disse sr. Henchy. — Acho que ele viaja por conta própria... Deus que me perdoe — ele acrescentou —, achei que ele era a dúzia de *stouts*.

— Alguma chance de ter uma bebida por aqui? — perguntou o sr. O'Connor.

— Também estou na seca — disse o velho.

— Pedi três vezes ao moleque — disse o sr. Henchy — se ele podia mandar uma dúzia de *stouts*. Pedi de novo agora, mas ele estava no balcão em mangas de camisa conversando todo animado com o vereador Cowley.

— Por que você não o lembrou? — disse o sr. O'Connor.

— Bom, eu não podia ir até lá enquanto ele estava falando com o vereador Cowley. Só esperei ele me notar, e disse: *Sobre aquela questão de que eu estava te falando... Está tudo certo, sr. H.*, ele disse. *Yerra*[13], com certeza o molequinho esqueceu completamente.

---

[13] Expressão irlandesa que significa "descrença", "incredulidade".

Dia da Hera na sala do comitê

— Tem alguma coisa ali — disse pensativo o sr. O'Connor. — Vi os três conversando sérios ontem na esquina da Suffolk Street.

— Acho que sei qual é o joguinho deles — disse o sr. Henchy. — Você tem que ter alguma dívida com os Patriarcas da Cidade se quer ser prefeito. Aí eles te fazem prefeito. Por Deus! Eu mesmo estou pensando seriamente em me tornar um Patriarca da Cidade. O que vocês acham? Sirvo para o trabalho?

Sr. O'Connor riu.

— Se for por estar devendo...

— Saindo lá da Mansion House — disse o sr. Henchy — de casaco de pele, com o Jack aqui atrás de mim usando uma peruca empoada, hein?

— E me contrate como secretário, John.

— Sim. E o padre Keon será meu capelão particular. Vamos ter um grupo familiar.

— Acredite, sr. Henchy — disse o velho —, você teria mais estilo que alguns deles. Eu estava conversando um dia desses com o velho Keegan, o porteiro. *E você está gostando do seu novo patrão, Pat?* Falei para ele. *Você não tem muito serviço*, eu disse. *Serviço!* ele disse. *Ele podia viver só do cheiro de um trapo de óleo.* E sabe o que mais ele me contou? Por Deus, eu não acreditei.

— O quê? — disseram o sr. Henchy e o sr. O'Connor.

— Ele me disse: *O que você acha de um prefeito de Dublin mandando buscar meio quilo de costeletas para o jantar? É ou não é vida boa?* ele disse. *Wisha!*[14] *Wisha,* eu disse. *Meio quilo de costeletas,* ele disse, *chegando aqui em Mansion House. Wisha!* eu disse, *que tipo de gente vem aqui?*

Nesse ponto houve uma batida na porta, e um menino colocou a cabeça pelo vão.

— O que foi? — disse o velho.

— Do *Black Eagle* — disse o menino, andando de lado e depositando uma cesta no chão com um barulho de garrafas batendo.

O velho ajudou o menino a transferir as garrafas da cesta para a mesa e as contou. Depois o menino colocou a cesta no braço e perguntou:

— Garrafas?

— Que garrafas? — disse o velho.

— Não vai nos deixar beber elas primeiro? — disse o sr. Henchy.

— Me mandaram pedir as garrafas.

— Volte amanhã — disse o velho.

— Aqui, garoto — disse o sr. Henchy —, dê uma corrida até o O'Farrell's e peça um saca-rolhas emprestado para nós – diga que é para o sr. Henchy. Diga que devolvemos já. Deixe a cesta aqui.

O menino saiu, e o sr. Henchy começou a esfregar as mãos contente, dizendo:

— Ah, bom, ele não é tão ruim assim. Pelo menos cumpriu com a palavra.

---

[14] Interjeição de surpresa baseada na invocação "Virgem Maria".

— Não temos copos — disse o velho.

— Oh, isso não é problema, Jack — disse o sr. Henchy. — Muitos antes de nós beberam direto da garrafa.

— Bom, melhor que nada — disse o sr. O'Connor.

— Ele não é um mau sujeito — disse o sr. Henchy —, é só que o Fanning pega no pé dele. Ele tem boas intenções, sabe, do jeito dele.

O menino voltou com o saca-rolhas. O velho abriu três garrafas e estava devolvendo o saca-rolhas quando o sr. Henchy disse ao menino:

— Quer uma bebida, garoto?

— Se não for incômodo, senhor — disse o menino.

O velho abriu outra garrafa de má vontade, e entregou para o garoto.

— Quantos anos você tem? — perguntou.

— Dezessete — disse o menino.

Como o velho não disse mais nada, o garoto pegou a garrafa e disse *Meus cumprimentos, senhor*, para o sr. Henchy, bebeu tudo, colocou a garrafa de volta na mesa e limpou a boca na manga. Depois pegou o saca-rolhas e saiu de lado pela porta, murmurando alguma saudação.

— É assim que começa — disse o velho.

— O fio da navalha — disse o sr. Henchy.

O velho distribuiu as três garrafas que tinha aberto, e os homens beberam simultaneamente. Depois de beberem, cada um colocou sua garrafa sobre a lareira ao alcance da mão e deram um longo suspiro de satisfação.

— Bom, trabalhei bastante hoje — disse o sr. Henchy depois de uma pausa.

— Foi, John?

— Sim. Consegui um ou dois votos para ele em Dawson Street, Crofton e eu. Aqui entre nós, sabe, Crofton (um sujeito decente, claro), mas não vale nada numa campanha. Não sabe conversar. Fica parado lá só olhando as pessoas enquanto eu falo.

Aqui dois homens entraram na sala. Um deles era um homem muito gordo cujas roupas de sarja azul pareciam prestes a cair de sua figura curvada. Tinha um rosto grande que lembrava um bezerro na expressão, olhos azuis arregalados e um bigode grisalho. O outro homem, que era muito mais jovem e delicado, tinha um rosto magro e barbeado. Usava uma gola dupla muito alta e um chapéu-coco de aba larga.

— Olá, Crofton! — disse o sr. Henchy para o homem gordo.
— Falando no diabo...

— De onde veio a bebida? — perguntou o homem mais jovem. — A vaca pariu?

— Ah, claro que a bebida foi a primeira coisa que o Lyons notou! — disse o sr. O'Connor, rindo.

— É assim que vocês fazem campanha — disse o sr. Lyons — com Crofton e eu no frio e na chuva buscando votos?

— Ah, se exploda — disse o sr. Henchy. — Consigo mais votos em cinco minutos que vocês dois em uma semana.

Dia da Hera na sala do comitê

— Abra duas garrafas de *stout*, Jack — disse o sr. O'Connor.

— Como? — disse o velho. — Se não temos saca-rolhas?

— Esperem, esperem! — disse o sr. Henchy, se levantando rápido. — Já viram esse truquezinho?

Pegou duas garrafas da mesa e, levando até a lareira, colocou-as na grade. Depois se sentou de novo perto do fogo e tomou outro gole de sua garrafa. Sr. Lyons se sentou na beira da mesa, empurrou o chapéu para a nuca e começou a balançar as pernas.

— Qual é a minha garrafa? — perguntou.

— Essa aqui — disse o sr. Henchy.

Sr. Crofton se sentou em uma caixa e ficou olhando fixamente para a outra garrafa na grade. Estava em silêncio por dois motivos: primeiro, e já suficiente, não tinha nada a dizer e, segundo, porque considerava suas companhias abaixo dele. Tinha feito campanha para Wilkins, o conservador, mas quando os conservadores retiraram sua indicação e, escolhendo o menor dos males, declararam apoio ao candidato nacionalista, então ele foi contratado para trabalhar para o sr. Tierney.

Em alguns minutos eles ouviram um fraco *Poc!* quando a rolha da garrafa do sr. Lyons saiu. Lyons pulou da mesa, foi até a lareira, pegou sua garrafa e a levou até a mesa.

— Eu estava dizendo a eles, Crofton — disse o sr. Henchy —, que conseguimos alguns votos bons hoje.

— Quem você conseguiu? — perguntou o sr. Lyons.

— Bom, consegui Parkes para um e Atkinson para dois e consegui Ward de Dawson Street. Um bom velho ele, um típico dândi, conservador. *Mas seu candidato não é nacionalista?* ele disse. *Ele é um homem respeitável*, eu disse. *É a favor do que vai beneficiar este país. É um grande contribuinte*, eu disse. *Tem uma grande propriedade na cidade e três estabelecimentos comerciais e não seria do interesse dele baixar os impostos? Ele é um cidadão importante e respeitado e um Guardião da Lei dos Pobres, e ele não pertence a nenhum partido, bom, mau ou indiferente.* É assim que você fala com eles.

— E sobre o discurso para o rei? — perguntou o sr. Lyons, depois de beber e estalar os lábios.

— Me ouça — disse o sr. Henchy. — O que queremos para este país, como eu disse para o velho Ward, é capital. O rei vir aqui vai significar um influxo de dinheiro no país. Os cidadãos de Dublin vão se beneficiar com isso. Olhe as fábricas lá nos cais, paradas! Veja o dinheiro que há no país se colocássemos para trabalhar as velhas indústrias, as usinas, os estaleiros e as fábricas. É capital que queremos.

— Mas veja bem, John — disse o sr. O'Connor. — Por que deveríamos dar boas-vindas ao rei da Inglaterra? O próprio Parnell...

— Parnell — disse o sr. Henchy — está morto! Agora é assim que vejo as coisas. Tem esse sujeito que subiu ao trono depois que sua velha mãe o deixou esperando até que ele ficasse grisalho. Ele é um homem do mundo, e quer o nosso bem. É um sujeito jovial e decente, na minha opinião, e não tem nada de errado com ele. Ele disse a si mesmo: *A velha nunca foi ver esses irlandeses selvagens. Por Deus, vou eu mesmo ver como eles são.* E vamos nós insultar o homem quando ele vier para uma visita amistosa? Hein? Não estou certo, Crofton?

Sr. Crofton fez que sim com a cabeça.

— Mas, afinal — argumentou o sr. Lyons —, a vida do rei Eduardo, sabe, não é lá muito...

— O passado é passado — disse o sr. Henchy. — Pessoalmente eu admiro o homem. É só um boêmio comum como você e eu. Gosta de tomar as suas e é um pouco libertino, talvez, além de ser um bom jogador. Caramba, nós irlandeses não podemos jogar limpo?

— Tudo bem isso. — disse o sr. Lyons. — Mas veja o caso de Parnell.

— Pelo amor de Deus — disse o sr. Henchy —, qual é a analogia entre os dois casos?

— O que quero dizer — disse o sr. Lyons — é que temos nossos ideais. Por que, agora, daríamos boas-vindas a um homem assim? Você acha que depois do que fez, Parnell era um homem apto para nos liderar? Então por que, agora, faríamos isso por Eduardo VII?

— É o aniversário de morte de Parnell — disse o sr. O'Connor — não vamos mexer em ressentimentos. Todos o respeitamos agora que ele está morto – até os conservadores — acrescentou, se voltando para o sr. Crofton.

Poc! A rolha finalmente voou da garrafa de Crofton. Sr. Crofton se levantou de sua caixa e foi até a lareira. Enquanto voltava com sua captura, ele disse em uma voz grave:

— Nosso lado da casa o respeita, porque ele era um cavalheiro.

— Certo, Crofton! — disse com força o sr. Henchy. — Era o único homem que podia manter a ordem naquela cama de gatos. *No chão, seus cachorros! Deitados, cães!* Era assim que ele os tratava. Entre, Joe! Entre! — chamou, vendo o sr. Hynes na porta.

Sr. Hynes veio lentamente.

— Abra outra garrafa de *stout*, Jack — disse o sr. Henchy. — Ah, esqueci que não temos saca-rolhas! Aqui, me dê uma e vou colocar perto do fogo.

O velho entregou outra garrafa e ele a colocou na grade.

— Sente aqui, Joe — disse o sr. O'Connor — estávamos falando do Chefe.

— Isso! — disse o sr. Henchy.

Sr. Hynes se sentou do lado da mesa perto do sr. Lyons, mas nada disse.

— Bom, aqui está um deles — disse o sr. Henchy — um que não o renegou. Por Deus! Vou dizer por você, Joe! Não, por Deus, você ficou do lado dele como um homem!

— Ah, Joe — disse de repente o sr. O'Connor. — Diga aquela coisa que você escreveu, você lembra? Tem aí com você?

— Ah, sim! — disse o sr. Henchy. — Nos diga. Já ouviu essa, Crofton? Ouça agora: coisa esplêndida.

— Vamos — disse o sr. O'Connor. — Pode falar, Joe.

Sr. Hynes não parecia lembrar inicialmente do artigo a que eles estavam se referindo, mas, depois de refletir um pouco, disse:

— Oh, aquela coisa... Claro, é algo velho agora.

— Coloque para fora, homem! — disse o sr. O'Connor.

— Shi, shi — disse o sr. Henchy. — Agora, Joe!

Dia da Hera na sala do comitê

Sr. Hynes hesitou um pouco mais. Então entre o silêncio ele tirou seu chapéu, o colocou na mesa e se levantou. Parecia estar ensaiando o texto em sua mente. Depois de uma longa pausa, ele anunciou:

A MORTE DE PARNELL
6 de outubro de 1981

Limpou a garganta uma ou duas vezes e então começou a recitar:

Está morto. Nosso rei não coroado está morto.
Oh, Erin, chore de infortúnio e tristeza
Pois ele jaz onde caiu
Vítima de hipócritas e suas baixezas.

Assassinado por cães covardes
Que ergueu para a glória da lama amarga;
E as esperanças e sonhos de Erin
Pereceram sobre a pira de seu monarca.

Em palácio, cabana ou berço
Onde quer que esteja o coração irlandês
Está prostrado com tristeza – porque partiu
Quem teria traçado seu destino de vez.

Teria tornado sua Erin famosa,
A bandeira verde gloriosamente hasteada,
Seus estadistas, bardos e guerreiros em pé
Com as nações do mundo para eles voltadas.
Sonhou (infelizmente, apenas sonho!)
Liberdade: mas enquanto se esforçava
Para agarrar esse ídolo, traição

O separou daquilo que amava.

Vergonha para as mãos covardes, vis
Que feriram seu Senhor ou com beijos
O jogaram para as hordas
De padres bajuladores e malfazejos.

Que a vergonha eterna consuma
A memória daqueles que, rejeitados,
Tentaram manchar e difamar o nome
De alguém de orgulho exaltado.

Ele caiu como os grandes caem,
Nobre e destemido até o fim,
E a morte agora o uniu
Aos heróis do passado de Erin.

Nenhum conflito perturba seu sono!
Calmo ele descansa e nenhuma dor humana
Ou grande ambição o estimulam
A alcançar os picos de onde a glória emana.

Eles conseguiram: o derrubaram.
Mas Erin, ouça, seu espírito pode
Levantar, como a Fênix das chamas,
Como o nascer do dia explode.

O dia que nos trará o reino da Liberdade.
E nesse dia Erin, em que tiveres seu anel,
Brinde com a taça que levanta à Alegria
Um luto – a memória de Parnell.

Sr. Hynes se sentou de novo na mesa. Quando terminou de recitar seu texto, houve um silêncio e, então, uma explosão de aplausos: até o sr. Lyons aplaudiu. A pausa continuou por um tempo. Então todos os ouvintes beberam de suas garrafas em silêncio.

Poc! A rolha saltou da garrafa do sr. Hynes, mas Hynes continuou sentado na mesa, corado e com a cabeça descoberta. Parecia que ele não tinha ouvido o convite.

— Boa, Joe — disse o sr. O'Connor, pegando seu papel de cigarro e sua bolsa para esconder melhor sua emoção.

— O que você acha, Crofton? — gritou o sr. Henchy. — Não é bonito? O que acha?

Sr. Crofton disse que era mesmo um belo texto.

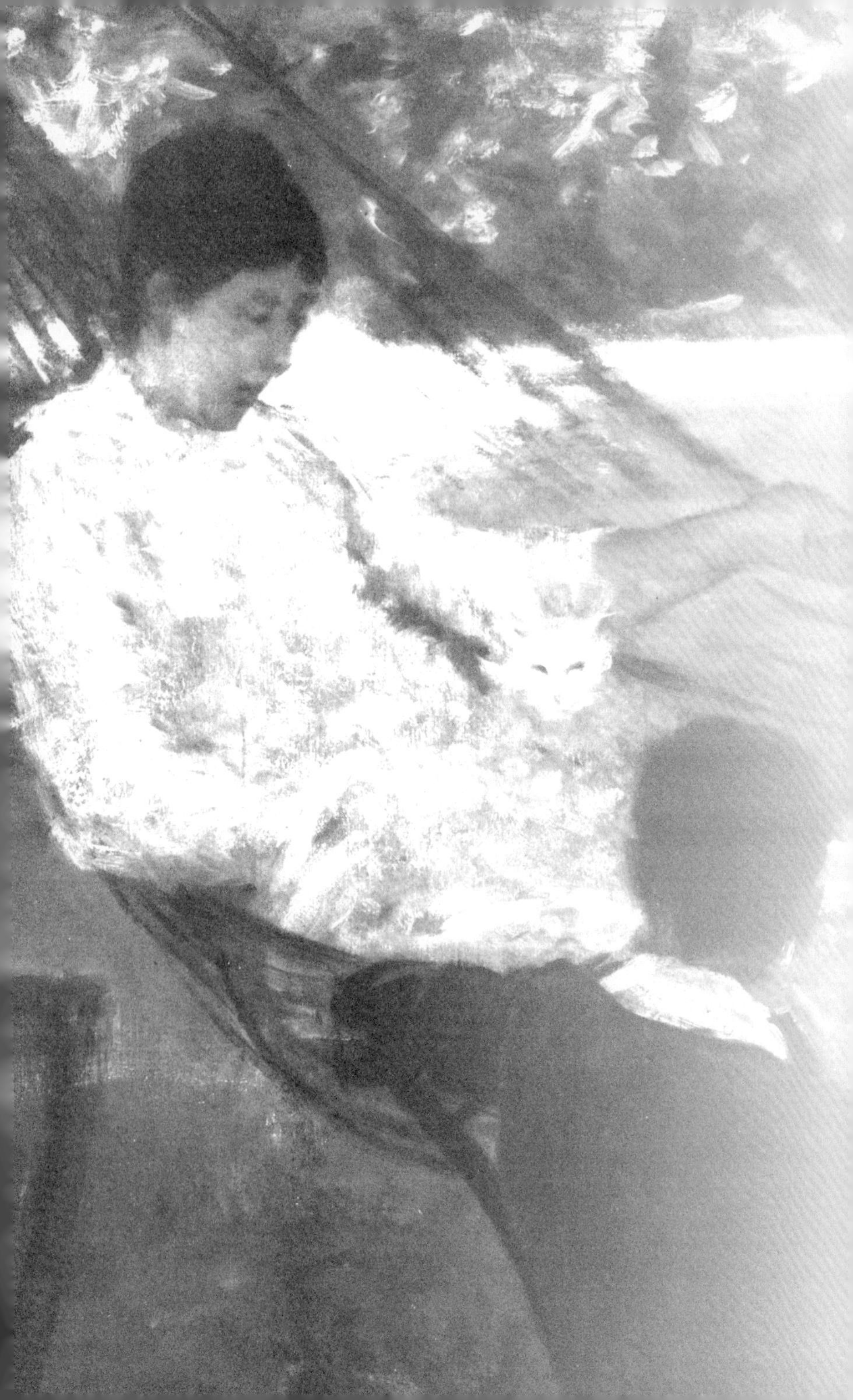

UMA MÃE

Sr. Holohan, secretário assistente da Eire Abu Society[1], vinha andando por Dublin de cima a baixo há quase um mês, as mãos e os bolsos cheios de pedaços sujos de papel, organizando uma série de concertos. Tinha uma perna torta e por isso seus amigos o chamavam de Manco Holohan. Andou por todo lado, parando por horas nas esquinas defendendo sua ideia e tomando notas; mas, no final, foi a sra. Kearney que arranjou tudo.

---

[1] Nomenclatura para um grupo que pode ser traduzido como *"Sociedade Irlanda para a Vitória"*.

Uma mãe

A srta. Devlin tinha se tornado sra. Kearney por despeito. Tinha estudado em um convento de classe alta onde aprendeu francês e música. Como era naturalmente pálida e tinha um jeito inflexível, fez poucas amigas na escola. Quando atingiu a idade para se casar, ela foi mandada para muitas casas onde sua música e suas maneiras refinadas eram admiradas por todos. Sentada em meio ao círculo frio de suas realizações, ela esperava que algum pretendente tomasse coragem e a oferecesse uma vida brilhante, mas os jovens que encontrava eram comuns, e ela não os encorajava; consolava seus desejos românticos comendo secretamente o quanto podia de manjar turco. No entanto, quando estava chegando ao limite e seus amigos começaram a soltar a língua sobre ela, ela os silenciou casando-se com o sr. Kearney, que fazia botas em Ormond Quay.

Ele era bem mais velho. As conversas dele, sempre sérias, surgiam em intervalos de sua grande barba castanha. Depois do primeiro ano da vida de casada, a sra. Kearney percebeu que um homem assim seria melhor do que um romântico, mas nunca se desfez de suas ideias permeadas de romance. Ele era um homem sóbrio, econômico e devoto; ia ao altar toda primeira sexta-feira do mês, às vezes com ela, mais vezes sozinho. Mas ela nunca deixou sua religiosidade enfraquecer, era uma boa esposa para ele. Em qualquer festa em uma casa estranha quando ela levantava levemente a sobrancelha ele se levantava para ir embora e, quando a tosse o incomodava, ela colocava uma colcha de penas sobre seus pés e preparava um ponche forte de rum. De sua parte, ele era um pai modelo. Pagando uma pequena soma semanalmente a uma sociedade, ele garantiu para as duas filhas um dote de cem libras cada quando completassem 24 anos. Mandou a filha mais velha, Kathleen, estudar em um bom convento, onde ela aprendeu francês e música, e depois pagou a mensalidade dela na Academia[2]. Todo ano, em julho, a sra. Kearney encontrava uma oportunidade para dizer aos amigos:

— Meu bom homem vai nos levar para Skerries por algumas semanas.

Se não era Skerries era Howth ou Greystones.

Quando o Renascimento Irlandês começou a ser apreciado, a sra. Kearney estava determinada a tirar vantagem do nome da filha e trouxe um professor de irlandês para sua casa. Kathleen e a irmã mandavam cartões-postais em irlandês para os amigos, e esses amigos mandavam de volta outros cartões-postais em irlandês. Em domingos especiais, quando o sr. Kearney ia com a família para a catedral, um pequeno grupo se reunia depois da missa na esquina da Cathedral Street. Eram amigos dos Kearneys – amigos de música ou amigos nacionalistas –, e, depois de comentar cada uma das fofocas, eles apertavam as mãos ao mesmo tempo, rindo dos braços se cruzando, e se despediam em irlandês. Logo o nome da srta. Kathleen Kearney começou a ser ouvido com frequência na boca das pessoas. Diziam que ela era uma boa musicista e uma garota muito gentil e que, além disso, ela acreditava no movimento da língua irlandesa. Sra. Kearney ficou muito contente com isso. Sendo assim não ficou surpresa quando um dia o sr. Holohan propôs à sua filha que fosse a acompanhante em uma série de quatro grandes concertos que sua sociedade daria no Antient Concert Rooms. Ela o levou até a sala de estudos, o fez se sentar e trouxe a garrafa especial e o pote de prata com biscoitos. Entrou nos mínimos detalhes do empreendimento,

---

[2] Royal Irish Academy of Music.

aconselhando e dissuadindo até que finalmente redigiram um contrato pelo qual Kathleen receberia oito guinéus por seu serviço de acompanhante nos quatro concertos.

Como o sr. Holohan era novato em assuntos delicados, como redação de cartazes e disposição de atrações para um programa, a sra. Kearney o ajudou. Ela tinha tato. Sabia que *artistes* deveriam aparecer em maiúsculas e que *artistes* deveriam ficar em letras menores. Sabia que o primeiro tenor não iria gostar de entrar depois do ato cômico do sr. Meade. Para manter o público entretido, ela colocou as atrações duvidosas entre as velhas favoritas. Sr. Holohan ia falar com ela todos os dias para pedir conselhos sobre algum ponto. Ela era invariavelmente amistosa e receptiva – acolhedora, na verdade. Ela empurrava a garrafa para ele e dizia:

— Agora, sirva-se, sr. Holohan!

E, enquanto ele se servia, ela dizia:

— Nada tema! Nada tema!

Tudo deu certo. Sra. Kearney comprou um lindo *charmeuse* rosa na Brown Thomas's para colocar na frente do vestido de Kathleen. Não saiu barato, mas há ocasiões em que um pequeno gasto é justificável. Pegou uma dúzia de ingressos de dois xelins para o concerto final e mandou para os amigos que não podia confiar na presença de outra maneira. Não se esquecia de nada e, graças a ela, tudo que precisava ser feito foi feito.

Os concertos aconteceriam na quarta, quinta, sexta e sábado. Quando a sra. Kearney chegou com a filha no Antient Concert Rooms na noite de quarta, ela não gostou da aparência das coisas. Alguns rapazes, usando distintivos azuis nos casacos, estavam parados no vestíbulo, nenhum deles em traje de gala. Ela passou com a filha e uma olhada rápida pela porta aberta do salão mostrou a ela a causa da ociosidade dos funcionários. Primeiro ela achou que tinha confundido a hora. Não, eram vinte para às oito.

No camarim, atrás do palco, ela foi apresentada ao secretário da sociedade, sr. Fitzpatrick. Sorriu e apertou a mão dele. Era um homem pequeno, com um rosto branco e vazio. Ela notou que ele usava seu chapéu marrom macio descuidadamente de um lado da cabeça e que seu sotaque era comum. Segurava um programa na mão e, enquanto falava com ela, mastigava um dos cantos do papel até formar uma polpa. Parecia não se importar muito com decepções. Sr. Holohan entrava no camarim entre intervalos com relatórios da bilheteria. Os *artistes* conversavam nervosos entre si, se olhando vez ou outra no espelho e enrolando e desenrolando suas partituras. Quando já eram quase oito e meia, algumas pessoas no auditório começaram a expressar seu desejo por entretenimento. Sr. Fitzpatrick entrou, sorriu vagamente para a sala, e disse:

— Bom, senhoras e senhores. Suponho que seja melhor começar o baile.

A sra. Kearney recompensou a sílaba final monótona dele com um rápido olhar de desprezo e, então, encorajou a filha:

— Está pronta, querida?

Quando teve uma oportunidade, ela chamou o sr. Holohan de lado e perguntou o que significava aquilo. O sr. Holohan não sabia o que aquilo significava. Disse que o comitê tinha cometido um erro em marcar quatro concertos: quatro era demais.

Uma mãe

— E os *artistes*! — disse a sra. Kearney.

— Claro que estão fazendo o seu melhor, mas na verdade não são muito bons.

Sr. Holohan admitiu que os *artistes* não eram bons, mas o comitê, disse ele, tinha decidido deixar os primeiros três concertos acontecerem de qualquer jeito, reservando todos os talentos para a noite de sábado. A sra. Kearney não disse nada, mas, enquanto as apresentações medíocres se sucediam na plataforma e o pequeno público no salão ia diminuindo, ela começou a se arrepender de ter feito qualquer despesa para um concerto assim. Tinha algo de que ela não gostava na situação, e o sorriso vazio do sr. Fitzpatrick a irritava demais. No entanto, não disse nada e esperou para ver como a coisa iria acabar. O concerto terminou um pouco antes das dez, e os ouvintes que restaram foram rapidamente embora.

O público do concerto na quinta foi melhor, mas a sra. Kearney logo viu que a casa estava cheia de pessoas com ingressos grátis. O público se comportava de maneira indecorosa, como se o concerto fosse apenas um ensaio informal. Sr. Fitzpatrick parecia estar se divertindo; não tinha a menor consciência de que a sra. Kearney estava observando com raiva sua conduta. Ele estava nas coxias, às vezes esticando a cabeça para fora e rindo com dois amigos no canto do balcão superior. Durante a noite, a sra. Kearney descobriu que o concerto de sexta seria cancelado e que o comitê moveria céus e terras para garantir uma casa lotada no sábado. Ao ouvir isso, ela procurou o sr. Holohan. O abordou enquanto ele mancava rapidamente com um copo de limonada para uma moça e perguntou se era verdade. Sim, era verdade.

— Mas claro que isso não altera o contrato — ela disse. — O contrato era para quatro concertos.

Sr. Holohan parecia estar com pressa; a aconselhou a falar com o sr. Fitzpatrick. Agora a sra. Kearney estava começando a ficar alarmada. Chamou o sr. Fitzpatrick para fora da coxia e disse a ele que a filha tinha assinado para tocar em quatro concertos e que, claro, segundo os termos do contrato, ela deveria receber a soma originalmente estipulada, quer a sociedade fizesse quatro concertos, quer não. Sr. Fitzpatrick, que não entendeu de início qual era o problema, parecia incapaz de resolver as coisas e disse que levaria a questão ao comitê. A raiva da sra. Kearney começou a se mostrar em suas bochechas e ela teve que se conter para não perguntar:

— E quem seria esse *Comête*, por acaso?

Mas sabia que não seria algo digno de uma dama: então ficou calada.

Meninos foram mandados com panfletos para as principais ruas de Dublin na manhã de sexta. Notas especiais foram publicadas nos jornais vespertinos, lembrando ao público amante de música que uma surpresa o aguardava na noite seguinte. Sra. Kearney se sentiu um pouco mais tranquila, mas pensou em contar ao marido parte de suas suspeitas. Ele ouviu com atenção e disse que talvez fosse melhor ele ir com ela na noite de sábado. Ela concordou. Respeitava o marido do mesmo jeito que respeitava o General Post Office[3], como algo grande, seguro e fixo; e, embora conhecesse o pequeno número de seus talentos, ela apreciava seu valor abstrato como homem. Ficou satisfeita por ele ter sugerido acompanhá-la. Repensou seus planos.

---
[3] A sede dos correios.

Chegou a noite do grande concerto. Sra. Kearney, com o marido e a filha, chegou ao Antient Concert Rooms quarenta e cinco minutos antes da hora marcada para o concerto. Por azar era uma noite chuvosa. Sra. Kearney colocou as roupas e as partituras da filha aos cuidados do marido e andou pelo prédio todo procurando o sr. Holohan ou o sr. Fitzpatrick. Não encontrou nenhum dos dois. Perguntou aos funcionários se algum membro do comitê estava no salão e, depois de muita confusão, um deles trouxe uma mulher baixinha chamada srta. Beirne, para quem a sra. Kearney explicou que queria ver um dos secretários. A srta. Beirne os esperava a qualquer minuto e perguntou se poderia fazer alguma coisa. Sra. Kearney olhou atentamente para o rosto velho que estava contorcido em uma expressão de confiança e entusiasmo e respondeu:

— Não, obrigada!

A mulher baixinha esperava que eles tivessem uma casa cheia. Olhou para a chuva lá fora até que a melancolia da rua molhada apagou toda a confiança e entusiasmo de suas feições distorcidas. Ela deu um pequeno suspiro e disse:

— Bom! Fizemos nosso melhor, Deus sabe.

Sra. Kearney teve que voltar ao camarim.

Os *artistes* estavam chegando. O baixo e o segundo tenor já estavam lá. O baixo, sr. Duggan, era um jovem magro com um bigode preto ralo. Era filho de um porteiro de um escritório na cidade e, quando menino, tinha cantado prolongadas notas graves no átrio ressonante do prédio. De sua origem humilde, ele tinha ascendido até se tornar um *artiste* de primeira classe. Participou de óperas. Uma noite, quando o artista principal ficou doente, ele fez o papel do rei na ópera *Maritana*[4] no Queen's Theatre. Cantou com grande sentimento e volume e foi bem recebido pelo público, mas, infelizmente, maculou a boa impressão ao limpar o nariz na mão enluvada uma ou duas vezes sem pensar. Era modesto e falava pouco. Falava *yous*[5] tão baixo que passava batido e nunca bebia nada mais forte que leite para não prejudicar a voz. Sr. Bell, o segundo tenor, era um baixinho loiro que competia todo ano pelos prêmios no *Feis Ceoil*[6]. Na quarta tentativa, ele ganhou medalha de bronze. Era extremamente nervoso e invejoso com outros tenores e encobria sua inveja nervosa com uma simpatia efervescente. Seu tipo de humor era dizer às pessoas como um concerto era difícil para ele. Portanto quando viu o sr. Duggan foi até ele e perguntou:

— Está nessa também?

— Sim — disse o sr. Duggan.

Sr. Bell riu para seu colega sofredor, estendeu a mão e disse:

— Toca aqui!

Sra. Kearney passou pelos dois homens e foi para a beira da coxia para ver a casa. Os assentos estavam se enchendo rapidamente e um som agradável circulava pelo auditório. Voltou e falou com o marido em particular. A conversa era obviamente sobre Kathleen, porque eles a observavam enquanto ela conversava com uma de suas amigas nacionalistas, srta. Healy, contralto. Uma mulher desconhecida e solitária de rosto pálido passou pela sala. As mulheres seguiram com olhos atentos

---

[4] Ópera de 1845 de William Vincent Wallace.

[5] Forma plural de *you* usada no interior da Irlanda.

[6] Festival anual de música clássica.

Uma mãe

seu vestido azul desbotado esticado sobre um corpo magro. Alguém disse que ela era a Madame Glynn, a soprano.

— Imagino de onde tiraram essa aí — disse Kathleen à srta. Healy. — Tenho certeza de que nunca ouvi falar dela.

Srta. Healy teve que sorrir. O sr. Holohan mancou para o camarim naquele momento, e as duas moças perguntaram a ele quem era a mulher desconhecida. Sr. Holohan disse que ela era a Madame Glynn, de Londres. Madame Glynn parou em um canto da sala, segurando rigidamente uma partitura diante de si, e de tempos em tempos mudava a direção de seu olhar assustado sobre o papel. A sombra deu abrigo ao seu vestido desbotado, mas caiu vingativamente sobre o pequeno vão atrás de sua clavícula. O som vindo do salão se tornou mais alto. O primeiro tenor e o barítono chegaram juntos. Estavam bem-vestidos, eram robustos e complacentes e trouxeram um ar de opulência à companhia.

Sra. Kearney levou a filha até eles e conversou com os dois amistosamente. Queria ficar em bons termos com os dois, mas, embora se esforçasse para ser educada, seus olhos seguiam o sr. Holohan em seu trajeto manco e tortuoso. Assim que pode pediu licença e foi atrás dele.

— Sr. Holohan, quero falar com o senhor por um momento — ela disse.

Foram até uma parte discreta do corredor. Sra. Kearney perguntou quando a filha seria paga. Sr. Holohan disse que o sr. Fitzpatrick estava encarregado disso. Sra. Kearney disse que não sabia de nada pelo sr. Fitzpatrick. A filha tinha assinado um contrato de oito guinéus e tinha que receber. Sr. Holohan disse que isso não era assunto dele.

— Por que não é assunto seu? — perguntou a sra. Kearney.
— Não foi você que trouxe o contrato para ela? Bom, se não é assunto seu é assunto meu e pretendo cuidar disso.

— Melhor falar com o sr. Fitzpatrick — disse distante o sr. Holohan.

— Não quero saber do sr. Fitzpatrick — repetiu a sra. Kearney.
— Tenho meu contrato e pretendo garantir que ele seja cumprido.

Quando ela voltou para o camarim, suas bochechas estavam levemente vermelhas. A sala estava cheia de vida. Dois homens com roupa de rua tinham tomado posse da lareira e conversavam com familiaridade com a srta. Healy e o barítono. Eram o homem do *Freeman Journal* e o sr. O'Madden Burke. O homem do *Freeman* veio dizer que não poderia esperar pelo concerto pois tinha que cobrir a palestra que um padre americano estava dando em Mansion House. Disse que deixariam o relatório para ele no *Freeman* e ele supervisionaria a publicação. Era um homem grisalho, com uma voz plausível e modos cuidadosos. Segurava um charuto apagado à mão e um cheiro de fumaça flutuava ao seu redor. Ele não pretendia ficar muito porque concertos e *artistes* o entediavam consideravelmente, mas continuava ali apoiado na lareira. Srta. Healy estava na frente dele, conversando e rindo. Ele tinha idade suficiente para suspeitar de uma razão por trás da simpatia dela, mas jovem de espírito o suficiente para aproveitar o momento. O calor, a fragrância e a cor do corpo dela atraíam seus sentidos. Ele tinha a consciência prazerosa de que o busto que ele via subir e descer lentamente abaixo dele subia e descia naquele momento por ele, que o riso e a fragrância e os olhares intencionais eram seu tributo. Quando não podia ficar mais tempo, ele a deixou pesaroso.

— O'Madden Burke vai escrever a notícia — ele explicou ao sr. Holohan — e vou garantir que saia.

— Muito obrigado, sr. Hendrick — disse o sr. Holohan. — Você vai publicar, eu sei. Agora, não quer tomar alguma coisa antes de ir?

— Não me importaria — disse o sr. Hendrick.

Os dois homens entraram por algumas passagens tortuosas e subiram uma escada escura que dava para uma sala isolada onde um funcionário estava sacando rolhas para alguns cavalheiros. Um desses cavalheiros era o sr. O'Madden Burke, que encontrou a sala instintivamente. Era um homem mais velho e charmoso que equilibrava seu corpo imponente, quando em repouso, sobre um grande guarda-chuva de seda. Seu nome ocidental grandiloquente era o guarda-chuva moral sobre o qual ele equilibrava o problema delicado de suas finanças. Era amplamente respeitado.

Enquanto o sr. Holohan entretinha o homem do *Freeman*, a sra. Kearney falava tão excitadamente com o marido que ele teve que pedir a ela para baixar a voz. A conversa dos outros no camarim tinha se tornado tensa. Sr. Bell, o primeiro ato, estava pronto com sua partitura, mas a acompanhante não deu sinal. Evidentemente havia algo errado ali. Sr. Kearney olhava para frente, acariciando sua barba enquanto a sra. Kearney falava ao ouvido de Kathleen com ênfase moderada. Da sala vieram sons de encorajamento, palmas e pés batendo no chão. O primeiro tenor, o barítono e a srta. Healy estavam juntos, esperando tranquilamente, mas o sr. Bell estava muito nervoso, pois tinha medo de que o público achasse que ele estava atrasado.

Sr. Holohan e o sr. O'Madden Burke entraram na sala. Logo o sr. Holohan percebeu o silêncio. Ele foi até a sra. Kearney e falou com ela seriamente. Enquanto eles conversavam, o barulho no salão foi crescendo. Sr. Holohan foi ficando muito vermelho e agitado. Falava rápido, mas a sra. Kearney dizia secamente em intervalos:

— Ela não vai entrar. Ela precisa receber seus oito guinéus.

Sr. Holohan apontou desesperadamente para a sala onde o público batia palmas e os pés no chão. Apelou aos sr. Kearney e a Kathleen, mas o sr. Kearney continuava acariciando sua barba e Kathleen olhava para baixo, movendo a ponta de seus sapatos novos: não era culpa dela. A sra. Kearney repetiu:

— Ela não vai entrar sem o dinheiro.

Depois de uma discussão rápida, o sr. Holohan saiu mancando às pressas. O camarim ficou em silêncio. Quando a tensão do silêncio se tornou quase dolorosa, a srta. Healy disse ao barítono:

— Você viu a sra. Pat Campbell essa semana?

O barítono não tinha visto, mas ouviu dizer que ela estava muito bem. A conversa não continuou. O primeiro tenor baixou a cabeça e começou a contar os elos da corrente de ouro na sua cintura, sorrindo e cantarolando notas aleatórias para observar o som nos seios frontais. De tempos em tempos todos olhavam para a sra. Kearney.

O barulho no auditório tinha se tornado um clamor quando o sr. Fitzpatrick entrou de supetão no camarim, seguido pelo sr. Holohan, que estava sem fôlego. As palmas e o bater de pés no salão eram pontuados por assobios. Sr. Fitzpatrick segurava algumas notas na mão. Contou quatro e entregou na mão da sra. Kearney e disse que pagaria a outra metade no intervalo. Sra. Kearney disse:

— Faltam quatro xelins.

Mas Kathleen segurou sua saia e disse: *Agora, sr. Bell*, que tremia inteiro, para começar o primeiro ato. O cantor e a acompanhante entraram juntos. O barulho no salão parou. Houve uma pausa de alguns segundos: e então o piano foi ouvido.

A primeira parte do concerto foi um sucesso, exceto pelo ato da Madame Glynn. A pobrezinha cantou *Killarney*[7] em uma voz ofegante e incorpórea, com todos os maneirismos antiquados de entonação e pronúncia que acreditava darem elegância ao seu canto. Parecia que ela tinha sido ressuscitada de um velho guarda-roupa de teatro, e as partes mais baratas do salão zombaram de suas notas agudas e lamentosas. O primeiro tenor e o contralto, no entanto, botaram a casa abaixo. Kathleen tocou uma seleção de músicas irlandesas que foi generosamente aplaudida. A primeira parte se encerrou com uma emocionante recitação patriótica de uma jovem que organizava peças de teatro amador. Recebeu merecidos aplausos, e, quando ela terminou, os homens saíram para o intervalo, contentes.

Durante todo esse tempo, o camarim era uma colmeia de agitação. Em um canto estavam o sr. Holohan, o sr. Fitzpatrick, a srta. Beirne, dois funcionários, o barítono, o baixo e o sr. O'Madden Burke. O sr. O'Madden Burke disse que foi a exibição mais escandalosa que ele já tinha testemunhado. A carreira musical da srta. Kathleen Kearney estava acabada em Dublin depois disso, ele disse. Perguntaram ao barítono

---

[7] Música de Michael William Balfe.

o que ele achava da conduta da sra. Kearney. Ele não queria dizer nada. Tinha recebido seu dinheiro e queria ficar em paz com os outros. No entanto, disse que a sra. Kearney deveria ter levado os *artistes* em consideração. Os funcionários e secretários debatiam acaloradamente sobre o que deveria ser feito quando chegasse o intervalo.

— Concordo com a srta. Beirne — disse o sr. O'Madden Burke. — Não pague nada a ela.

Em outro canto do camarim estavam a sra. Kearney e o marido, o sr. Bell, a srta. Healy e a jovem que tinha recitado o texto patriótico. Sra. Kearney disse que tinha sido o comitê que a tratou de maneira escandalosa. Não tinha poupado trabalho nem gastos e era assim que eles a recompensavam.

Acharam que só tinham que lidar como uma menina e que, portanto, poderiam passar por cima dela. Mas ela mostraria como eles estavam errados. Não ousariam tratá-la assim se ela fosse um homem. Mas ela garantiria os direitos da filha: não seria enganada. Se não lhe pagassem até o último centavo, Dublin inteira ficaria sabendo. Claro que ela sentia muito pelos *artistes*. Mas o que mais poderia fazer? Apelou para o segundo tenor, que disse que achava que ela não tinha sido tratada de maneira apropriada. Então apelou para a srta. Healy. Srta. Healy queria se juntar ao outro grupo, mas não faria isso porque era uma grande amiga de Kathleen, e os Kearneys a haviam convidado para casa deles muitas vezes.

Assim que a primeira parte terminou, o sr. Fitzpatrick e o sr. Holohan foram até a sra. Kearney e disseram que os outros quatro guinéus seriam pagos depois da reunião do comitê na terça-feira e que, caso a filha não tocasse na segunda parte do concerto, o comitê consideraria isso quebra de contrato e não pagaria mais nada.

— Não vi ninguém do comitê — disse com raiva a sra. Kearney. — Minha filha tem seu contrato. Vai ter as quatro libras e oito nas mãos ou não vai colocar os pés naquele palco.

— Estou surpreso com você, sra. Kearney — disse o sr. Holohan. — Nunca achei que a senhora nos trataria assim.

— E como vocês me trataram? — perguntou a sra. Kearney.

Seu rosto estava inundado por uma cor violenta e parecia que ela atacaria alguém ali com as próprias mãos.

— Estou pedindo meus direitos — ela disse.

— A senhora deve ter algum senso de decência — disse o sr. Holohan.

— Devo, verdade?... E quando pergunto quando minha filha será paga não consigo receber uma resposta decente.

Sacudiu a cabeça e assumiu uma voz altiva:

— A senhora tem que falar com a secretaria. Não é assunto meu. Sou um grande sujeito e tal e coisa.

— Achei que a senhora fosse uma dama — disse o sr. Holohan, se afastando dela abruptamente.

Depois disso, a conduta da sra. Kearney foi condenada por todos os lados: todos aprovaram o que o comitê tinha feito. Ela ficou parada na porta, abatida de raiva, argumentando com o marido e a filha, gesticulando para eles. Esperou até o começo da segunda parte na esperança de que os secretários a abordassem. A srta. Healy consentiu gentilmente em tocar um ou dois acompanhamentos. Sra. Kearney teve que dar um passo para o lado para permitir que o barítono e seu acompanhante entrassem no palco. Ela ficou parada lá por um instante como a imagem de uma pedra enfurecida e, quando ouviu as primeiras notas da música, pegou a capa da filha e disse ao marido:

— Chame um coche!

Ele saiu de uma vez. Sra. Kearney enrolou a filha na capa e o seguiu. Passando pela porta, ela parou e encarou o sr. Holohan.

— Isso não acabou! — ela disse.

— Acabou para mim — disse o sr. Holohan.

Kathleen seguiu a mãe obedientemente. Sr. Holohan começou a andar de um lado para o outro na sala, para esfriar a cabeça que parecia pegar fogo.

— É uma dama mesmo! — ele disse. — Oh, que grande dama!

— Você fez o certo, Holohan — disse o sr. O'Madden Burke, se apoiando no seu guarda-chuva em aprovação.

GRAÇA

Dois cavalheiros que estavam no banheiro naquele momento tentaram levantá-lo: mas ele estava indefeso. Ficou deitado ao pé da escada de onde tinha caído. Eles conseguiram virá-lo. Seu chapéu havia rolado alguns metros e suas roupas ficaram suja com a poeira e a crosta pegajosa do chão onde ele estava deitado, de bruços. Seus olhos estavam fechados e ele respirava com um grunhido. Um fio de sangue pingava do canto de sua boca.

Os dois cavalheiros e um dos funcionários o carregaram para cima da escada e o deitaram de novo no chão do bar. Em dois minutos ele estava cercado por vários homens. O gerente do bar perguntou a todos quem ele era e com quem estava.

Ninguém sabia quem ele era, mas um dos funcionários disse que tinha servido uma pequena dose de rum àquele homem.

— Ele estava sozinho? — perguntou o gerente.

— Não, senhor. Dois cavalheiros estavam com ele.

— E onde eles estão?

Ninguém sabia; uma voz disse:

— Deixe-o respirar. Ele desmaiou.

O círculo de observadores se distendeu e fechou de novo elasticamente. Uma medalha escura de sangue se formou perto da cabeça do homem no chão xadrez. O gerente, assustado com o tom acinzentado do rosto do homem, mandou buscarem um policial.

Seu colarinho foi desabotoado e a gravata desfeita. Ele abriu os olhos por um instante, suspirou e os fechou novamente. Um dos cavalheiros que o carregou escada acima segurava uma cartola amassada na mão. O gerente perguntou várias vezes se ninguém sabia quem era aquele homem ferido e para onde tinham ido seus amigos. A porta se abriu e um policial imenso entrou. Uma multidão que o seguiu pela viela se reuniu fora da porta, tentando ver pelos vidros.

O gerente logo começou a narrar o que sabia. O policial, um jovem de feições grossas e impassíveis, ouvia. Movia a cabeça lentamente da direita para a esquerda e do gerente para a pessoa no chão, como se temesse ser vítima de alguma ilusão. Tirou, então, a luva, alcançou um pequeno livro da cintura, lambeu a ponta de seu lápis e se preparou para escrever. Perguntou num desconfiado sotaque provinciano:

— Quem é o homem? Qual o nome e o endereço dele?

Um jovem em trajes de ciclista abriu caminho entre o círculo de espectadores. Ajoelhou prontamente ao lado do homem ferido e pediu água. O policial também se ajoelhou para ajudar. O rapaz lavou o sangue da boca do ferido e depois pediu um pouco de conhaque. O policial repetiu o pedido com uma voz autoritária, até que um garçom veio correndo com o copo. Forçaram o conhaque garganta abaixo do homem. Em alguns segundos ele abriu os olhos e olhou ao redor. Viu o círculo de rostos desconhecidos e, então, entendendo a situação, tentou se levantar.

— Você está bem agora? — perguntou o rapaz em traje de ciclismo.

— 'Ão foi 'ada — disse o homem ferido, tentando se levantar.

Ajudaram-no a ficar de pé. O gerente disse algo sobre hospital, e alguns dos espectadores deram conselhos. A cartola amassada foi colocada na cabeça do homem. O policial perguntou:

— Onde você mora?

O homem, sem responder, começou a enrolar as pontas do bigode. Fez pouco caso de seu acidente. Não tinha sido nada, ele disse, apenas um deslize mesmo. Falava com dificuldade.

— Onde você mora? — repetiu o policial.

Um homem disse que chamariam um coche para ele. Enquanto a questão era debatida, um cavalheiro alto e ágil de pele clara, usando um casaco comprido amarelo, veio do fundo do bar. Vendo o espetáculo, ele chamou:

— Ei, Tom, meu velho! Qual o problema?

— 'Ão foi 'ada — disse o homem.

O recém-chegado observou a figura deplorável diante dele e então se voltou para o policial, dizendo:

— Está tudo bem, senhor. Eu o levo para casa.

O policial tocou seu capacete e respondeu:

— Certo, sr. Power!

— Vamos, Tom — disse o sr. Power, pegando o amigo pelo braço. — Nenhum osso quebrado, hein? Consegue andar?

O rapaz com traje de ciclista pegou o homem pelo outro braço, e a multidão se dividiu.

— Como você acabou nesse estado? — perguntou o sr. Power.

— Ele caiu da escada — disse o rapaz.

— Fico muit' agra'ecido, 'enhor — disse o homem ferido.

— Sem problema.

— Nã' vamo' 'omar um...?

— Agora não. Agora não.

Os três homens saíram do bar, e a multidão se espalhou das portas para rua. O gerente levou o policial para a escada a fim de inspecionar a cena do acidente. Concordaram que o senhor devia ter dado um passo em falso. Os clientes voltaram para o balcão e um garçom começou a limpar os traços de sangue do chão.

Quando chegaram à Grafton Street, o sr. Power assoviou para o coche. O homem ferido disse de novo o melhor que pode.

— 'Uito 'brigado, 'enhor. E'pero vêl' de 'ovo. 'Eu 'ome é Kernan.

O choque e a dor incipiente o tinham deixado parcialmente sóbrio.

— Não se preocupe — disse o rapaz.

Apertaram as mãos. O sr. Kernan foi depositado na carruagem e, enquanto o sr. Power dava o endereço ao motorista, ele expressou sua gratidão ao rapaz e disse que sentia muito que eles não pudessem tomar um drinque juntos.

— Numa outra oportunidade — disse o rapaz.

O coche partiu em direção a Westmoreland Street. Passando pelo Ballast Office, o relógio mostrava nove e meia. Um vento forte do Leste os atingiu, vindo da foz do rio. Sr. Kernan estava todo encolhido de frio. O amigo pediu que ele contasse como o acidente aconteceu.

— 'Ão co'sigo — ele respondeu — 'inha 'íngua 'ói.

— Me mostre.

O outro se inclinou sobre o banco do coche e olhou dentro da boca do sr. Kernan, mas não conseguiu ver nada. Acendeu um fósforo e, o protegendo com a mão em concha, olhou de novo dentro da boca que o sr. Kernan abriu obediente. O balanço do carro levava o fósforo para dentro e fora da boca aberta. Os dentes de baixo e as gengivas estavam cobertos de sangue ressecado, e um pequeno pedaço da língua parecia ter sido arrancado na mordida. O fósforo apagou.

— Foi feio — disse o sr. Power.

— 'Ão foi 'ada — disse o sr. Kernan fechando a boca e puxando a gola do casaco sujo sobre o pescoço.

Sr. Kernan era um caixeiro-viajante das antigas que acreditava na dignidade de sua vocação. Nunca era visto na cidade sem uma cartola decente e um par de polainas. Graças a esses acessórios, ele dizia, um homem estava sempre bem-arrumado. Dava continuidade à tradição de seu Napoleão, o grande Blackwhite, cuja memória evocava às vezes por lendas e imitação. A modernidade dos negócios o poupou apenas ao ponto de permitir um pequeno escritório na Crowe Street, onde a persiana trazia o nome de sua empresa com o endereço: Londres, E.C.[1]. Sobre a lareira do escritório havia um pequeno batalhão de latas de chumbo e sobre a mesa diante da janela havia quatro ou cinco tigelas de porcelana geralmente cheias até a metade com um líquido preto. Dessas tigelas, o sr. Kernan provava chás. Colocava um pouco na boca, puxava, saturava o palato e depois cuspia na grelha. Então pausava para fazer o julgamento.

Sr. Power, muito mais jovem, era empregado do Royal Irish Constabulary Office[2] no Castelo de Dublin. O arco de sua ascensão social cruzava com o arco do declínio do amigo, mas o declínio do sr. Kernan era mitigado porque certos amigos que o conheceram no auge do sucesso ainda o estimavam como um personagem. Sr. Power era um desses amigos. Suas dívidas inexplicáveis eram assunto conhecido em seu círculo; ele era um jovem simpático.

O coche parou diante de uma pequena casa em Glasnevin Road, e o sr. Kernan foi ajudado a entrar em casa. Sua esposa o colocou na cama enquanto o sr. Power ficou sentado na cozinha perguntando às crianças onde elas estudavam e em que

---

[1] Código postal do centro de Londres.

[2] Escritório da polícia sob comando britânico na Irlanda.

ano escolar estavam. As crianças – duas meninas e um menino, conscientes do estado do pai e da ausência da mãe – começaram a tentar brincar de cavalinho com ele. Ficou surpreso com os modos e sotaques delas, o que o deixou pensativo. Depois de um tempo, a sra. Kernan entrou na cozinha, exclamando:

— Que coisa! Oh, um dia desses ele se machuca para valer e pronto. Está bebendo desde sexta-feira.

Sr. Power foi cuidadoso em explicar para ela que não era responsável, tinha topado com a cena por mero acidente. Sra. Kernan, lembrando dos bons conselhos do sr. Power durante brigas domésticas e considerando os muitos pequenos mas oportunos empréstimos, disse:

— Oh, nem precisa me dizer isso, sr. Power. Sei que você é amigo dele, não como alguns dos outros com quem ele anda. Todos são muito bons para afastá-lo da esposa e da família quando ele tem dinheiro no bolso. Grandes amigos esses! Com quem ele estava hoje, eu gostaria de saber?

Sr. Power balançou a cabeça, mas não disse nada.

— Sinto muito — ela continuou — mas não tenho nada em casa para lhe oferecer. Mas se esperar um minuto mando alguém até o Fogarty's na esquina.

Sr. Power se levantou.

— Estávamos esperando-o voltar para casa com o dinheiro. Parece que ele nem se lembra que tem casa.

— Oh, sra. Kernan — disse o sr. Power —, vamos fazer ele virar a página. Vou falar com o Martin. Ele é o homem. Vamos vir até aqui uma noite dessas e conversar.

Ela o levou até a porta. O condutor estava andando de um lado para o outro na calçada balançando os braços para se esquentar.

— Foi muita gentileza sua trazê-lo até em casa — ela disse.

— Sem problema — disse o sr. Power.

Subiu no coche. Enquanto se afastavam, ele levantou o chapéu de modo otimista para ela.

— Vamos fazer dele um novo homem — ele disse. — Boa noite, sra. Kernan.

Com olhos duvidosos, a sra. Kernan seguiu o coche até ele sumir de vista. Então ela os desviou, entrou na casa e esvaziou os bolsos do marido.

Ela era uma mulher ativa e prática de meia-idade. Pouco tempo antes tinha comemorado suas bodas de prata e renovado a intimidade com o marido valsando com ele com o acompanhamento musical do sr. Power. Quando a cortejava, o sr. Kernan parecia uma figura até galante: e ela ainda corria para a porta da capela sempre que ficava sabendo de um casamento e, ao ver o casal de noivos, se lembrava com grande prazer de como havia saído da Star of the Sea Church em Sandymount, apoiada no braço de um homem jovial e bem alimentado, elegantemente vestido com uma sobrecasaca e calça lilás, carregando uma cartola graciosamente no outro braço. Três semanas depois ela começou a achar a vida de esposa irritante e, mais tarde, quando estava começando a achar insuportável, se tornou mãe. O papel de mãe lhe apresentou dificuldades insuperáveis e, por 25 anos, ela cuidou com astúcia da casa para o marido. Os dois filhos mais velhos já tinham tomado seu rumo. Um trabalhava numa loja de tecidos em Glasgow e o outro era funcionário de um mercador de chá em Belfast. Eram bons garotos, escreviam regularmente e às vezes mandavam dinheiro. Os outros filhos ainda estavam na escola.

Sr. Kernan mandou uma carta para seu escritório no dia seguinte e ficou na cama. Ela fez caldo de carne para ele e o repreendeu pesadamente. Aceitava sua falta de moderação como parte do clima, cuidava zelosamente dele quando ele ficava doente e sempre tentava fazer ele tomar café da manhã. Havia maridos piores. Nunca foi violento desde que os meninos cresceram, e ela sabia que ele andaria até o fim da Thomas Street e de volta apenas para fechar mesmo que um pedido pequeno.

Duas noites depois seus amigos vieram vê-lo. Ela os levou para o quarto, o ar impregnado de um odor pessoal, e deu a eles cadeiras perto do fogo. A língua do sr. Kernan, cuja dor ocasional o deixava irritável durante o dia, se tornou mais educada. Ele se sentou na cama encostado em travesseiros e uma certa cor fazia suas bochechas parecerem brasas mornas. Se desculpou com os convidados pelo quarto desarrumado, mas ao mesmo tempo olhou para eles um tanto orgulhoso, com um orgulho de veterano.

Sabia bem que era vítima de uma conspiração que seus amigos, o sr. Cunningham, o sr. M'Coy e o sr. Power, tinham revelado para a sra. Kernan na sala. A ideia tinha sido do sr. Power, mas o desenvolvimento foi confiado ao sr. Cunningham.

Sr. Kernan era de origem protestante e, apesar de ter se convertido à fé católica quando se casou, não frequentava a igreja há vinte anos. Além disso, gostava de fazer suas críticas ao catolicismo.

O sr. Cunningham era o homem certo para um caso assim. Era um colega mais velho do sr. Power. Sua própria vida doméstica não era das mais felizes. As pessoas tinham uma grande simpatia por ele porque sabiam que ele tinha se casado com uma mulher pouco apresentável que era uma bêbada incurável. Tinha montado uma casa para ela seis vezes, e todas as vezes ela havia penhorado os móveis.

Todos tinham respeito pelo pobre Martin Cunningham. Era um homem sensato, influente e inteligente. Sua lâmina de conhecimento humano e sua astúcia natural particularizada pela longa associação com casos em tribunais policiais eram temperadas por breves imersões nas águas da filosofia em geral. Era muito bem-informado. Seus amigos se curvavam às suas opiniões e consideravam seu rosto semelhante ao de Shakespeare.

Quando o plano foi revelado a ela, a sra. Kernan disse:

— Deixo tudo nas suas mãos, sr. Cunningham.

Depois de um quarto de século de vida conjugal, ela tinha poucas ilusões. Religião para ela era um hábito, e ela suspeitava que um homem da idade do marido não poderia mudar muito antes da morte. Ficou tentada a ver algo de curiosamente apropriado no acidente dele, mas para não dizerem que ela não queria cooperar, não falou aos cavalheiros que não seria lá uma grande perda se a língua do sr. Kernan fosse um pouco mais curta. No entanto, o sr. Cunningham era um homem capaz, e religião era religião. O esquema podia trazer algo de bom e, pelo menos, não faria mal. Suas crenças não eram extravagantes. Acreditava firmemente no Sagrado Coração como a mais útil das devoções católicas e aprovava os sacramentos. Sua fé estava confinada à cozinha, mas, se calhasse, poderia acreditar até em banshee e no Espírito Santo.

Os cavalheiros começaram a falar sobre o acidente. Sr. Cunningham disse que soube uma vez de um caso semelhante.

Um homem de setenta anos tinha cortado um pedaço da língua durante um ataque epilético, e a língua cresceu de novo de um jeito que não era possível ver nem um traço da mordida.

— Bom, não tenho setenta — disse o inválido.

— Graças a Deus! — disse o sr. Cunningham.

— Não está doendo agora? — perguntou o sr. M'Coy.

Sr. M'Coy já tinha sido um tenor de alguma reputação. Sua esposa, que tinha sido soprano, ainda ensinava piano para crianças de situação mais modesta. Sua linha de vida não era a distância mais curta entre dois pontos, e, por breves períodos, ele teve que viver de seus talentos. Tinha sido funcionário na Midland Railway, angariador de anúncios para o *The Irish Times* e para o *The Freeman's Journal*, caixeiro-viajante comissionado para uma empresa de carvão, investigador particular, escriturário no gabinete do subxerife e agora trabalhava como secretário do legista da cidade. Seu novo cargo o deixou interessado profissionalmente no caso do sr. Kernan.

— Doendo? Não muito — respondeu o sr. Kernan. — Mas me dá enjoo. Sinto como se quisesse vomitar.

— Isso é a bebida — disse o sr. Cunningham com firmeza.

— Não! — disse o sr. Kernan. — Acho que peguei um resfriado no coche. Tem alguma coisa que fica voltando na minha garganta, catarro ou...

— Muco — disse o sr. M'Coy.

— Fica voltando como do fundo da minha garganta; coisa nojenta.

— Sim, sim — disse o sr. M'Coy —, é o tórax.

Olhou para o sr. Cunningham e o sr. Power ao mesmo tempo com um ar de desafio. Sr. Cunningham concordou com a cabeça rapidamente, e o sr. Power disse:

— Ah, bom, tudo está bem quando acaba bem.

— Sou muito grato a você, meu velho — disse o inválido.

Sr. Power fez um gesto de dispensa com a mão.

— Aqueles outros dois sujeitos com quem eu estava...

— Quem estava com você? — perguntou o sr. Cunningham.

— Um camarada. Não sei o nome dele. Caramba, qual o nome dele mesmo? Um sujeitinho de cabelo cor de areia...

— E quem mais?

— Harford.

— Hm... — disse o sr. Cunningham.

Quando o sr. Cunningham fez essa observação, todos ficaram em silêncio. Sabiam que quem falava tinha fontes secretas de informação. Nesse caso, o monossílabo tinha uma intenção moral. Sr. Harford às vezes formava um pequeno destacamento que saía da cidade logo após o meio-dia do domingo visando chegar o mais rápido possível a algum *pub* nos arredores da cidade, onde seus membros se identificavam devidamente como viajantes *bona fide*. Contudo, seus colegas viajantes nunca consentiram em ignorar as origens dele. Tinha começado a vida financista obscuro, emprestando pequenas somas de dinheiro para trabalhadores a juros usurários. Mais tarde, ele se tornou sócio de um cavalheiro baixinho muito gordo, o sr. Goldberg, em um banco de empréstimos em Liffey. Mesmo nunca tendo adotado mais do que o código ético judaico, seus companheiros católicos, sempre que recebiam pessoalmente ou por procuração suas cobranças, se referiam a ele amargamente como um judeu irlandês e analfabeto e viam a desaprovação divina da usura manifestada através de seu filho idiota. Em outros momentos, lembravam seus pontos positivos.

— Imagino para onde ele foi — disse o sr. Kernan.

Queria que os detalhes do incidente permanecessem vagos. Que os amigos achassem que havia sido algum engano, que o sr. Harford e ele tivessem simplesmente se desencontrado. Os amigos, conhecendo bem os modos do sr. Harford quando bebia, ficaram calados. Sr. Power disse de novo:

— Tudo está bem quando acaba bem.

Sr. Kernan mudou de assunto de uma vez.

— Um rapaz muito decente aquele sujeito médico — ele disse. — Se não fosse por ele...

— Oh, se não fosse por ele — disse o sr. Power — poderia ser um caso de sete dias, sem opção de multa.

— Verdade, verdade — disse o sr. Kernan, tentando se lembrar. — Lembro agora que havia um policial. Um sujeito decente, parecia. Como tudo aconteceu mesmo?

— Aconteceu que você estava completamente intoxicado, Tom — disse em tom grave o sr. Cunningham.

— Concordo — disse o sr. Kernan, igualmente grave.

— Suponho que você tenha explicado tudo ao policial, Jack

— disse o sr. M'Coy.

Sr. Power não gostou do uso do seu primeiro nome. Não era um sujeito certinho, mas não conseguia esquecer que o sr. M'Coy recentemente tinha feito uma cruzada em busca de bagagens que permitissem que a sra. M'Coy cumprisse compromissos imaginários no interior. Ressentia mais ainda o fato do golpe baixo do que o fato de ser a vítima dele. Respondeu à pergunta, portanto, como se o sr. Kernan a tivesse feito.

A narrativa deixou o sr. Kernan indignado. Tinha plena consciência de sua cidadania, desejava viver em termos mutuamente honrosos com sua cidade e se ressentia de qualquer afronta imposta por aqueles que chamava de caipiras.

— É para isso que pagamos impostos? — perguntou. — Para alimentar e vestir esses *bostooms*[3] ignorantes... E não são nada mais que isso.

Sr. Cunningham riu. Era um oficial do Castelo só durante o expediente.

— Como poderiam ser outra coisa, Tom? — ele disse.

Imitou um sotaque provinciano pesado e disse em tom de comando:

— Sessenta e cinco, pegue seu repolho!

Todos riram. Sr. M'Coy, que queria entrar na conversa por qualquer lado, fingiu que nunca tinha ouvido a história. Sr. Cunningham disse:

— Dizem, por aí, sabe, que isso acontece nos galpões onde

---

[3] Gíria irlandesa que significa "idiotas".

eles levam esses sujeitos grandões do interior, *omadhauns*[4], sabe, para treinar. O sargento os faz ficarem enfileirados contra a parede segurando seus pratos.

Ele ilustrou a história com gestos grotescos.

— No jantar, sabe... Ele tem uma tigela enorme de repolho na frente dele em uma mesa e uma colher grande como uma pá. Ele pega uma porção de repolho com a colher e joga do outro lado do galpão para que os pobres diabos tentem pegar com os pratos. *Sessenta e cinco, pegue seu repolho!*

Todos riram de novo: mas o sr. Kernan continuava um tanto indignado. Falou em escrever uma carta para os jornais.

— Essas bestas chegam aqui — ele disse — pensando que podem mandar nas pessoas. Não preciso nem dizer, Martin, o tipo de homens que eles são.

Sr. Cunningham concordou com autoridade.

— É assim em todo lugar do mundo — ele disse. — Você tem alguns maus e alguns bons.

— Ah, sim, tem alguns bons, admito — disse o sr. Kernan, satisfeito.

— É melhor não ter nada a dizer a eles — disse o sr. M'Coy. — Essa é minha opinião!

A sra. Kernan entrou no quarto e, colocando uma bandeja na mesa, disse:

— Sirvam-se, cavalheiros.

---

[4] "Simplórios".

Sr. Power se levantou para oficiar, oferecendo sua cadeira a ela. Ela recusou, dizendo que estava passando roupa lá embaixo, e, trocando um aceno de cabeça com o sr. Cunningham pelas costas do sr. Power, se preparou para deixar o quarto. O marido a chamou:

— Não tem nada para mim, patinha?

— Oh, para você! As costas da minha mão para você! — disse a sra. Kernan com sarcasmo.

O marido chamou novamente:

— Nada para o seu pobre maridinho!

Assumiu um rosto e uma voz tão cômicos que a distribuição de garrafas de *stout* aconteceu entre um bom humor geral.

Os cavalheiros beberam, colocaram os copos na mesa e fizeram uma pausa. Então o sr. Cunningham se voltou para o sr. Power e disse casualmente:

— Na noite de quinta, você disse, Jack.

— Quinta, sim — disse o sr. Power.

— Certo! — disse o sr. Cunningham prontamente.

— Podemos nos encontrar no M'Auley's — disse o sr. M'Coy. — É o lugar mais conveniente.

— Mas não podemos chegar tarde — disse o sr. Power seriamente — porque com certeza estará lotado.

— Podemos nos encontrar sete e meia — disse o sr. M'Coy.

— Certo! — disse o sr. Cunningham.

— Combinado, sete e meia no M'Auley's!

Houve um silêncio breve. Sr. Kernan queria ver se os amigos iriam compartilhar a informação com ele. Então perguntou:

— Qual é a boa?

— Oh, não é nada — o sr. Cunningham disse. — Só uma coisinha que estamos arranjando para a quinta.

— É uma ópera? — disse o sr. Kernan.

— Não, não — disse o sr. Cunningham em um tom evasivo —, apenas uma coisinha... Espiritual.

— Oh — disse o sr. Kernan.

Houve silêncio de novo. Sr. Power disse, direto ao ponto:

— Para falar a verdade, Tom, vamos fazer um retiro.

— Sim, isso mesmo — disse o sr. Cunningham. — Jack, eu e M'Coy vamos todos virar a página.

Pronunciou a metáfora com uma certa energia receptiva e, encorajado pela própria voz, continuou:

— Veja bem, podemos admitir que somos uma boa coleção de canalhas, todos. E digo, todos nós — acrescentou com uma caridade dura e se voltando para o sr. Power. — Podem admitir!

— Eu admito — disse o sr. Power.

— E eu admito — disse o sr. M'Coy.

— Então vamos todos virar a página juntos — disse o sr. Cunningham.

Pareceu ter um pensamento repentino. Se voltou para o inválido e disse:

— Sabe o que me ocorreu agora, Tom? Você podia se juntar a nós e teremos um grupo de quatro.

— Boa ideia — disse o sr. Power. — Nós quatro.

Sr. Kernan ficou em silêncio. A proposta tinha pouco significado em sua mente, mas, entendendo que algumas agências espirituais estavam prestes a se preocupar a seu favor, achou que devia à sua dignidade mostrar firmeza. Não participou da conversa por um longo tempo, mas ouviu, com um ar de calma hostil, enquanto os amigos discutiam a respeitos dos jesuítas.

— Não tenho uma opinião tão ruim dos jesuítas — ele disse, intervindo longamente. — São uma ordem educada. Também acredito que eles têm boas intenções.

— Eles são a maior ordem da Igreja, Tom — disse o sr. Cunningham, com entusiasmo. — Os jesuítas estão ao lado do Papa.

— Não há dúvida sobre isso — disse o sr. M'Coy — se você quer uma coisa bem-feita e sem embromação tem que procurar um jesuíta. Eles têm influência. Te conto um caso desses...

— Os jesuítas são um grupo de homens bons — disse o sr. Power.

— Tem uma coisa curiosa — disse o sr. Cunningham — sobre a ordem jesuíta. Todas as outras ordens da Igreja tiveram que passar por alguma reforma, mas a ordem jesuíta não foi reformada uma única vez. Nunca decaiu.

— É verdade? — perguntou o sr. M'Coy.

— É fato — disse o sr. Cunningham. — É história.

— Veja a igreja deles também — disse o sr. Power. — Veja a congregação que eles têm.

— Os jesuítas atendem às classes altas — disse o sr. M'Coy.

— Claro — disse o sr. Power.

— Sim — disse o sr. Kernan. — Por isso tenho um sentimento por eles. É com alguns desses padres seculares, ignorantes, presunçosos...

— São todos homens bons — disse o sr. Cunningham —, cada um à sua maneira. O sacerdócio irlandês é honrado em todo o mundo.

— Ah, sim! — disse o sr. Power.

— Não como alguns dos outros padres do continente — disse o sr. M'Coy — indignos do nome.

— Talvez vocês tenham razão — disse o sr. Kernan, cedendo.

— Claro que tenho razão — disse o sr. Cunningham. — Estou no mundo há todo esse tempo e vi a maioria dos lados dele sem julgar caráter.

Os cavalheiros beberam de novo, cada um seguindo o exemplo do outro. Sr. Kernan parecia estar pesando algo em sua mente. Estava impressionado. Tinha uma opinião elevada do sr. Cunningham como juiz de caráter e dada a sua leitura facial, pediu detalhes.

— Oh, é apenas um retiro, sabe — disse o sr. Cunningham. — É o padre Purdon que está organizando. É para homens de negócio, sabe.

— Ele não será muito duro conosco, Tom — disse o sr. Power, persuasivo.

— Padre Purdon? Padre Purdon? — disse o inválido.

— Oh, você deve conhecê-lo, Tom — disse o sr. Cunningham firmemente. — Um ótimo sujeito. Um homem do mundo como nós.

— Ah... sim. Acho que conheço ele. Um rosto bem vermelho, alto.

— Esse é o homem.

— E me diga, Martin... Ele é um bom pregador?

— Mmm, não... Não é exatamente um sermão, sabe. É mais como uma conversa amistosa, com bom senso.

Sr. Kernan deliberou. Sr. M'Coy disse:

— Padre Tom Burke, esse era o homem!

— Ah, padre Tom Burke — disse o sr. Cunningham — era um orador nato. Chegou a ouvi-lo, Tom?

— Se o ouvi! — disse o inválido, irritado. — Claro! Ouvi...

— Ainda assim dizem que ele não era um teólogo muito bom — disse o sr. Cunningham.

— É mesmo? — disse o sr. M'Coy.

— Oh, claro, nada de errado nisso, sabe. Às vezes, dizem, ele não pregava o que era mais ortodoxo.

— Ah!... era um homem esplêndido — disse o sr. M'Coy.

— O ouvi uma vez — continuou o sr. Kernan. — Esqueci

o assunto do discurso dele agora. Crofton e eu estávamos no fundo da... plateia, sabe... o...

— Da nave — disse o sr. Cunningham.

— Sim, no fundo, perto da porta. Esqueci agora o... Ah, sim, era sobre o papa, o papa falecido. Lembro bem. Juro que foi magnífico, o estilo da oratória. E a voz dele! Deus! Ele tinha uma voz! *O prisioneiro do Vaticano*, ele o chamou. Lembro que Crofton me disse quando saímos...

— Mas ele é protestante, Crofton, não é? — disse o sr. Power.

— Claro que é — disse o sr. Kernan — e um protestante muito decente. Fomos ao Butler's em Moore Street, fiquei genuinamente emocionado, juro por Deus, e lembro bem das palavras dele. *Kernan*, ele disse, *adoramos em altares diferentes, mas nossas crenças são as mesmas*. Me pareceu muito bem-dito.

— Tem uma boa verdade aí — disse o sr. Power. — Sempre havia grupos de protestantes na igreja quando o padre Tom estava pregando.

— Não há muita diferença entre nós — disse o sr. M'Coy.

— Acreditamos...

Hesitou por um momento.

— ... no Redentor. Só que eles não acreditam no papa e na mãe de Deus.

— Mas, claro — disse o sr. Cunningham de forma calma e eficaz —, nossa religião é *a* religião, a velha fé original.

— Sem dúvida — disse o sr. Kernan calorosamente.

Sra. Kernan veio até a porta do quarto e anunciou:

— Tem visita para você!

— Quem é?

— Sr. Fogarty.

— Oh, pode entrar! Entre!

Um rosto pálido e oval apareceu na luz. O arco do bigode claro se repetia nas sobrancelhas claras arqueadas sobre olhos agradavelmente surpresos. Sr. Fogarty era um modesto comerciante. Tinha falido um *pub* licenciado na cidade porque sua condição financeira o obrigou a trabalhar com destilarias e cervejarias de segunda classe. Abriu uma lojinha em Glasnevin Road, onde, se orgulhava, suas boas maneiras o fizeram cair nas graças das donas de casa do distrito. Se portava com uma certa graça, elogiava crianças pequenas e falava com uma dicção clara. Tinha alguma cultura.

Sr. Fogarty trouxe um presente com ele, uma pequena garrafa de uísque especial. Perguntou educadamente como o sr. Kernan passava, colocou seu presente sobre a mesa e se sentou com a companhia, ficando em pé de igualdade. Sr. Kernan apreciou ainda mais o presente, já que sabia que havia uma pequena dívida de compras ainda não acertada entre ele e o sr. Fogarty. Ele disse:

— Nunca duvidaria de você, meu velho. Abra para nós, Jack, por favor?

Sr. Power novamente oficiou. Copos foram lavados e cinco pequenas doses de uísque foram servidas. Essa nova influência animou a conversa. Sr. Fogarty, sentado na beira da cadeira, estava especialmente interessado.

— Papa Leão XIII — disse o sr. Cunningham — foi uma das grandes luzes da nossa época. A grande ideia dele, sabe, era a união das Igrejas romana e grega. Esse era o objetivo de sua vida.

— Sempre ouvi dizer que ele era um dos maiores intelectuais da Europa — disse o sr. Power. — Quer dizer, além de ser papa.

— E era mesmo — disse o sr. Cunningham —, se não *o* maior. O lema dele, sabe, como papa, era *Lux sobre Lux*.

— Não, não — disse o sr. Fogarty com entusiasmo. — Acho que você está enganado aqui. Era *Lux in Tenebris*, acho.

— Ah, sim — disse o sr. M'Coy —, *Tenebrae*.

— Permita-me — disse positivamente o sr. Cunningham —, era *Lux sobre Lux*. E o lema de seu antecessor Pio IX era *Crux sobre Crux*, ou seja, *Cruz sobre Cruz*, para mostrar a diferença entre os pontificados deles.

A interferência foi permitida. Sr. Cunningham continuou.

— O papa Leão, sabe, era um grande estudioso e um poeta.

— Ele tinha um rosto forte — disse o sr. Kernan.

— Sim — disse o sr. Cunningham. — Ele escrevia poesia em latim.

— Verdade? — disse o sr. Fogarty.

Sr. M'Coy provou seu uísque, contente, e balançou a cabeça com uma intenção dupla, dizendo:

— Não é piada, posso afirmar.

— Não aprendemos isso, Tom — disse o sr. Power, seguindo o exemplo do sr. M'Coy —, na escolinha improvisada.

— Muitos homens bons foram para a escola improvisada com um pedaço de turfa embaixo do braço[5] — disse o sr. Kernan resumidamente. — O velho sistema era o melhor: educação simples e honesta. Nada dessas cópias inferiores modernas...

— Verdade! — disse o sr. Power.

— Nada de supérfluos — disse o sr. Fogarty.

Enunciou bem a palavra e bebeu sério.

— Lembro de ler — disse o sr. Cunningham — que um dos poemas do papa Leão era sobre a invenção da fotografia – em latim, claro.

— Sobre fotografia! — exclamou o sr. Kernan.

— Sim! — disse o sr. Cunningham.

Ele também bebeu de seu copo.

— Bom, sabe — disse o sr. M'Coy —, a fotografia não é uma maravilha quando você pensa bem nisso?

— Ah, claro — disse o sr. Power —, grandes mentes veem essas coisas.

— Como diz o poeta: *Grandes mentes estão próximas da loucura* — disse o sr. Fogarty.

Sr. Kernan parecia estar com a mente perturbada. Se esforçou para lembrar da teologia protestante sobre alguns pontos espinhosos e no final se voltou para o sr. Cunningham.

— E me diga, Martin — ele disse. — Alguns dos papas –

---

[5] Para contribuir com o fogo da lareira da escola.

claro, não nosso homem atual, ou seu antecessor, mas alguns dos antigos papas – não estavam... sabe... à altura da posição?

Houve um silêncio. Sr. Cunningham disse:

— Oh, claro, houve alguns lotes ruins... Mas o mais impressionante é isso. Nenhum deles, nem o maior bêbado, nem o mais... total rufião, nenhum deles nunca pregou uma palavra de falsa doutrina *ex cathedra*. Isso não é impressionante?

— É sim — disse o sr. Kernan.

— Sim, porque quando o papa fala *ex cathedra* — explicou o sr. Fogarty —, ele é infalível.

— Sim — disse o sr. Cunningham.

— Ah, eu sei sobre a infalibilidade papal. Lembro que eu era jovem... Ou foi quando...?

Sr. Fogarty interrompeu. Pegou a garrafa e serviu mais um pouco aos outros. Sr. M'Coy, vendo que não havia o suficiente para outra rodada, alegou que ainda não tinha terminado sua primeira dose. Os outros aceitaram sob protesto. A música suave do uísque caindo nos copos criou um interlúdio agradável.

— O que você estava dizendo, Tom? — perguntou o sr. M'Coy.

— Infalibilidade papal — disse o sr. Cunningham —, essa foi a grande cena de toda a história da Igreja.

— Como foi isso, Martin? — perguntou o sr. Power.

Sr. Cunningham levantou dois dedos grossos.

— No sacro colégio, sabe, dos cardiais e arcebispos e bispos onde dois homens foram contra enquanto todos os outros eram a favor. O conclave todo, exceto por dois, era unânime. Não! Eles não aceitariam!

— Há! — disse o sr. M'Coy.

— Um cardeal alemão de nome Dolling... ou Dowling... ou...[6]

— Dowling não era alemão, com certeza — disse o sr. Power, rindo.

— Bom, esse grande cardeal alemão, seja lá qual fosse o nome, era um, e o outro era John MacHale.

— Quê? — gritou o sr. Kernan. — John de Tuam?

— Tem certeza? — perguntou duvidoso o sr. Fogarty. — Achei que era algum italiano ou americano.

— John de Tuam — repetiu o sr. Cunningham — era o homem.

Ele bebeu, e os outros cavalheiros seguiram a deixa. Então continuou:

— Lá estavam eles, todos os cardeais e bispos e arcebispos dos confins da Terra e esses dois brigando com unhas e dentes até que finalmente o próprio papa se levantou e declarou a infalibilidade um dogma da Igreja *ex cathedra*. Nesse momento John MacHale, que argumentou e argumentou contra isso, se levantou e gritou com uma voz de leão: *Credo!*

— *Eu acredito!* — disse o sr. Fogarty.

— *Credo!* — disse o sr. Cunningham. — Isso mostrou a fé que ele tinha. Se submeteu assim que o papa falou.

---

[6] Johann Joseph Ignaz von Döllinger (1799-1890), na verdade, era um padre, teólogo e historiador alemão, não um cardeal.

— E quanto a Dowling? — perguntou o sr. M'Coy.

— O cardeal alemão não aceitou. Ele deixou a igreja.

As palavras do sr. Cunningham tinham construído a imagem vasta da igreja na mente dos ouvintes. Sua voz profunda e rouca os emocionou ao proferir palavras de fé e submissão. Quando a sra. Kernan entrou no quarto secando as mãos, se deparou com um grupo solene. Ela não perturbou o silêncio, apenas se apoiou na grade aos pés da cama.

— Vi John MacHale uma vez — disse o sr. Kernan — e nunca vou esquecer enquanto estiver vivo.

Se voltou para a esposa em busca de confirmação.

— Já não te contei isso?

A sra. Kernan fez que sim com a cabeça.

— Foi na inauguração da estátua de sir John Gray. Edmund Dwyer Gray estava falando e falando, e lá estava um velho, um velho que parecia mal-humorado, olhando para ele por baixo das sobrancelhas grossas.

Sr. Kernan franziu a testa e, baixando a cabeça como um touro bravo, olhou para esposa.

— Por Deus! — exclamou, voltando seu rosto ao normal —, nunca vi um olho assim na cabeça de um homem. Era como se ele dissesse: *Te conheço, colega*. Ele tinha um olho de águia.

— Nenhum dos Grays era coisa boa — disse o sr. Power.

Houve uma pausa de novo. Sr. Power se voltou para o sr. Kernan e disse com uma jovialidade abrupta:

— Bom, sra. Kernan, vamos fazer do seu homem aqui um bom, piedoso e temente a Deus católico romano.

Abriu os braços ao redor das companhias inclusivamente.

— Vamos todos juntos fazer um retiro e confessar nossos pecados – e Deus sabe o quanto queremos isso.

— Eu não me importaria — disse o sr. Kernan, sorrindo um pouco nervoso.

Sra. Kernan achou que seria mais sábio disfarçar sua satisfação. Então disse:

— Tenho pena do pobre padre que vai ter que ouvir sua história.

A expressão do sr. Kernan mudou.

— Se ele não gostar — disse com certeza — ele... que faça outra coisa com ela. Vou só contar minha história triste. Não sou um sujeito tão ruim...

Sr. Cunningham interveio prontamente.

— Vamos todos renunciar ao diabo — ele disse — juntos, sem esquecer de suas obras e tentações.

— *Vade retro Satana!* — disse o sr. Fogarty, rindo e olhando para os outros.

Sr. Power não disse nada. Estava se sentindo de fora ali. Mas uma expressão de satisfação surgiu em seu rosto.

— Tudo que temos que fazer — disse o sr. Cunningham — é nos levantar com velas acesas nas mãos e renovar nossos votos de batismo.

— Oh, não esqueça a vela, Tom — disse o sr. M'Coy —, faça o que fizer.

— O quê? — disse o sr. Kernan. — Tenho que ter uma vela?

— Ah, sim — disse o sr. Cunningham.

— Não, dane-se — disse o sr. Kernan, sensato — aqui eu bato o pé. Vou fazer tudo direito. Faço o retiro de negócios e a confissão e... tudo mais. Mas... nada de velas! Não, que se dane, proíbo as velas!

Balançou a cabeça com uma gravidade ridícula.

— Ouça o que você está dizendo! — disse a esposa.

— Proíbo as velas!— disse o sr. Kernan, consciente de que tinha provocado um efeito em sua audiência e continuando a balançar a cabeça. — Proíbo esse negócio de lanterna mágica.

Todos riram soltos.

— Veja aí o bom e piedoso católico de vocês! — disse a esposa.

— Nada de velas! — repetiu obstinadamente o sr. Kernan. — Está fora de cogitação.

O transepto da Igreja Jesuíta na Gardiner Street estava quase lotado; e, ainda assim, a todo momento cavalheiros entravam pela porta lateral e orientados pelo irmão leigo caminhavam na ponta dos pés pelos corredores até encontrarem um lugar. Os cavalheiros estavam todos bem-vestidos e solenes. A luz das lâmpadas da igreja caia sobre um grupo de roupas negras e colarinhos brancos, destacados aqui e ali por ternos de *tweed*, sobre pilares de mármore verde e telas lúgubres. Os cavalheiros se sentavam em bancos, com as calças arregaçadas um pouco acima dos joelhos e com seus chapéus em segurança. Estavam sentados com as costas bem apoiadas e olhavam formalmente para a distante luz vermelha suspensa diante do altar.

Em um dos bancos perto do púlpito estavam sentados o sr. Cunningham e o sr. Kernan. No banco atrás sentava-se o sr. M'Coy sozinho e no banco ao lado estavam o sr. Power e o sr. Fogarty. Sr. M'Coy tentou encontrar um lugar no banco com os outros e, quando o grupo se acomodou em quincunce, tentou sem sucesso fazer alguns comentários engraçados. Como suas palavras não foram bem recebidas, ele desistiu. Até ele sentia a atmosfera de decoro e começou a responder ao estímulo religioso. Num sussurro, o sr. Cunningham chamou a atenção do sr. Kernan para o sr. Harford, o agiota, que estava sentado a alguma distância, e para o sr. Fanning, agente de registro e padrinho político dos prefeitos da cidade, que estava sentado sob o púlpito, ao lado de um dos novos conselheiros eleitos da região. À direita estavam sentados Michael Grimes, dono de três lojas de penhores, e o sobrinho de Dan Hogan, que concorria a um cargo no escritório oficial da cidade. Mais à frente estava o sr. Hendrick, repórter-chefe do *The Freeman's Journal*, e o pobre O'Carroll, um velho amigo do sr. Kernan, que tinha sido um comerciante importante no passado. Gradualmente, enquanto reconhecia os rostos familiares, o sr. Kernan começou a se sentir mais em casa. Sua cartola, consertada pela esposa, descansava sobre seus joelhos. Uma ou duas vezes abaixou os punhos da camisa com uma mão enquanto segurava a aba do chapéu levemente, mas com firmeza, com a outra.

Uma figura imponente usando uma sobrepeliz branca podia ser vista tentando subir ao púlpito com certa dificuldade. Simultaneamente, a congregação se levantou, produzindo lenços e ajoelhando sobre eles com cuidado. Sr. Kernan seguiu o exemplo. A figura do padre agora estava ereta no púlpito, dois terços de seu volume, coroado por um enorme rosto vermelho, aparecendo por cima da balaustrada.

Padre Purdon ajoelhou, se voltando para a luz vermelha e, cobrindo o rosto com as mãos, começou a rezar. Depois de um intervalo, ele descobriu a face e se levantou. A congregação também se levantou e se sentou novamente nos bancos. Sr. Kernan devolveu seu chapéu à posição original sobre os joelhos e apresentou um rosto atento ao pregador. O padre levantou cada manga de sua sobrepeliz com um gesto elaborado e amplo e observou lentamente os rostos na multidão. Então disse:

— *Porque os filhos deste mundo são mais sábios na sua geração do que os filhos da luz. Portanto, fazei amigos com as riquezas da iniquidade, para que um dia eles vos recebam na morada eterna.*

Padre Purdon proferiu o texto com uma segurança ressonante. Era um dos textos mais difíceis das Escrituras de se interpretar corretamente, disse. Era um texto que poderia parecer a um observador casual divergente da alta moralidade pregada em outras partes por Jesus Cristo. Mas, ele disse aos ouvintes, o texto parecia a ele especialmente adaptado como um guia para aqueles que cuja sina era a vida no mundo e que ainda assim não desejavam viver de maneira mundana. Era um texto para homens de negócios e profissionais. Jesus Cristo, com Sua compreensão divina de cada recanto da nossa natureza humana, entendeu que nem todos os homens eram chamados à vida religiosa, que a grande maioria era obrigada a viver no mundo e, até certo ponto, para o mundo, e nessa frase Ele pretendia dar-lhes um conselho, colocando diante deles como exemplos da vida religiosa os mesmos adoradores da riqueza, que eram de todos os homens os menos preocupados com as questões religiosas.

Disse aos seus ouvintes que não estava ali naquela tarde com nenhum propósito aterrorizante ou extravagante; mas como um homem do mundo falando com seus semelhantes. Veio falar com homens de negócios e falaria à maneira deles. Se pudesse usar a metáfora, disse, ele seria o contador espiritual deles; e queria que cada um dos seus ouvintes abrisse seu livro-caixa, o livro-caixa de sua vida espiritual, e observasse se ele correspondia à sua consciência.

Jesus Cristo não era um chefe difícil. Ele compreendia nossas pequenas falhas, entendia a fraqueza de nossas pobre almas caídas, entendia as tentações da vida. Podemos ter tido, todo temos de tempos em tempos, nossas tentações, devemos ter, todos temos, nossas falhas. Mas ele pediria apenas uma coisa de seus ouvintes. E isso era: ser honesto e varonil para com Deus. Se suas contas fechassem corretamente, que dissessem:

— Bom, conferi minhas contas. E encontrei tudo certo.

Mas se, como pode acontecer, houver algumas discrepâncias, deveriam admitir a verdade, ser francos e dizer como homens:

— Bom, conferi minhas contas. Encontrei isto e isto errado. Mas, pela graça de Deus, vou retificar isto e isto. Vou fechar corretamente minhas contas.

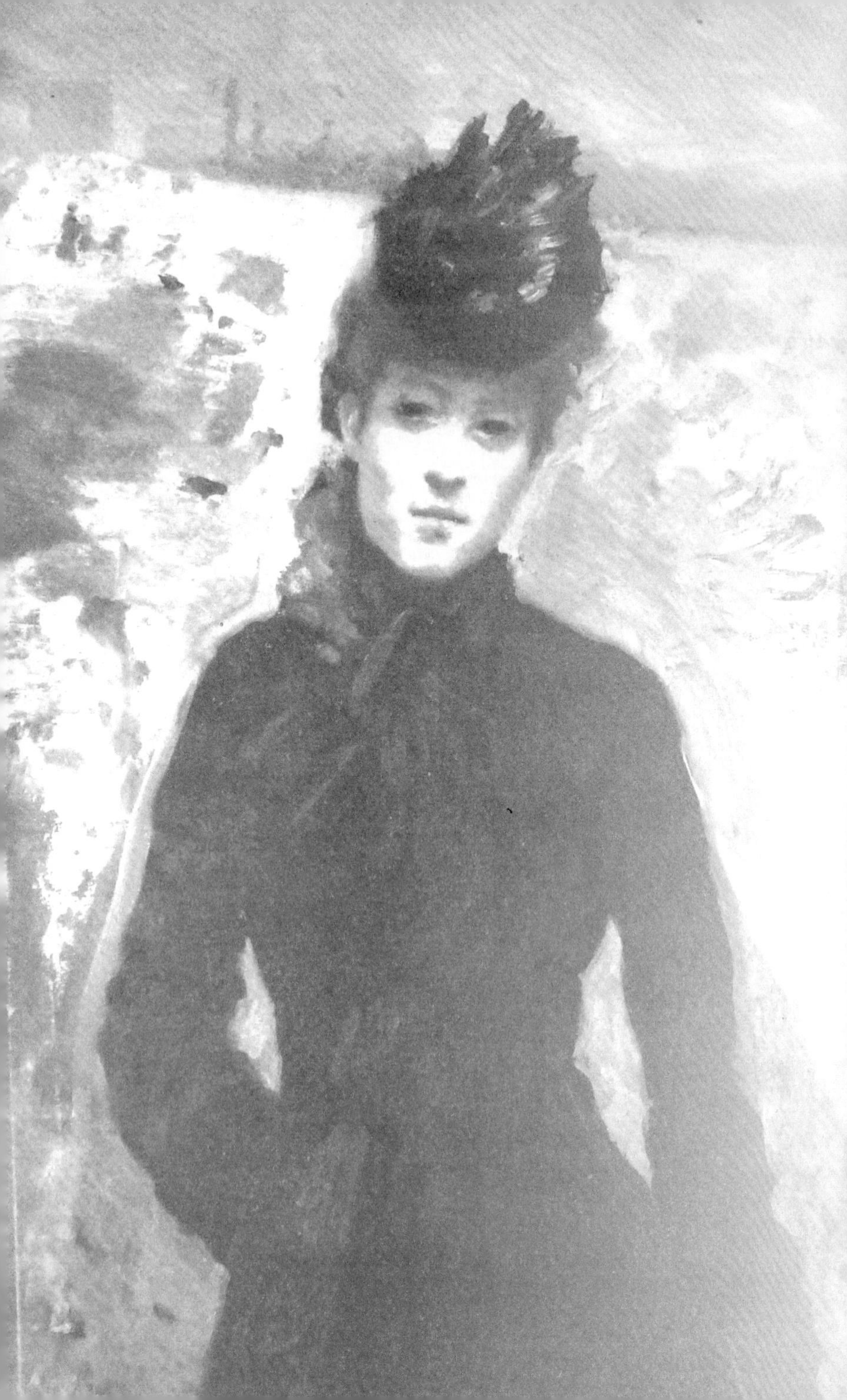

OS MORTOS

Lily, a filha do zelador, estava perdida. Mal tinha acabado de trazer um cavalheiro para a despensa atrás do escritório no térreo e o ajudado a tirar o sobretudo quando a campainha enferrujada da porta tocou de novo e ela teve que correr apressada pelo corredor vazio para deixar outro convidado entrar. A parte boa é que ela não tinha que atender às senhoras também. Mas a srta. Kate e a srta. Julia tinham pensado nisso e convertido o banheiro do primeiro andar em um camarim para as damas. A srta. Kate e a srta. Julia estavam lá, fofocando e rindo, caminhando uma atrás da outra até o topo da escada, olhando para baixo sobre o corrimão e chamando Lily para perguntar quem tinham chegado.

Os Mortos

Era uma grande ocasião, o baile anual das srtas. Morkan. Todos os conhecidos delas compareciam: parentes, velhos amigos da família, membros do coro de Julia, qualquer aluno de Kate que já tivesse idade e até alguns pupilos de Mary Jane. Nunca tinha sido um evento monótono. Há anos e anos a festa acontecia em grande estilo desde que todos se lembravam; desde que Kate e Julia, depois da morte do irmão Pat, deixaram a casa em Stoney Batter e levaram Mary Jane, a única sobrinha, para morar com elas na casa sombria na Ilha de Usher, cujo andar superior tinham alugado do sr. Fulham, o vendedor de grãos no térreo. Isso tinha sido uns bons trinta anos atrás. Mary Jane, que então era uma garotinha de roupas curtas, agora era a principal atração da casa, já que tocava o órgão na igreja em Haddington Road. Ela tinha frequentado a Academia de Música e dava um concerto aos pupilos todo ano no andar superior do Antient Concert Rooms. Muitos de seus alunos pertenciam às melhores famílias de Kingstown e Dalkey. Mesmo já sendo velhas, as tias faziam sua parte. Julia, apesar de já bem grisalha, ainda era a principal soprano na Adam and Eve's Church, e Kate, frágil demais para fazer muita coisa, dava aulas de música para iniciantes no velho piano do quarto dos fundos. Lily, a filha do zelador, fazia o trabalho doméstico para elas. Apesar da vida modesta, elas acreditavam no comer bem; no local havia: lombo de primeira, chá de três xelins e a melhor *stout* engarrafada. Mas Lily raramente se enganava com os pedidos então se dava bem com as três patroas. Elas eram exigentes, só isso. Só não admitiam respostas malcriadas.

Claro que elas tinham uma boa razão para serem exigentes numa noite assim. E já passava das dez e não havia sinal de Gabriel e sua esposa. Além disso, estavam preocupadas que Freddy Malins aparecesse alterado. Jamais iriam querer que qualquer um dos pupilos de Mary Jane o visse assim; e quando estava assim às vezes era muito difícil lidar com ele. Freddy Malins sempre chegava tarde, mas elas estavam intrigadas mesmo era com o motivo do atraso de Gabriel: e era isso que as levava a cada dois minutos ao corrimão da escada perguntando a Lily se Gabriel ou Freddy tinham chegado.

— Oh, sr. Conroy — disse Lily a Gabriel quando abriu a porta —, a srta. Kate e a srta. Julia acharam que não vinha mais. Boa noite, sra. Conroy.

— Imagino que acharam mesmo — disse Gabriel —, mas elas esquecem que minha esposa leva três infinitas horas para se arrumar.

Parou no capacho, limpando a neve de suas galochas, enquanto Lily levou sua esposa até a escada e chamou:

— Srta. Kate, a sra. Conroy está aqui.

Kate e Julia vieram descendo devagar a escada escura ao mesmo tempo. As duas beijaram a esposa de Gabriel, disseram que ela devia estar morta de frio e perguntaram se Gabriel estava com ela.

— Estou aqui, bem na hora, tia Kate! Subam. Já sigo vocês — Gabriel disse do escuro.

Continuou limpando os pés vigorosamente enquanto as três mulheres subiam a escada, rindo, para o camarim das damas. Havia uma leve camada de neve, como uma capa sobre os ombros de seu sobretudo e nas pontas de suas galochas; e, quando os botões de seu sobretudo fizeram um barulho agudo ao serem desabotoados de suas casinhas endurecidas pela neve, um ar gelado lá de fora escapou das fendas e dobras.

— Está nevando de novo, sr. Conroy? — perguntou Lily.

Ela o tinha levado para a despensa para ajudar a tirar o sobretudo. Gabriel sorriu com as três sílabas que ela dava ao seu sobrenome e olhou para ela. Era uma moça magra, ainda em crescimento, de pele pálida, com os cabelos cor de feno. A luz a gás da despensa a faziam parecer ainda mais pálida. Gabriel a conhecia desde que ela era uma criança e costumava se sentar no último degrau da escada, brincando com uma boneca de pano.

— Sim, Lily — ele respondeu —, e acho que vai continuar por toda a noite.

Ele olhou para o teto da despensa, que balançava com os passos no andar de cima, ouviu o piano por um momento e então olhou para a garota, que estava dobrando cuidadosamente seu sobretudo em um canto da prateleira.

— Me diga, Lily — disse em um tom amistoso —, você ainda frequenta a escola?

— Oh, não, senhor — ela respondeu. — Acabei a escola este ano.

— Oh, então — disse Gabriel jovialmente — suponho que logo iremos ao seu casamento um dia desses com seu rapaz, hein?

A garota olhou de volta para ele sobre o ombro e disse com grande amargura:

— Os homens agora só sabem falar e tentar tirar algo de você.

Gabriel corou, sentindo que tinha cometido um erro, e sem olhar para ela, tirou as galochas e bateu rapidamente com seu cachecol em seus sapatos de couro envernizado.

Era um homem alto e corpulento. A cor de suas bochechas subiu até sua testa onde se espalhou em algumas manchas sem forma de um vermelho pálido; e em seu rosto sem barba cintilavam as lentes polidas e a armação dourada dos óculos que protegiam seus olhos delicados e inquietos. Seu cabelo preto brilhante estava dividido ao meio e escovado em uma longa curva atrás de suas orelhas onde se curvava levemente abaixo da marca deixada por seu chapéu.

Depois de lustrar os sapatos, ele se levantou e puxou seu colete para baixo em seu corpo roliço. Então tirou rapidamente uma moeda do bolso.

— Oh, Lily — ele disse, colocando a moeda nas mãos dela —, ainda é época de Natal, não? Aqui... só uma pequena...

Ele andou rapidamente para a porta.

— Oh, não, senhor! — disse a garota, o seguindo. — Sério, senhor, não posso aceitar!

— Natal! É época de Natal! — disse Gabriel, quase trotando para a escada e gesticulando para ela que aquilo não era nada.

A moça, vendo que ele já tinha chegado à escada, disse atrás dele:

— Bom, obrigada, senhor.

Ele esperou fora da sala até que a valsa que estava tocando terminasse, ouvindo as saias balançando e os sapatos dançando. Ainda estava descomposto pela resposta amarga e repentina da garota. Isso tinha jogado uma melancolia sobre ele, que tentou dissipar arrumando os punhos da camisa e o laço da gravata. Então ele tirou do bolso do colete um pequeno pedaço de papel e olhou para as anotações que tinha feito em seu discurso. Estava indeciso sobre os versos de Robert Browning, pois temia que estivessem acima da compreensão de seus ouvintes. Alguma citação que eles reconheceriam de Shakespeare ou das Melodias[1] talvez seria melhor. O barulho indelicado dos saltos dos homens e o arrastar das solas o lembravam que o grau de cultura das pessoas ali era diferente do dele. Só faria um papel ridículo citando poesia que eles não conheciam. Achariam que ele estava se gabando de sua educação superior. Fracassaria com eles como tinha fracassado com a garota na despensa. Tinha usado o tom errado. O discurso inteiro era um erro do começo ao fim, um total fracasso.

Então suas tias e a esposa saíram do camarim das damas. Suas tias eram duas mulheres idosas que se vestiam com simplicidade. Tia Julia era alguns centímetros mais alta. Seu cabelo, puxado sobre o topo das orelhas, era grisalho e cinza, com sombras escuras, era seu rosto grande e flácido. Apesar de ter uma figura robusta e uma postura ereta, seus olhos lentos e lábios entreabertos davam a ela a aparência de uma mulher que não sabia onde estava ou para onde ia. Tia Kate era mais vivaz. Seu rosto, mais saudável que o da irmã, era enrugado e com vincos, como uma maçã vermelha murcha, e seu cabelo, trançado à moda antiga, tinha perdido a cor de castanhas maduras.

Ambas beijaram Gabriel candidamente. Ele era o sobrinho favorito delas, o filho da irmã mais velha falecida, Ellen, que havia se casado com T. J. Conroy do Portos e Docas[2].

---

[1] *Irish Melodies*, de Thomas Moore.

[2] Companhia responsável pelo gerenciamento do Porto de Dublin.

— Gretta me disse que você não vai pegar um coche para Monkstown hoje, Gabriel — disse tia Kate.

— Não — Gabriel disse, se voltando para a esposa —, aprendemos nossa lição ano passado, não? Não se lembra, tia Kate, o que a Gretta tirou disso? As janelas do coche chacoalhando o caminho todo, o vento leste soprando depois que passamos por Merrion. Muito divertido! Greta pegou um resfriado terrível.

Tia Kate franziu as sobrancelhas severamente e concordou com a cabeça a cada palavra.

— Bem isso, Gabriel, bem isso — ela disse. — O prevenido vale por dois.

— Mas se fosse pela Gretta aqui — disse Gabriel —, ela vai andando para casa na neve se deixarem.

Sr. Conroy riu.

— Não o ouça, tia Kate — ela disse. — Ele é um incômodo terrível, desde a máscara verde para os olhos do Tom à noite, o fazendo levantar halteres ou, ainda, obrigando a Eva a comer mingau de aveia. Coitadinha! Ela simplesmente não pode nem ver isso na frente!... Oh, mas você nem adivinha o que ele me faz usar agora!

Ela caiu na risada e olhou para o marido, cujos olhos cheios de admiração e felicidade passavam pelo seu vestido, seu rosto e cabelo. As duas tias riram soltas também, porque a preocupação de Gabriel era uma piada interna para eles.

— Galochas! — disse a sra. Conroy. — Essa é a última dele. Sempre que o chão está mesmo que um pouco molhado tenho que colocar minhas galochas. Hoje à noite ele queria que eu as colocasse, mas não as coloquei. Da próxima ele vai me comprar um traje de mergulho.

Gabriel riu nervoso e tocou sua gravata para se tranquilizar enquanto tia Kate quase se dobrava de rir, de tanto que tinha apreciado a piada. O sorriso logo desapareceu do rosto da tia Julia e seus olhos sérios se voltaram para o sobrinho. Depois de uma pausa, ela perguntou:

— E o que são galochas, Gabriel?

— Galochas, Julia! — exclamou a irmã. — Meu Deus, você não sabe o que são galochas? Você as usa por cima... por cima das botas, Gretta, não é isso?

— Sim — disse a sra. Conroy. — Coisas de guta-percha. Nós dois temos um par cada agora. Gabriel disse que todos usam no continente.

— Ah, no continente — murmurou tia Julia, fazendo que sim com a cabeça lentamente.

Gabriel franziu as sobrancelhas e disse, como se estivesse ligeiramente irritado:

— Não é uma maravilha, mas Gretta acha muito engraçado porque diz que a palavra a lembra dos menestréis de Christy[3].

— Mas me diga, Gabriel! — disse tia Kate, com um tato rápido. — Claro, você encontrou um quarto. Gretta estava dizendo...

---

[3] Trupe americana (formada em 1843) responsável por popularizar espetáculos *blackface*, onde atores brancos pintavam os rostos de preto e interpretavam caricaturas de negros.

— Oh, o quarto está certo — respondeu Gabriel. — Peguei um no Gresham.

— Só para garantir — disse tia Kate — de longe o melhor a se fazer. E as crianças, Gretta, você não fica ansiosa?

— Oh, é só por uma noite — disse a sra. Conroy. — Além disso, Bessie está cuidando delas.

— Só para garantir — disse tia Kate de novo. — Que conforto ter uma menina assim, em quem você pode confiar! Aqui temos a Lily, não sei o que deu nela ultimamente. Ela não é mais a mesma.

Gabriel estava prestes a fazer algumas perguntas à tia sobre esse assunto, mas ela se afastou de repente para ir atrás da irmã que tinha caminhado até a escada e estava esticando o pescoço sobre o corrimão.

— Agora eu te pergunto — disse quase irritada — aonde Julia está indo? Julia! Julia! Aonde você vai?

Julia, que tinha descido metade de um lance da escada, voltou e anunciou sem emoção:

— Freddy chegou.

Ao mesmo tempo aplausos e um floreio final do pianista anunciaram que a valsa tinha acabado. A porta da sala se abriu de dentro e alguns casais saíram. Tia Kate puxou Gabriel de lado rapidamente e sussurrou em seu ouvido:

— Desça lá, Gabriel, por favor, e veja se ele está bem, não deixe ele subir se estiver bêbado. Tenho certeza de que ele está bêbado. Certeza!

Gabriel desceu a escada e ouviu por cima do corrimão. Escutou duas pessoas conversando na despensa. Reconheceu a risada de Freddy Marlins. Desceu a escada ruidosamente.

— É um alívio — disse tia Kate para a sra. Conroy — que o Gabriel esteja aqui. Sempre me sinto mais calma quando ele está aqui... Julia, a srta. Daly e a srta. Power vão tomar refrescos. Obrigada por sua linda valsa, srta. Daly. Foi encantadora.

Um homem velho de rosto enrugado, com um bigode grisalho e duro e pele escura, que estava passando com sua parceira, disse:

— Podemos tomar alguns refrescos também, srta. Morkan?

— Julia! — disse tia Kate sumariamente — e aqui também para o sr. Browne e para a srta. Furlong. Leve eles para dentro, Julia, com a srta. Daly e a srta. Power.

— Sou o homem das senhoritas — disse o sr. Browne, franzindo os lábios até o bigode ficar eriçado e sorrindo com todas as rugas. — Sabe, srta. Morkan, o motivo para elas gostarem tanto de mim é...

Não terminou sua frase, mas, vendo que a tia Kate já estava fora de alcance, levou de uma vez as três jovens damas para a sala dos fundos. O meio da sala estava ocupado por duas mesas quadradas colocadas lado a lado, e nelas a tia Julia e o zelador estavam esticando e arrumando uma grande toalha. No aparador, havia uma variedade de tigelas e pratos, além de copos e facas, garfos e colheres. O piano quadrado com o tampo fechado também servia de aparador para iguarias e doces. Em um aparador menor no canto, dois rapazes estavam bebendo *bitter* de lúpulo.

Sr. Browne liderou suas companhias mais além e as convidou, brincando, a tomar um ponche para damas: quente, forte e doce. Como elas disseram que nunca tinham bebido algo forte, ele abriu três garrafas de limonada para elas. Depois ele pediu licença aos dois rapazes e, se apossando do decantador, serviu para si uma boa dose de uísque. Os dois rapazes o observaram respeitosamente enquanto ele provava um gole.

— Deus que me ajude — disse sorrindo. — Foi exatamente isso que o médico receitou.

Seu rosto enrugado se abriu em um amplo sorriso, e as jovens damas riram em um eco musical de sua brincadeira, balançando os vestidos com movimentos nervosos dos ombros. A mais ousada disse:

— Oh, sr. Browne, tenho certeza de que o médico nunca receitou nada assim.

Sr. Browne tomou outro golinho de seu uísque e disse, com uma imitação furtiva:

— Bom, veja você, sou como a famosa sra. Cassidy, que teria dito: Mary Grimes, se eu não tomar, me faça tomar, porque sinto que quero tomar.

Ele tinha inclinado seu rosto quente para frente de forma íntima demais e usado um sotaque muito baixo de Dublin, então as jovens damas, por instinto, receberam seu discurso com silêncio. Srta. Furlong, uma das pupilas de Mary Jane, perguntou à srta. Daly qual o nome da linda valsa que ela tinha tocado; e o sr. Browne, vendo que estava sendo ignorado, se voltou prontamente para os dois rapazes que pareciam mais receptivos.

Uma moça de rosto vermelho, com um vestido cor de amor-perfeito, entrou na sala, batendo palmas animadamente e exclamando:

— Quadrilhas! Quadrilhas!

Logo atrás dela veio a tia Kate, dizendo:

— Dois cavalheiros e três damas, Mary Jane!

— Oh, aqui estão o sr. Bergin e o sr. Kerrigan — disse Mary Jane. — Sr. Kerrigan, você dança com a srta. Power? Srta. Furlong, deixe eu lhe arrumar um par, sr. Bergin. Ah, tudo certo.

— Três damas, Mary Jane — disse tia Kate.

Os dois rapazes perguntaram às damas se elas lhes dariam o prazer, e Mary Jane se voltou para a srta. Daly.

— Oh, srta. Daly, você tem sido tão boa, tocando nas últimas duas danças, mas estamos com poucas damas hoje.

— Não me importo nem um pouco, srta. Morkan.

— Mas tenho um bom par para você, o sr. Bartell D'Arcy, o tenor. Vou fazê-lo cantar mais tarde. Dublin inteira está louca por ele.

— Uma voz adorável, adorável — disse tia Kate.

Como o piano já tinha começado duas vezes o prelúdio da primeira dança, Mary Jane guiou rapidamente seus recrutas para fora da sala. Mal tinham saído quando tia Julia andou lentamente pela sala, olhando para algo atrás dela.

— O que foi Julia? — perguntou ansiosa tia Kate. — Quem é?

Julia, que estava carregando uma pilha de guardanapos, se voltou para a irmã e disse, como se a pergunta a tivesse surpreendido:

— Só o Freddy, Kate, e o Gabriel com ele.

De fato, Gabriel podia ser visto atrás dela pilotando Freddy Malins pelo patamar. O último, um homem de cerca de quarenta anos, era do mesmo tamanho e estrutura física de Gabriel, com ombros redondos. Seu rosto era carnudo e pálido, tocado pela cor apenas dos lóbulos grossos das orelhas e das narinas largas. Tinha feições grosseiras, um nariz curto, testa convexa e recuada, lábios túmidos e salientes. Seus olhos pesados e cabelo ralo bagunçado o faziam parecer sonolento. Estava rindo alto e com vontade de uma história que estavam contando a Gabriel na escada e ao mesmo tempo esfregando os nós dos dedos no olho esquerdo.

— Boa noite, Freddy — disse tia Julia.

Freddy Malins desejou boa noite para as srtas. Morkan de uma forma que pareceu despreocupada por sua voz embargada e, então, vendo o senhor Browne sorrindo para ele do aparador, atravessou a sala com as pernas um tanto cambaleantes e começou a repetir em voz baixa a história que acabara de contar a Gabriel.

— Ele não está tão mal, está? — disse tia Kate a Gabriel.

As sobrancelhas de Gabriel eram escuras, mas ele as levantou rapidamente e respondeu:

— Oh, não, quase não se nota.

— Ah, mas se ele não é um sujeito terrível! — ela disse.

— E a pobre mãe dele fez com que ele prometesse parar na véspera de Ano-Novo. Mas venha, Gabriel, para o salão.

Antes de sair da sala com Gabriel, ela sinalizou para o sr. Browne, franzindo a testa e fazendo um sinal de aviso balançando o indicador de um lado para o outro. Sr. Browne respondeu que sim com a cabeça e, quando ela saiu, disse a Freddy Malins:

— Agora, Teddy, vou te servir um bom copo de limonada só para lhe dar ânimo.

Freddy Malins, que estava quase chegando ao clímax de sua história, recusou impaciente a oferta, mas o sr. Browne, tendo chamado a atenção de Freddy Malins sobre suas roupas desarrumadas, encheu e entregou um copo cheio de limonada a ele. A mão esquerda de Freddy Malins aceitou o copo mecanicamente, a mão direita se ocupava de arrumar mecanicamente seu traje. O sr. Browne, com o rosto novamente enrugado de alegria, serviu-se de outra dose de uísque enquanto Freddy Malins explodia, antes mesmo de chegar ao clímax da história, em uma gargalhada aguda e chiada de bronquite e, largando o copo cheio sem provar, começou a esfregar os nós dos dedos no olho esquerdo, repetindo as palavras de sua última frase tão bem quanto seu ataque de riso permitia.

Gabriel não conseguia prestar atenção enquanto Mary Jane tocava sua peça da Academia, cheia de escalas e passagens difíceis, para o salão silencioso. Gostava de música, mas a peça que ela estava tocando não tinha melodia para ele e duvidava que tivesse qualquer melodia para os outros ouvintes, apesar de eles terem implorado para que Mary Jane tocasse alguma coisa. Quatro rapazes, que tinham vindo da sala de refrescos e parado na porta ao ouvir o piano, tinham saído discretamente em duplas depois de alguns minutos. A única pessoa que parecia estar acompanhando a música era a própria Mary Jane, suas mãos correndo pelas teclas ou se levantando delas em pausas como uma sacerdotisa em uma conjuração momentânea, e a tia Kate parada junto a ela para virar as páginas.

Os olhos de Gabriel, irritados com o piso, que brilhava com cera de abelha sob o pesado lustre, vagaram para a parede acima do piano. Um quadro da cena da sacada de Romeu e Julieta ficava ali e, ao lado, um quadro dos dois príncipes assassinados na Torre[4] que tia Julia tinha feito com lã vermelha, azul e marrom quando era menina. Provavelmente na escola que elas tinham frequentado as meninas aprendiam sobre esse tipo de trabalho. Sua mãe tinha feito para ele como um presente de aniversário um colete de popeline roxo, com pequenas cabeças de raposa, forrado de cetim marrom e com botões redondos também roxos. Era estranho que sua mãe não tivesse um talento musical apesar da tia Kate a chamar de o cérebro da família Morkan. Tanto ela como Julia sempre pareceram se orgulhar da irmã séria e matronal. A fotografia dela estava diante do tremó. Ela tinha um livro aberto sobre os joelhos e apontava algo nele para Constantine que, vestido de marinheiro, estava aos seus pés. Havia sido ela que escolheu o nome dos filhos, pois era muito sensível à dignidade da vida familiar. Graças a ela, Constantine agora era pároco sênior em Balbrigan e, graças a ela, o próprio Gabriel se formou na Royal University. Uma sombra passou por seu rosto quando se lembrou da oposição taciturna dela ao seu casamento. Algumas frases depreciativas que ela tinha usado ainda estavam em sua memória; uma vez ela disse que Gretta

---

[4] Da peça de Shakespeare *Ricardo III*.

era bonita para uma moça do interior e isso absolutamente não era verdade. Foi Gretta quem cuidou dela nos últimos dias de sua longa doença na casa deles em Monkstown.

Sabia que Mary Jane devia estar acabando sua peça porque estava tocando de novo a melodia de abertura com escalas depois de cada compasso e, enquanto esperava o final, o ressentimento foi morrendo em seu coração. A peça terminou com um trinado de oitavas nos agudos e uma oitava profunda final nos graves. Uma grande salva de palmas saudou Mary Jane enquanto ela, corando e enrolando sua partitura nervosamente, escapava da sala. Os aplausos mais vigorosos vieram dos quatro rapazes na porta que tinham ido para a sala de refrescos no começo da peça, mas voltaram antes de o piano parar.

Lanceiros[5] foram arranjados. Gabriel se viu em um par com a srta. Ivors. Era uma moça franca e falante, com um rosto cheio de sardas e olhos castanhos proeminentes. Não usava um corpete decotado, e o grande broche preso na frente de sua gola tinha um brasão e um lema irlandeses.

Quando tomaram suas posições, ela disse abruptamente:

— Tenho algo a discutir com você.

— Comigo? — disse Gabriel.

Ela fez que sim com a cabeça seriamente.

— O que é? — perguntou Gabriel, sorrindo para ela de maneira solene.

— Quem é G.C.? — perguntou a srta. Ivors, voltando os olhos para ele.

---

[5] Uma variação de quadrilha com quatro casais.

Gabriel corou e estava prestes a franzir as sobrancelhas, como se não tivesse entendido, quando ela disse de forma direta:

— Oh, que inocente! Descobri que você escreve para o *The Daily Express*. Agora, o senhor não tem vergonha?

— Por que eu teria vergonha? — perguntou Gabriel, piscando os olhos e tentando sorrir.

— Bom, eu tenho vergonha de você — disse a srta. Ivors com franqueza. — Escrever para um jornal desses. Não achava que você era um anglófilo.

Uma expressão perplexa apareceu no rosto de Gabriel. Era verdade que ele escrevia uma coluna literária toda quarta-feira no *The Daily Express*, pela qual ele recebia 15 xelins. Mas isso não fazia dele um anglófilo. Os livros que ele recebia eram muito mais bem-vindos que o reles cheque. Adorava sentir as capas e folhear as páginas recém-impressas. Quase todos os dias, quando terminava de dar aulas na universidade, ia passear pelos cais até os vendedores de livros usados, até a Hickey's em Bachelor's Walk, a Webb's ou Massey's em Aston's Quay, ou até a O'Clohissey's na travessa. Não sabia como responder à crítica dela. Queria dizer que a literatura estava acima da política. Mas eles eram amigos de longa data com carreiras paralelas, primeiro na universidade e depois como professores: não podia arriscar dizer uma frase pomposa a ela. Continuou piscando os olhos e tentando sorrir e murmurou de modo não muito convincente que não via nada de político em escrever resenhas de livros.

Quando chegou a vez deles de trocarem, ele ainda estava perplexo e distraído. A srta. Ivors prontamente pegou a mão dele com um aperto caloroso e disse em um tom bem mais amigável:— Estou brincando, claro. Vamos, trocamos agora.

Quando se juntaram novamente, ela falou sobre a questão da educação universitária na Irlanda, e Gabriel se sentiu mais à vontade. Uma amiga tinha mostrado a ela a resenha dele dos poemas de Browning. Foi assim que ela descobriu o segredo: mas gostou muito do texto. Aí ela disse de repente:

— Oh, sr. Conroy, você gostaria de ir a uma excursão para as Ilhas de Aran no verão? Vamos ficar lá um mês inteiro. Será esplêndido ver o Atlântico. Você deveria vir. O sr. Clancy vai, e o sr. Kilkelly e Kathleen Kearney. Seria esplêndido se Gretta fosse também. Ela é de Connacht, não?

— A família dela é de lá! — disse Gabriel brevemente.

— Mas você vai, não? — disse a srta. Ivors, colocando a mão quente ansiosamente em seu braço.

— Na verdade — disse Gabriel —, acabei de marcar de ir para...

— Para onde? — perguntou a srta. Ivors.

— Bom, sabe, todo ano faço um passeio ciclístico com alguns camaradas e então...

— Mas para onde? — perguntou a srta. Ivors.

— Bom, geralmente vamos para a França ou Bélgica ou talvez para a Alemanha — disse Gabriel constrangido.

— E por que ir para a França e Bélgica — disse a srta. Ivors — em vez de visitar sua própria terra?

— Bom — disse Gabriel — em parte para manter contato com as línguas e em parte para uma mudança de cenário.

— E você não tem sua própria língua para manter contato, o gaélico? — perguntou a srta. Ivors.

— Bom — disse Gabriel —, em se tratando disso, sabe, gaélico não é minha língua.

Os dançarinos vizinhos tinham se virado para ouvir o interrogatório. Gabriel olhou para os lados nervosamente e tentou manter o bom humor diante da provação que estava fazendo até sua testa ficar corada.

— E você não tem sua própria terra para visitar — continuou a srta. Ivors — sobre a qual você não conhece nada, seu próprio povo, e seu próprio país?

— Oh, para falar a verdade — retrucou Gabriel de repente — estou farto do meu próprio país, farto!

— Por quê? — perguntou a srta. Ivors.

Gabriel não respondeu, pois, sua reação o tinha irritado.

— Por quê? — repetiu a srta. Ivors.

Eles precisavam fazer a visita juntos e, como ele não tinha respondido, a srta. Ivors disse de maneira cordial:

— Claro, você não tem uma resposta.

Gabriel tentou encobrir sua agitação participando da dança com grande energia. Evitou os olhos dela, pois viu uma expressão amarga em seu rosto. Mas quando eles se encontraram de novo na corrente, ele ficou surpreso em sentir sua mão pressionada com firmeza. Olhou para ele, por um momento intrigada, até ele sorrir. Aí, assim que a corrente estava prestes a começar de novo, ela ficou na ponta dos pés e sussurrou no ouvido dele:

— Anglófilo!

Quando os lanceiros terminaram, Gabriel foi para um canto remoto da sala onde a mãe de Freddy Malins estava sentada. Era uma idosa corpulenta e frágil de cabelos brancos. Sua voz era embargada como a do filho e ela gaguejava um pouco. Tinham dito a ela que Freddy tinha chegado e que estava quase bem. Gabriel perguntou se ela tinha feito uma boa travessia. Ela morava com a filha casada em Glasgow e visitava Dublin uma vez por ano. Respondeu placidamente que tinha feito uma travessia linda e que o capitão tinha sido muito atencioso com ela. Falou também da linda casa que a filha tinha em Glasgow e de todos os amigos que eles tinham por lá. Enquanto ela tagarelava, Gabriel tentou banir de sua mente a memória do incidente desagradável com a srta. Ivors. Claro que a moça ou mulher, o que quer que ela fosse, era uma entusiasta, mas havia hora e lugar para tudo. Talvez ele não devesse ter respondido a ela daquele jeito. Mas ela não tinha o direito de chamá-lo de anglófilo na frente das outras pessoas, nem de brincadeira. Ela tinha tentado ridicularizá-lo na frente dos outros, o provocando e encarando-o com aqueles olhos de coelho.

Viu a esposa abrindo caminho até ele pelos pares que valsavam. Quando o alcançou, ela disse em seu ouvido:

— Gabriel, tia Kate quer saber se você vai destrinchar o ganso como de costume. A srta. Daly vai cortar o presunto, e eu, o pudim.

— Tudo bem — disse Gabriel.

— Ela está mandando os mais novos primeiro assim que a valsa acabar para termos a mesa só para nós.

— Você estava dançando? — perguntou Gabriel.

— Claro que estava. Não me viu? Que discussão foi aquela com Molly Ivors?

— Não tivemos uma discussão. Por quê? Ela disse isso?

— Algo assim. Estou tentando convencer aquele sr. D'Arcy a cantar. Ele é muito presunçoso, acho.

— Não teve discussão — disse Gabriel mal-humorado. — Ela só queria que eu fosse para uma viagem para o oeste da Irlanda e eu disse que não iria.

Sua esposa juntou as mãos empolgada e deu um pulinho.

— Oh, Gabriel, vá sim — ela exclamou. — Adoraria ver Galway de novo.

— Pode ir se quiser — disse Gabriel friamente.

Ela olhou para ele por um momento, depois se voltou para a sra. Malins e disse:

— Está aí um marido muito agradável, sra. Malins.

Enquanto ela abria caminho para o outro lado do salão, a sra. Malins, sem notar a interrupção, continuou falando para Gabriel sobre os lugares lindos que havia na Escócia e os belos cenários. O genro os levava todo ano para os lagos, e eles costumavam pescar. O genro dela era um pescador esplêndido. Um dia ele pegou um peixe enorme que o homem do hotel preparou para o jantar deles.

Gabriel mal ouvia o que ela dizia. Agora que a ceia se aproximava, ele começou a pensar novamente em seu discurso e na citação. Quando viu Freddy Malins vindo pela sala para ver a mãe, Gabriel deixou a cadeira livre para ele e se retirou para a janela. O salão já estava vazio, e da sala dos fundos vinha o barulho de pratos e facas. Aqueles que continuavam ali pareciam cansados de dançar e conversavam baixo em pequenos grupos. Os dedos mornos e trêmulos de Gabriel batucaram no vidro gelado da janela. Devia estar muito frio lá fora! Como seria agradável dar uma volta sozinho, primeiro ao longo do rio e depois pelo parque. A neve estaria acumulada nos galhos das árvores e formando uma capa brilhante no topo do monumento de Wellington. Como seria mais agradável estar lá do que na mesa da ceia!

Repassou as notas de seu discurso: A hospitalidade irlandesa, memórias tristes, as Três Graças, Páris, a citação de Browning. Repetiu para si mesmo uma frase que tinha escrito em sua resenha: *A sensação é como ouvir uma música atormentada por pensamentos.* Srta. Ivors tinha elogiado a resenha. Estava sendo sincera? Tinha alguma vida própria por trás de todo o seu propagandismo? Nunca houve ressentimento entre eles antes daquela noite. O enervava pensar que ela estaria na mesa da ceia, o observando enquanto ele falava com seus olhos críticos e interrogativos. Talvez ela não ficasse decepcionada em vê-lo fracassar em seu discurso. Uma ideia veio à sua mente e lhe deu coragem. Ele diria, aludindo à tia Kate e à tia Julia: *Senhoras e senhores, a geração que agora está em declínio entre nós pode ter tido seus defeitos, mas acredito que tinha certas qualidades de hospitalidade, de humor, de humanidade, que a nova geração tão séria e hipereducada ao nosso redor parece ter perdido.* Muito bom: essa era para a srta. Ivors. De que importava que as tias fossem apenas duas velhinhas ignorantes?

Um murmúrio no salão chamou sua atenção. Sr. Browne estava avançando pela porta, escoltando galantemente a tia Julia, que se apoiava em seu braço, sorrindo e curvando a cabeça. Uma salva de palmas irregular a acompanhou até o piano e, então, enquanto Mary Jane se sentava no banco, e tia Julia, sem sorrir, se voltou um pouco para lançar sua voz para todo o salão, gradualmente cessou. Gabriel reconheceu o prelúdio. Era uma antiga canção da tia Julia – *"Arrayed for the Bridal"*[6]. Sua voz, de tom claro e forte, atacava com espírito as melodias que enfeitavam a ária e mesmo cantando muito rápido ela não perdia nem a menor das graciosas notas. Acompanhar a voz, sem olhar para o rosto da cantora, era sentir e compartilhar a emoção de um voo veloz e seguro. Gabriel aplaudiu alto com os outros no fim da música e aplausos também podiam ser ouvidos da mesa da ceia. Pareceu uma reação tão genuína que um pouco de cor surgiu no rosto da tia Julia enquanto ela se abaixava para recolocar no suporte de partitura o velho cancioneiro de couro com suas iniciais na capa. Freddy Malins, que havia inclinado a cabeça para ouvi-la melhor, ainda estava aplaudindo quando todos os outros pararam, e conversava animadamente com a mãe que concordava lenta e seriamente com a cabeça. Por fim, quando não podia mais aplaudir, ele se levantou de repente e correu pela sala até a tia Julia, cuja mão ele segurou entre as suas, balançando-as quando as palavras lhe faltavam ou quando sua voz se mostrava muito embargada.

— Eu estava dizendo para minha mãe — ele falou —, nunca a ouvi cantar tão bem, nunca. Não, nunca ouvi sua voz tão boa como hoje à noite. Agora! Acredita? Pois é verdade. Minha palavra de honra que é verdade. Nunca ouvi sua voz soar tão fresca e tão... clara e fresca, nunca.

---

[6] Música de George Linley baseada na ópera italiana *I puritani* (1835) de Vincenzo Bellini.

Tia Julia abriu um largo sorriso e murmurou algo sobre elogios enquanto libertava suas mãos das dele. Sr. Browne estendeu as mãos abertas para ela e disse para aqueles ao redor como um apresentador introduzindo um prodígio ao público:

— Srta. Julia Morkan, minha última descoberta!

Ele estava rindo sinceramente consigo mesmo quando Freddy Malins virou para ele e disse:

— Bom, Browne, se está falando sério poderia descobrir algo muito pior. Tudo que tenho a dizer é que nunca a ouvi cantar nem a metade disso desde que venho aqui. E essa é a verdade honesta.

— Nem eu — disse o sr. Browne. — Acho que a voz dela melhorou muito.

Tia Julia deu de ombros e disse com um orgulho tímido:

— Trinta anos atrás eu não tinha uma voz ruim até onde eu sei.

— Sempre falei para a Julia — disse tia Kate enfaticamente — que ela era um desperdício naquele coro. Mas ela nunca me ouviu.

Se voltou como para apelar ao bom senso dos outros contra uma criança teimosa enquanto tia Julia olhava para frente, um vago sorriso de lembrança surgiu em seu rosto.

— Mas não — continuou tia Kate — ela não ouvia ninguém, trabalhando como uma escrava naquele coro dia e noite, dia e noite. Seis horas da manhã do dia de Natal! E para quê?

— Bom, não é para a glória de Deus, tia Kate? — perguntou Mary Jane, se virando na banqueta do piano e sorrindo.

Tia Kate se virou irritada para a sobrinha e disse:

— Eu sei que é para a glória de Deus, Mary Jane, mas não acho nem um pouco glorioso que o papa tenha expulsado as mulheres que trabalharam nos coros a vida inteira para colocar uns molequinhos pretenciosos que não sabem de nada[7]. Acho que é para o bem da Igreja se o papa disse. Mas não é justo, Mary Jane, e não é certo.

Ela tinha se deixado levar e continuaria a defender a irmã, pois o assunto ainda era um ponto doloroso para ela, mas Mary Jane, vendo que os dançarinos tinham voltado, interrompeu pacificamente:

— Agora, tia Kate, você está dando um escândalo para o sr. Browne que é de outra crença.

Tia Kate se voltou para o sr. Browne, que estava sorrindo com a alusão à sua religião, e disse apressadamente:— Oh, eu não questiono se o papa está certo. Sou só uma velha estúpida e não ousaria fazer uma coisa dessas. Mas existem coisas chamadas educação e gratidão. E se eu estivesse no lugar da Julia eu diria na cara do padre Healey...

— Além disso, tia Kate — disse Mary Jane —, estamos todos famintos e quando estamos com fome ficamos irritados.

— E quando estamos com sede também ficamos irritados! — acrescentou o sr. Browne.

— Então é melhor cearmos — disse Mary Jane — e terminar a discussão depois.

---

[7] Em uma epístola publicada em 1903 *(Inter sollicitudines)*, o papa Pio X decretou que as mulheres eram "incapazes" de realizar o verdadeiro ofício litúrgico nos coros das igrejas, e que meninos deveriam ser empregados para fazer as vozes agudas de sopranos e contraltos.

No patamar, do lado de fora do salão, Gabriel encontrou a esposa e Mary Jane tentando convencer a srta. Ivors a ficar para a ceia. Mas a srta. Ivors, que já tinha colocado seu chapéu e abotoava o casaco, se negava. Não estava com a mínima fome e já tinha ficado demais.

— Mas só por dez minutos, Molly — disse a sra. Conroy. — Só isso não vai lhe atrasar.

— Para comer alguma coisinha — disse Mary Jane — depois de dançar tanto.

— Eu não conseguiria — disse a srta. Ivors.

— Temo que você nem tenha se divertido — disse Mary Jane sem esperança.

— Me diverti muito, lhe asseguro — disse a srta. Ivors —, mas vocês precisam me deixar ir agora.

— Mas como você vai chegar em casa? — perguntou a sra. Conroy.

— Oh, é pertinho.

Gabriel hesitou por um momento e disse:

— Se me permite, srta. Ivors, lhe acompanho até em casa se você realmente precisa ir.

Mas a srta. Ivors se afastou deles.

— Não se preocupe! — ela exclamou. — Pelo amor de Deus, vão fazer a ceia e não se preocupem comigo. Sou capaz de me cuidar sozinha.

— Bom, você é uma garota engraçada, Molly — disse francamente a sra. Conroy.

— *Beannacht libh*[8] — disse a srta. Ivors, com uma risada, enquanto descia correndo a escada.

Mary Jane ficou assistindo-a partir, com uma expressão confusa e desgostosa, enquanto a sra. Conroy se apoiava no corrimão para ouvir a porta da entrada. Gabriel se perguntou se tinha sido a causa da partida abrupta dela. Mas ela não parecia mal-humorada: tinha ido embora rindo. Ele ficou olhando para o nada no pé da escada.

Nesse momento, tia Kate veio da sala da ceia, quase torcendo as mãos em desespero.

— Onde está Gabriel? — exclamou. — Por Deus, onde está o Gabriel? Estão todos esperando lá, palco pronto, e ninguém para destrinchar o ganso!

— Estou aqui, tia Kate! — disse Gabriel, de repente animado — pronto para destrinchar um gansaral, se necessário.

Um ganso gordo e tostado estava em uma ponta da mesa e, na outra, sobre uma cama de papel coberto com raminhos de salsa, estava um grande presunto, sem pele e salpicado com migalhas de crosta de pão, com um babado de papel bem-feito em volta da bandeja e, ao lado, um corte de carne temperada. Entre as extremidades rivais havia fileiras de acompanhamentos: duas pequenas jarras de geleia, vermelha e amarela; um prato raso com blocos de manjar branco e compota vermelha; um grande prato verde em forma de folha com alça em forma de talo, onde havia cachos de passas roxas e amêndoas descascadas; outro do mesmo tipo com um retângulo

---

[8] Irlandês: "Bênção a todos".

sólido de figos de Esmirna; um prato de creme coberto com noz-moscada ralada; uma pequena tigela cheia de chocolates e doces embrulhados em papéis dourados e prateados e um vaso com alguns talos altos de aipo. No centro da mesa, como sentinelas de uma barraca de frutas que sustentava uma pirâmide de laranjas e maçãs americanas, havia dois decantadores antigos e atarracados de vidro lapidado, um com vinho do Porto e o outro com xerez escuro. Sobre o piano quadrado fechado havia um pudim esperando em um enorme prato amarelo e, atrás dele, três esquadrões de garrafas de *stout* e ale e água mineral, dispostos de acordo com as cores de seus uniformes, os dois primeiros pretos, com rótulos marrons e vermelhos, e o terceiro e menor esquadrão branco, com faixas verdes transversais.

Gabriel tomou seguro seu lugar na cabeceira da mesa e, depois de procurar o lado do corte do trinchador, cravou seu garfo firmemente no ganso. Se sentia bem à vontade agora porque era um especialista em destrinchar aves e gostava muito de se ver na cabeceira de uma mesa bem servida.

— Srta. Furlong, o que vai querer? — ele perguntou. — Uma asa ou um pedaço de peito?

— Só um pedaço pequeno de peito.

— Srta. Higgins, e você?

— Oh, qualquer coisa mesmo, sr. Conroy.

Enquanto Gabriel e a srta. Daly trocavam pratos de ganso, presunto e carne temperada, Lily ia até cada convidado com um prato de batatas quentes, embrulhado em um guardanapo branco. Isso tinha sido ideia de Mary Jane que também sugeriu purê de maçã para o ganso, mas tia Kate disse que ganso assado simples sem purê de maçã sempre foi bom o suficiente para ela e que esperava nunca ter que comer diferente disso. Mary Jane esperou seus pupilos e se certificou de que eles pegassem os melhores pedaços, e tia Kate e tia Julia abriram e carregaram as garrafas de *stout* e ale para os cavalheiros e as garrafas de água mineral para as damas. Foi uma confusão de pratos e risos, barulho dos pedidos e contrapedidos, de garfos e facas, de rolhas e tampas. Gabriel começou a cortar o segundo pedido das pessoas assim que terminou a primeira rodada sem ainda ter se servido. Todos protestaram em voz alta e então ele decidiu tomar um bom gole de *stout* porque o trabalho de destrinchar a ave o deixou com sede. Mary Jane se sentou em silêncio para sua ceia, mas tia Kate e tia Julia ainda andavam em volta da mesa, pisando nos calcanhares uma da outra, entrando no caminho de todos e trocando ordens que nenhuma atendia. Sr. Browne implorou que elas se sentassem e comessem sua ceia assim como Gabriel, mas elas diziam que ainda havia tempo para isso, então, no final, Freddy Malins se levantou, capturou a tia Kate e a colocou sentada em sua cadeira em meio a risadas gerais.

Quando todos estavam bem servidos Gabriel disse, sorrindo:

— Agora, se mais alguém quiser um pouco do que as pessoas vulgares chamam de recheio, é hora de falar.

Várias vozes o convidaram para começar sua própria ceia, e Lily veio com três batatas que tinha guardado para ele.

— Muito bem! — disse Gabriel amistoso, enquanto tomava outro gole para se preparar —, por favor esqueçam minha existência, senhoras e senhores, por alguns minutos.

Começou a comer e não participou da conversa com a qual a mesa cobriu a retirada dos pratos por Lily. O assunto era a companhia de ópera que se apresentava no Theatre Royal. Sr. Bartell D'Arcy, o tenor, um homem jovem de pele escura com um pequeno bigode, elogiou muito a contralto principal da companhia, mas a srta. Furlong achava que ela era um tanto vulgar em seu estilo de produção. Freddy Malins disse que havia um chefe negro cantando na segunda parte da pantomima do Gaiety que tinha uma das melhores vozes de tenor que ele já tinha ouvido.

— Já o ouviu? — ele perguntou ao sr. Bartell D'Arcy do outro lado da mesa.

— Não — respondeu o sr. Bartell D'Arcy desinteressadamente.

— Porque — explicou Freddy Malins — acho que seria curioso ouvir sua opinião sobre ele. Acho que ele tem uma grande voz.

— Conte com o Teddy aqui para descobrir as coisas realmente boas — disse o sr. Browne com familiaridade para o resto da mesa.

— E por que ele não poderia ter uma boa voz também? — perguntou Freddy Malins bruscamente. — Porque ele é negro?

Ninguém respondeu, e Mary Jane dirigiu o assunto da mesa de volta para a ópera legítima. Um de seus pupilos deu a ela um ingresso para *Mignon*[9]. Claro que foi ótimo, ela disse,

---
[9] Ópera de 1866 de Ambroise Thomas.

mas a fez pensar na pobre Georgina Burns[10]. Sr. Browne voltou ainda mais, remontando às antigas companhias italianas que costumavam vir para Dublin – Tietjens, Ilma de Murzka, Campanini, o grande Trebelli, Giuglini, Ravelli, Aramburo[11]. Aqueles foram os bons tempos, ele disse, quando havia canto de verdade para se ouvir em Dublin. Falou também sobre como a galeria superior do antigo Royal costumava ficar lotada noite após noite, como certa noite um tenor italiano cantou cinco bis de *"Let me like a soldier fall"*[12], com um dó agudo a cada vez, e como os garotos da galeria, em seu entusiasmo, às vezes desatrelavam os cavalos da carruagem de alguma grande prima-dona e a puxavam eles mesmos pelas ruas até seu hotel. Por que não traziam mais as grandes óperas antigas, ele perguntou, *Dinorah, Lucrezia Borgia*?[13] Porque não conseguiam mais vozes como aquelas para cantá-las, por isso.

— Bom — disse o sr. Bartell D'Arcy — presumo que há cantores tão bons hoje quanto naquela época.

— Onde? — perguntou o sr. Browne em desafio.

— Em Londres, Paris, Milão — disse o sr. Bartell D'Arcy calorosamente. — Suponho que Caruso[14], por exemplo, é muito bom, se não melhor do que qualquer um dos homens que você mencionou.

---

[10] Soprano conhecida por fazer o papel da heroína na ópera Mignon.

[11] Cantores de ópera famosos, já falecidos na época.

[12] Da ópera *Maritana*.

[13] *Dinorah*, ou *Le pardon de Ploërmel*, ópera de 1859 de Giacomo Meyerbeer. *Lucrezia Borgia*, ópera de 1833 de Gaetano Donizetti.

[14] O cantor de ópera italiano Enrico Caruso (1873-1921).

— Talvez — disse o sr. Browne. — Mas devo dizer que duvido fortemente.

— Oh, eu daria qualquer coisa para ouvir Caruso cantar! — disse Mary Jane.

— Para mim — disse tia Kate, que estava mordiscando um osso —, só houve um tenor. Do meu gosto, quero dizer. Mas acho que nenhum de vocês ouviu falar dele.

— Quem era, srta. Morkan? — perguntou o sr. Bartell D'Arcy educadamente.

— O nome dele — disse tia Kate — era Parkinson. Eu o ouvi quando ele estava no auge, acho que tinha a voz de tenor mais pura já colocada na garganta de um homem.

— Estranho — disse o sr. Bartell D'Arcy. — Nunca ouvi falar.

— Sim, sim, a srta. Morkan está certa — disse o sr. Browne. — Lembro de ouvir falar do velho Parkinson, mas ele não era da minha época.

— Um tenor inglês lindo, puro, doce, suave — disse tia Kate com entusiasmo.

Como Gabriel tinha terminado, o grande pudim foi transferido para a mesa. O barulho de garfos e colheres recomeçou. A esposa de Gabriel servia colheradas do pudim e passava os pratos pela mesa. No meio do caminho, eles eram detidos por Mary Jane, que os completava com geleia de framboesa ou laranja ou com manjar branco e compota. O pudim era trabalho da tia Julia, e ela recebeu elogios por ele de todos os cantos. Mas ela disse que não tinha ficado marrom o suficiente.

— Bom, espero, srta. Morkan — disse o sr. Browne — que

eu seja marrom o suficiente para você, sabe, porque sou todo marrom.

Todos os cavalheiros, exceto Gabriel, comeram um pouco do pudim para não fazer desfeita para a tia Julia. Como Gabriel não comia doces, o aipo foi deixado para ele. Freddy Malins também pegou um talo de aipo e comeu com seu pudim. Tinham dito a ele que aipo era muito bom para o sangue, e ele estava sob cuidados médicos. A sra. Malins, que ficou em silêncio durante toda a ceia, disse que o filho iria para Mount Melleray em uma semana ou algo assim. A mesa então falou sobre Mount Melleray, como o ar era revigorante lá, como os monges eram hospitaleiros e nunca pediam um centavo dos hóspedes.

— Você está me dizendo — perguntou incrédulo o sr. Browne — que um camarada pode ir até lá, ser colocado lá como se fosse um hotel, viver no bem-bom e depois ir embora sem pagar nada?

— Oh, a maioria das pessoas faz alguma doação para o monastério na partida — disse Mary Jane.

— Queria que tivéssemos uma instituição assim na nossa Igreja — disse o sr. Browne candidamente.

Ficou abismado ao ouvir que os monges nunca falavam, se levantavam às duas da manhã e dormiam em seus caixões. Perguntou por que eles faziam isso.

— São as regras da ordem — disse com firmeza tia Kate.

— Sim, mas por quê? — perguntou o sr. Browne.

Tia Kate repetiu que eram as regras, só isso. O sr. Browne

ainda parecia não entender. Freddy Malins explicou para ele, o melhor que pode, que os monges estavam tentando compensar os pecados cometidos pelos pecadores do mundo lá fora. A explicação não foi muito clara porque o sr. Browne sorriu e disse:

— Gostei muito da ideia, mas uma cama confortável de molas não serviria a eles do mesmo jeito que um caixão?

— O caixão — disse Mary Jane — é para lembrá-los de seu fim.

Como o assunto tinha se tornado muito lúgubre, acabou enterrado em um silêncio na mesa durante o qual a sra. Malins podia ser ouvida dizendo ao vizinho em um tom baixo indistinto:

— São homens muito bons, os monges, homens pios.

As passas, amêndoas, figos, maçãs, laranjas, chocolates e doces então foram passados pela mesa, e tia Julia convidou todos a tomar vinho do Porto ou xerez. Primeiro o sr. Bartell D'Arcy se recusou a tomar qualquer um dos dois, mas depois de um cutucão de um dos vizinhos que sussurrou algo em seu ouvido ele permitiu que seu copo fosse cheio. Gradualmente, enquanto os últimos copos eram cheios, a conversa parou. Uma pausa se seguiu, quebrada apenas pelo barulho do vinho sendo servido e das cadeiras sendo arrastadas. As srtas. Morkan, todas as três, olhavam para a toalha da mesa. Alguém tossiu uma ou duas vezes e então alguns cavalheiros bateram na mesa gentilmente como um sinal para fazer silêncio. O silêncio veio, e Gabriel empurrou sua cadeira para trás.

As batidas ficaram mais altas como encorajamento e depois pararam de vez. Gabriel colocou seus dez dedos trêmulos sobre a toalha e sorriu nervoso para as companhias. Encontrando fileiras de rostos voltados para cima, ele ergueu os olhos para o lustre. O piano tocava uma valsa e ele podia ouvir as saias arrastando contra a porta do salão. Talvez algumas pessoas estivessem paradas na neve no cais lá embaixo, olhando para as janelas iluminadas e ouvindo a música. O ar era puro lá. À certa distância ficava o parque onde os galhos das árvores pesavam com a neve. O monumento de Wellington usava uma capa reluzente de neve que brilhava em direção a oeste sobre o campo branco de Fifteen Acres.

Ele começou:

— Senhoras e senhores,

"Coube a mim esta noite, como nos anos anteriores, uma tarefa muito agradável, mas para a qual temo que minha capacidade como orador não seja suficiente."

— Não, não! — disse o sr. Browne.

— Mas, seja como for, só posso pedir esta noite que vocês me emprestem sua atenção por alguns momentos enquanto me empenho para expressar em palavras os meus sentimentos nesta ocasião.

"Senhoras e senhores, não é a primeira vez que nos reunimos sob este teto hospitaleiro, em volta desta mesa hospitaleira. Não é a primeira vez que somos os beneficiários – ou talvez, melhor dizendo, as vítimas – da hospitalidade de certas boas damas.

Fez um círculo no ar com o braço e pausou. Todos riram ou sorriram para tia Kate, tia Julia e Mary Jane, que coraram de prazer. Gabriel continuou de maneira mais ousada:

— Sinto cada vez mais a cada ano que nosso país não tem uma tradição que lhe honre tanto e que deva ser guardada com mais zelo do que a hospitalidade. É uma tradição única até onde vai minha experiência (e não visitei poucos países) entre as nações modernas. Alguém pode dizer, talvez, que conosco isso é mais uma falha do que algo para se gabar. Mas, ainda assim, isso é, para mim, uma falha esplêndida, e uma que confio que será cultivada entre nós. De uma coisa, pelo menos, estou certo: enquanto este teto abrigar as boas damas mencionadas – e desejo de todo o coração que seja assim por muitos e muitos anos ainda –, a tradição da genuína, calorosa e cortês hospitalidade irlandesa, que nossos antepassados nos transmitiram e que, por nossa vez, devemos transmitir aos nossos descendentes, ainda estará viva entre nós.

Um murmúrio de apreciação percorreu a mesa. Surgiu na mente de Gabriel a noção de que a srta. Ivors não estava presente e que tinha ido embora de maneira descortês: e ele disse com confiança em si mesmo:

— Senhoras e senhores,

"Uma nova geração está crescendo em nosso meio, uma geração instigada por novas ideias e princípios. Uma geração séria e entusiasmada por essas ideias e esse euforismo, mesmo quando mal direcionado, é, acredito, principalmente sincero. Mas vivemos numa era cética e, se me permitem a expressão, atormentada por pensamentos, e, às vezes, temo que esta nova geração, educada ou hipereducada como é, não terá qualidades de humanidade, de hospitalidade, de humor gentil que pertenciam ao passado. Ouvindo esta noite os nomes de grandes cantores do passado me pareceu, devo confessar, que vivemos em uma era menos espaçosa. Aqueles dias podiam, sem exagero, ser chamados de dias espaçosos: e se foram além do que lembramos; vamos esperar, pelo menos, que em reuniões como esta ainda falemos deles com orgulho e afeição, ainda acalentemos em nossos corações a memória dos grandes mortos cuja fama o mundo não deixará morrer."

— Verdade, verdade! — disse o sr. Browne.

— Mas ainda assim — continuou Gabriel, assumindo um tom de voz mais suave — sempre há em reuniões como esta pensamentos pesarosos que retornarão às nossas mentes: pensamentos do passado, da juventude, de mudanças, de rostos ausentes de que sentimos falta aqui esta noite. Nosso caminho pela vida está repleto dessas lembranças tristes, e se ficássemos remoendo-as sempre não teríamos a coragem para prosseguir com nosso trabalho entre os vivos. Todos temos nossos deveres como vivos e afeições vivas que exigem, com razão, nossos árduos esforços.

"Portanto, não vou me deter no passado. Não deixarei que nenhuma moralização sombria se meta entre nós esta noite. Aqui estamos reunidos por um breve momento longe da correria e da pressa das nossas rotinas. Somos recebidos aqui como amigos, no espírito de boa companhia, como colegas, também até certo ponto, no verdadeiro espírito de *camaraderie*[15], e como convidados – como devo chamá-las? – das Três Graças do mundo musical de Dublin."

A mesa explodiu em aplausos e risos com a alusão. Tia Julia pediu em vão que cada um de seus vizinhos de mesa dissessem o que Gabriel tinha falado.

---

[15] Camaradagem em francês.

— Ele disse que somos as Três Graças, tia Julia — disse Mary Jane.

Tia Julia não entendeu, mas olhou para cima, sorrindo para Gabriel, que continuou na mesma veia:

— Senhoras e senhores,

"Não vou tentar fazer esta noite o papel que foi de Páris em outra ocasião. Não vou tentar escolher entre elas. A tarefa seria difícil demais e muito além de minhas capacidades, pois quando vejo cada uma delas, seja nossa anfitriã principal, cujo bom coração, cujo coração bom demais, se tornou um provérbio entre todos que a conhecem, seja sua irmã, que parece dotada de juventude perene e cujo canto deve ter sido uma surpresa e uma revelação para todos nós esta noite, ou, ainda, por último mas não menos importante, seja nossa anfitriã mais jovem, talentosa, alegre, trabalhadora e a melhor sobrinha, confesso, senhoras e senhores, que não sei a qual delas deveria dar o prêmio.

Gabriel olhou para suas tias abaixo e, vendo o grande sorriso no rosto de tia Julia e as lágrimas nos olhos da tia Kate, partiu para o encerramento. Levantou galantemente sua taça de vinho do Porto, com todos nas mesas pegando seus copos em expectativa, e disse alto:

— Vamos brindar a todas elas juntas. Vamos beber à sua saúde, riqueza, vida longa, felicidade e prosperidade, e que elas mantenham por muito tempo a posição orgulhosa conquistada por elas mesmas em sua profissão e a posição de honra e afeição que ocupam em nossos corações.

Todos os convidados se levantaram, copos em mãos, e se

voltaram para as três damas sentadas, cantando juntos, liderados pelo sr. Browne:

> *Porque elas são boas companheiras,*
> *Porque elas são boas companheiras,*
> *Porque elas são boas companheiras,*
> *Ninguém pode negar.*

Tia Kate estava usando abertamente seu lenço de bolso e até a tia Julia parecia comovida. Freddy Malins batucava o ritmo com seu garfo de pudim, e os cantores se voltaram uns para os outros enquanto cantavam com ênfase:

> *Ninguém pode negar,*
> *Ninguém pode negar.*

Então, se voltando de novo para as anfitriãs, eles cantaram:

> *Porque elas são boas companheiras,*
> *Porque elas são boas companheiras,*
> *Porque elas são boas companheiras,*
> *Ninguém pode negar.*

A aclamação que se seguiu foi para além da porta da sala da ceia, com muitos dos outros convidados se juntando e se renovando de tempos em tempos, Freddy Malins agindo como o maestro com seu garfo em punho.

O ar gelado da madrugada entrou no corredor onde eles estavam, então tia Kate disse:

— Alguém feche a porta. A sra. Malins vai morrer de frio.

— Browne está lá fora, tia Kate — disse Mary Jane.

— Browne está em todo lugar — disse tia Kate, baixando a voz.

Mary Jane riu do tom dela.

— Realmente — ela disse maliciosamente —, ele é muito atencioso.

— Instalaram ele aqui como o gás — disse tia Kate no mesmo tom — durante toda a época de Natal.

Riu de bom humor dessa vez e acrescentou logo:

— Mas diga para ele entrar, Mary Jane, e fechar a porta. Espero que ele não tenha me ouvido.

Naquele momento a porta da entrada se abriu e o sr. Browne entrou, rindo como se o coração fosse explodir. Estava vestido com um sobretudo verde com punhos e gola de astracã falso e usando um gorro oval de pele. Apontou para o cais coberto de neve de onde vinha o som de assobios agudos e prolongados.

— Teddy vai chamar todos os coches de Dublin — ele disse.

Gabriel saiu da pequena despensa atrás do escritório, vestindo seu sobretudo com dificuldade e, olhando ao redor, disse:

— Gretta ainda não desceu?

— Ela está pegando suas coisas, Gabriel — disse tia Kate.

— Quem está tocando lá em cima? — perguntou Gabriel.

— Ninguém. Todos já se foram.

— Ah, não, tia Kate — disse Mary Jane. — Bartell D'Arcy e a srta. O'Callaghan ainda não foram.

— Alguém está brincando com o piano então — disse Gabriel.

Mary Jane olhou para Gabriel e o sr. Browne e disse com um arrepio:

— Sinto frio vendo vocês dois agasalhados desse jeito. Não gostaria de encarar sua jornada para casa uma hora dessas.

— Não há nada que eu gostaria mais agora — disse o sr. Browne determinado — do que uma bela caminhada no campo ou um passeio bem rápido com um bom cavalo atrelado.

— Tínhamos um cavalo muito bom em casa — disse tia Julia com tristeza.

— O inesquecível Johnny — disse Mary Jane, rindo.

Tia Kate e Gabriel riram também.

— Por quê? O que tinha nele de tão maravilhoso? — perguntou o sr. Browne.

— O falecido e lamentado Patrick Morkan, nosso avô — explicou Gabriel — mais conhecido em seus últimos anos como o velho cavalheiro, era fabricante de cola.

— Oh, Gabriel — disse tia Kate, rindo — ele tinha um engenho de amido.

— Bom, cola ou amido — disse Gabriel — o velho cavalheiro tinha um cavalo chamado Johnny. E Johnny costumava trabalhar no engenho do velho cavalheiro, dando voltas e voltas para fazer o moinho funcionar. E tudo bem, mas agora vem a parte trágica sobre o Johnny. Um belo dia o velho cavalheiro achou uma boa ideia sair com os amigos para um exercício militar no parque.

— Deus tenha piedade de sua alma! — disse tia Kate com empatia.

— Amém! — disse Gabriel. — Então o velho cavalheiro, como eu disse, atrelou Johnny e colocou sua melhor cartola e gola dura e saiu em grande estilo de sua mansão ancestral perto de Back Lane, acho.

Todos riram, até a sra. Malins, com o modo de falar de Gabriel, e a tia Kate disse:

— Gabriel, ele não morava em Back Lane, por favor. O engenho era lá.

— Lá da mansão de seus antepassados — continuou Gabriel — ele saiu com o Johnny. E tudo ia às mil maravilhas até que Johnny viu a estátua do rei Billy[16]: e seja por ter se apaixonado pelo cavalo onde o rei Billy estava sentado ou porque achou que estava de volta no moinho, ele começou a dar voltas ao redor da estátua.

Gabriel começou a andar em círculo pela entrada em suas galochas entre muitas risadas.

— Voltas e voltas ele deu — disse Gabriel — e o velho, que era um cavalheiro muito pomposo, ficou indignado. *Vamos, senhor! O que é isso, senhor? Johnny! Johnny! Que conduta extraordinária, hein? Não entendo esse cavalo!*

As gargalhadas que acompanhavam a imitação de Gabriel do incidente foram interrompidas por uma batida forte na porta de entrada. Mary Jane correu para abrir e deixar Freddy Malins entrar. Freddy Malins, com o chapéu empurrado bem para trás na cabeça e os ombros encolhidos de frio, estava ofegante e soltando vapor depois de todo o exercício.

---

[16] Rei Guilherme III da Inglaterra.

— Só consegui um coche — ele disse.

— Oh, encontramos outro lá no cais — disse Gabriel.

— Sim — disse tia Kate. — Melhor não deixar a sra. Malins pegando vento.

A sra. Malins foi ajudada a descer os degraus da frente pelo filho e os sr. Browne e, depois de várias manobras, colocada no coche. Freddy Malins subiu atrás dela e passou um bom tempo a ajeitando no assento, com o sr. Browne o auxiliando com conselhos. Finalmente ela estava sentada confortavelmente, e Freddy Malins convidou o sr. Browne para o coche. Depois de muita conversa confusa, o sr. Browne subiu no coche. O condutor arrumou seu cobertor sobre os joelhos e se curvou para ouvir o endereço. A confusão só aumentou, e o cocheiro recebia direções diferentes de Freddy Malins e do sr. Browne, cada um com a cabeça para fora de cada janela da cabine. O problema era onde deixar o sr. Browne na rota, e tia Kate, tia Julia e Mary Jane tentavam ajudar na discussão da porta com direções cruzadas, contradições e muitas risadas. Freddy Malins nem conseguia falar de tanto rir. Tirava a cabeça para fora da janela a todo momento, colocando seu chapéu em perigo e dizendo para a mãe como a discussão estava progredindo, até que finalmente o sr. Browne gritou para o cocheiro aturdido por cima do barulho das risadas.

— Você conhece o Trinity College?

— Sim, senhor! — disse o cocheiro.

— Bom, vá direto para os portões do Trinity College — disse o sr. Browne — e de lá te dizemos para onde ir. Entendeu?

— Sim, senhor! — disse o cocheiro.

— Toca para Trinity College então.

— Certo, senhor. — disse o cocheiro.

O cavalo levou uma chicotada e o coche foi balançando ao longo do cais entre um coro de risos e despedidas.

Gabriel não foi até a porta com os outros. Estava em uma parte do corredor observando a escada. Uma mulher estava parada perto do topo do primeiro patamar, também nas sombras. Não podia ver o rosto dela, mas conseguia ver os tecidos terracota e salmão da saia dela que pareciam preto e branco na sombra. Era sua esposa. Ela estava apoiada no corrimão, ouvindo alguma coisa. Gabriel ficou surpreso com tamanha imobilidade e se esforçou para ouvir. Mas não conseguia escutar muita coisa fora o barulho das risadas e a disputa nos degraus da entrada, alguns acordes vinham do piano e algumas notas da voz de um homem cantando.

Ficou parado lá na escuridão da entrada, tentando entender a música que a voz cantava e observando a esposa. Havia graça e mistério na atitude dela, como se ela fosse o símbolo de alguma coisa. Se perguntou o que seria exatamente símbolo de uma mulher parada na escada nas sombras, ouvindo uma música distante. Se fosse pintor ele a retrataria nessa posição. O chapéu de feltro azul dela destacaria o bronze de seus cabelos contra a escuridão, e os tecidos escuros da saia realçariam os tecidos claros. *Música Distante*, ele chamaria o quadro se fosse pintor.

A porta foi fechada; e tia Kate, tia Julia e Mary Jane vieram pelo corredor, ainda rindo.

— Freddy não é terrível? — disse Mary Jane. — Absolutamente terrível.

Gabriel não disse nada, mas apontou para a escada onde a esposa estava parada. Agora que a porta estava fechada, a voz e o piano podiam ser ouvidos mais claramente. Gabriel levantou a mão para que elas ficassem em silêncio. A canção parecia ser na antiga tonalidade irlandesa e o cantor parecia não ter certeza nem da letra nem da força de sua voz. A voz, lamuriosa pela distância e a rouquidão do canto, iluminava fracamente a cadência da música com letras que expressavam luto:

Oh, a chuva cai sobre meus pesados cachos
E o orvalho molha minha pele,
Meu bebê está frio...

— Oh — exclamou Mary Jane. — É Bartell D'Arcy cantando, e ele não quis cantar a noite toda. Ah, vou fazê-lo cantar uma música antes de ir embora.

— Oh, faça isso, Mary Jane — disse tia Kate.

Mary Jane passou pelos outros e correu para a escada, mas antes que conseguisse alcançar as notas, o canto parou e o piano foi fechado abruptamente.

— Ah, que pena! — ela disse. — Ele está descendo, Gretta?

Gabriel ouviu a esposa responder que sim e a observou descendo até eles. Alguns passos atrás, o sr. Bartell D'Arcy e a srta. O'Callaghan.

— Oh, sr. D'Arcy — exclamou Mary Jane — foi maldade parar assim quando estávamos todos em êxtase lhe ouvindo.

— Estive com ele a noite toda — disse a srta. O'Callaghan — e a sra. Conroy também e ele disse que estava com um resfriado péssimo e não podia cantar.

— Oh, sr. D'Arcy — disse tia Kate —, que mentira.

— Não viram que estou mais rouco que um corvo? — disse o sr. D'Arcy asperamente.

Ele entrou na despensa apressado e colocou seu sobretudo. Os outros, surpresos com seu tom rude, não encontravam o que dizer. Tia Kate franziu as sobrancelhas e fez sinais para que os outros mudassem de assunto. Sr. D'Arcy ficou ali, enrolando o pescoço com cuidado e franzindo a testa.

— É esse tempo — disse tia Julia, depois de uma pausa.

— Sim, todo mundo pega resfriados — disse rapidamente tia Kate —, todo mundo.

— Dizem — falou Mary Jane — que não temos neve assim há trinta anos; e eu li esta manhã no jornal que está nevando em toda a Irlanda.

— Adoro a paisagem quando neva — disse tristemente tia Julia.

— Eu também, disse a srta. O'Callaghan. — Acho que Natal não é realmente Natal se não temos neve no chão.

— Mas o pobre sr. D'Arcy não gosta de neve — disse tia Kate, sorrindo.

Sr. D'Arcy saiu da despensa, totalmente agasalhado e abotoado, e num tom arrependido contou a eles a história de seu resfriado. Todos deram conselhos e disseram que era uma pena e para ele ter muito cuidado com a garganta no ar noturno. Gabriel observava a esposa, que não participou da conversa. Estava parada bem embaixo do basculante empoeirado, e a chama do gás iluminava o bronze intenso de seus cabelos, que ele a viu secando perto do fogo alguns dias antes. Ela estava com a mesma atitude e parecia não ter consciência da conversa ao seu redor. Finalmente ela se voltou para ele e Gabriel viu que ela estava corada e que seus olhos estavam brilhando. Uma onda repentina de prazer saltou de seu coração.

— Sr. D'Arcy — ela disse —, qual é o nome da música que estava cantando?

— Se chama "The Lass of Aughrim" — disse o sr. D'Arcy —, mas não me lembro direito. Por quê? Você conhece?

— "The Lass of Aughrim" — ela repetiu. — Não conseguia me lembrar do nome.

— É uma música adorável — disse Mary Jane. — Sinto muito que sua voz não esteja boa hoje.

— Mary Jane — disse tia Kate —, não perturbe o sr. D'Arcy. Não quero que ele se irrite.

Vendo que todos estavam prontos, ela começou a pastoreá-los para a porta, onde desejos de boa-noite foram trocados:

— Bom, boa noite, tia Kate, e obrigado pela ótima noite.

— Boa noite, Gabriel. Boa noite, Gretta!

— Boa noite, tia Kate, e muito obrigada mesmo. Boa noite, tia Julia.

— Oh, boa noite, Gretta, não vi você aí.

— Boa noite, sr. D'Arcy. Boa noite, srta. O'Callaghan.

— Boa noite, srta. Morkan.

— Boa noite, novamente.

— Boa noite a todos. Vão com cuidado.

— Boa noite. Boa noite.

A manhã ainda estava escura. Uma luz amarela opaca pairava sobre as casas e o rio, e o céu parecia estar pesado. O chão estava coberto de lama da neve; e havia apenas faixas e manchas de neve nos telhados, nos parapeitos do cais e nas grades da área. As lâmpadas ainda brilhavam avermelhadas no ar sombrio e, do outro lado do rio, o palácio Four Courts se destacava ameaçadoramente contra o céu pesado.

Gretta estava andando à frente dele com o sr. Bartell D'Arcy, seus sapatos em um pacote marrom sob um dos braços e suas mãos segurando a saia acima da lama. Ela não tinha mais uma graça em sua atitude, mas os olhos de Gabriel ainda brilhavam com felicidade. O sangue ricocheteava em suas veias; e os pensamentos fervilhavam em seu cérebro: orgulhosos, alegres, ternos, valorosos.

Ela andava diante dele de maneira tão leve e ereta que ele queria correr até ela sem fazer barulho, a pegar pelos ombros e dizer algo bobo e carinhoso em seu ouvido. Ela lhe parecia tão frágil que ele sentia o desejo de defendê-la contra alguma coisa e então ficar a sós com ela. Momentos da vida secreta deles explodiram como estrelas em sua memória. Um envelope de heliotrópio estava ao lado de sua xícara, e ele o acariciava com a mão. Pássaros cantavam na hera e a trama da cortina ensolarada brilhava no chão: ele não conseguia comer de tanta felicidade. Estavam parados na plataforma lotada e ele colocava um bilhete na palma morna da mão enluvada dela. Estava parado com ela, observando através de uma vitrine gradeada um homem fazendo garrafas em uma fornalha. Estava muito frio. O rosto dela, fragrante no ar gelado, estava bem próximo do dele; e de repente ela falou com o homem da fornalha:

— O fogo está muito quente, senhor?

Mas o homem não podia ouvir nada com o barulho da fornalha. E melhor assim. Ele poderia ter respondido de forma grosseira.

Uma onda de alegria ainda mais terna escapou de seu coração e seguiu numa corrente quente por suas artérias. O terno fogo dos momentos estelares da vida deles, que ninguém sabia e jamais saberia, irrompeu e iluminou sua memória. Desejava falar para ela desses momentos, para fazê-la esquecer dos anos de existência monótona da vida deles e lembrar apenas dos momentos de êxtase. Pois os anos, sentia, não tinham saciado sua alma nem a dela. Seus filhos, sua escrita, os trabalhos domésticos dela não tinham saciado o fogo terno das almas deles. Em uma carta que escreveu a ela na época, ele dizia: *Por que palavras como essas me parecem tão tediosas e frias? Seria porque não há palavra calorosa o suficiente para ser o seu nome?*

Como música distante, essas palavras que ele havia escrito anos antes chegaram até ele vindas do passado. Desejava estar a sós com ela. Quando os outros fossem embora, quando ele e ela estivesse em seu quarto de hotel, então estariam sozinhos. Ele a chamaria gentilmente:

— Gretta!

Talvez ela não o ouvisse: estaria se trocando. Então algo na voz dele chamaria a atenção dela. Ela se voltaria e olharia para ele...

Na esquina da Winetavern Street, eles encontraram um coche. Ele ficou grato pelo barulho do carro, já que isso o poupava de conversar. Ela estava olhando pela janela e parecia cansada. Os outros disseram poucas palavras, apontando algum prédio ou rua. O cavalo galopava fatigado sob o céu escuro da manhã, arrastando sua velha caixa barulhenta atrás dos cascos, e Gabriel estava novamente em um coche com ela, galopando para pegar o navio, galopando para sua lua de mel.

Enquanto o coche cruzava a O'Connell Bridge, a srta. O'Callaghan disse:

— Dizem que você nunca cruza a O'Connell Bridge sem ver um cavalo branco.

— Vejo um homem branco dessa vez — disse Gabriel.

— Onde? — perguntou o sr. Bartell D'Arcy.

Gabriel apontou para a estátua[17], coberta por montes de neve. Então ele a cumprimentou com familiaridade e acenou com a mão.

— Boa noite, Dan — disse alegremente.

Quando o coche parou diante do hotel, Gabriel saltou e, apesar dos protestos do sr. Bartell D'Arcy, pagou o condutor. Deu ao homem um xelim a mais. O homem o saudou e disse:

— Próspero ano-novo, senhor.

— Para você também — disse Gabriel cordialmente.

Ela se apoiou por um momento em seu braço ao sair do coche e enquanto estava parada no meio-fio desejando aos

---

[17] Estátua do líder nacionalista irlandês Daniel O'Connell (1775-1847).

outros uma boa-noite. Se apoiou levemente em seu braço, tão levemente como quando eles dançaram algumas horas antes. Ele tinha se sentido orgulhoso e feliz então, feliz por ela ser dele, orgulhoso de sua graça e porte próprio de esposa. Mas, agora, depois de reacender tantas memórias, o primeiro toque do corpo dela, musical, estranho e perfumado, enviou-lhe uma pontada aguda de luxúria. Sob a proteção de seu silêncio, apertou o braço dela firmemente contra o seu flanco; e, enquanto estavam na porta do hotel, sentiu que eles tinham escapado de suas vidas e deveres, escapado de casa e dos amigos e fugido juntos com corações selvagens e radiantes para uma nova aventura.

Um velho cochilava numa cadeira de encosto alto no saguão. Ele acendeu uma vela no escritório e seguiu diante deles para a escada. Seguiram-no em silêncio, seus pés batendo suavemente no carpete grosso dos degraus. Ela subiu a escada atrás do porteiro, a cabeça baixa, seus ombros frágeis curvados como se suportasse um peso, sua saia bem segura ao redor dela. Podia jogar os braços em volta dos quadris dela e a segurar, pois seus braços tremiam com o desejo de agarrá-la, e somente a pressão de suas unhas contra as palmas das mãos continha o impulso selvagem de seu corpo. O porteiro parou na escada para ajeitar sua vela gotejante. Eles também pararam nos degraus abaixo. No silêncio, Gabriel podia ouvir a cera derretida cair na bandeja da vela e as batidas de seu coração contra as costelas.

O porteiro os levou ao longo de um corredor e abriu uma porta. Então colocou sua vela instável em uma mesa do toalete e perguntou a que horas deveria chamá-los pela manhã.

— Oito — disse Gabriel.

O porteiro apontou para o interruptor da luz elétrica e começou a murmurar uma desculpa, mas Gabriel o cortou.

— Não queremos luz. Temos luz suficiente vindo da rua. E eu digo — acrescentou, apontando para a vela — pode levar isso também, por favor.

O porteiro pegou sua vela, mas lentamente porque ficou surpreso com uma ideia tão incomum. Então desejou baixinho boa-noite e saiu. Gabriel trancou a porta.

Uma luz fantasmagórica do poste da rua lançava um feixe longo de uma das janelas para a porta. Gabriel jogou seu sobretudo e chapéu no sofá e cruzou a porta até a janela. Olhou para a rua abaixo para que suas emoções se acalmassem um pouco. Então ele virou e se apoiou contra o gaveteiro com as costas para a luz. Ela tinha tirado o chapéu e a capa e estava parada diante de um grande espelho giratório, soltando os fechos da cintura. Gabriel pausou por alguns momentos, a observando, e então disse:

— Gretta!

Ela virou de costas para o espelho lentamente e caminhou ao longo do feixe de luz até ele. Seu rosto estava tão sério e cansado que as palavras não queriam passar pelos lábios de Gabriel. Não, ainda não era o momento.

— Você parece cansada — ele disse.

— Um pouco — ela respondeu.

— Não está se sentindo doente ou fraca?

— Não, cansada, só isso.

Ela foi até a janela e ficou parada lá, olhando para fora. Gabriel esperou de novo e, então, temendo que o acanhamento o conquistasse, disse de repente:

— Aliás, Gretta!

— O que foi?

— Sabe aquele pobre sujeito, o Malins? — disse rapidamente.

— Sim. O que tem ele?

— Bom, pobre camarada, ele é um sujeito decente no final das contas — Gabriel continuou em uma voz falsa. — Ele me pagou aquele soberano que o emprestei, e eu não esperava por isso. É uma pena que ele não tenha saído de perto daquele Browne, porque ele não é um mau sujeito, sabe.

Ele estava tremendo agora de contrariedade. Por que ela parecia tão distraída? Não sabia como podia começar. Estaria ela contrariada também sobre alguma coisa? Se ela se voltasse para ele ou viesse até ele por conta própria! Tomá-la daquele jeito seria brutal. Não, ele precisava ver primeiro algum ardor nos olhos dela. Ansiava por dominar o humor estranho dela.

— Quando você emprestou dinheiro a ele? — ela perguntou depois de uma pausa.

Gabriel se esforçou para se conter e não usar uma linguagem brutal sobre o ébrio do Malins e seu dinheiro. Desejava gritar por ela do fundo de sua alma, apertar o corpo dela contra o seu, dominá-la. Mas disse:

— Ah, no Natal, quando ele abriu aquela lojinha temporária de cartões de Natal em Henry Street.

Estava com tal febre de raiva e desejo que não a ouviu vindo da janela. Ela parou diante dele por um instante, o olhando de um jeito estranho. Então, de repente ficando na ponta dos pés e colocando as mãos levemente sobre os ombros dele, ela o beijou.

— Você é uma pessoa muito generosa, Gabriel — ela disse.

Gabriel, tremendo de prazer pelo beijo súbito e pela singularidade de sua frase, colocou as mãos nos cabelos dela e os alisou para trás, mal os tocando com os dedos. A lavagem havia deixado os fios macios e brilhantes. O coração dele estava transbordando de felicidade. Assim que ele a desejou, ela veio até ele por conta própria. Talvez os pensamentos dela estivessem em sintonia com os dele. Talvez ela tivesse sentido o desejo impetuoso que estava nele, e então um humor dócil a tomou. Agora que ela tinha vindo tão facilmente, ele imaginava por que tinha sido tão hesitante.

Continuou ali, segurando a cabeça dela entre as mãos. Então, passando um braço ao redor do corpo dela e a aproximando mais dele, disse suavemente:

— Gretta, minha querida, no que você está pensando?

Ela não respondeu e não cedeu totalmente ao seu abraço. Ele disse novamente, baixo:

— Me diga o que é, Gretta. Acho que sei o que é. Eu sei?

Ela não respondeu logo. Então disse em um acesso de lágrimas:

— Oh, eu estava pensando naquela música: "The Lass of Aughrim".

Ela se soltou dos braços dele e correu para a cama e, jogando os braços sobre a cabeceira, escondeu o rosto. Gabriel ficou paralisado, por um momento em choque, e então a seguiu. Quando passou pelo espelho, ele se viu de corpo inteiro, com a camisa larga e bem preenchida, o rosto cuja expressão sempre o intrigava no espelho e seus óculos de aros dourados. Parou a alguns passos de distância dela e disse:

— O que tem a música? Por que ela te fez chorar?

Ela levantou a cabeça dos braços e secou os olhos com a costa da mão como uma criança. Um tom mais gentil do que ele pretendia surgiu em sua voz.

— Por quê, Gretta? — perguntou.

— Estou pensando em uma pessoa de muito tempo atrás que costumava cantar essa música.

— E quem era essa pessoa de muito tempo atrás? — perguntou Gabriel sorrindo.

— Era uma pessoa que eu conheci em Galway quando morava com a minha avó — ela disse.

O sorriso desapareceu do rosto de Gabriel. Uma raiva entorpecida começou a se juntar no fundo de sua mente e o fogo de sua luxúria começou a brilhar com ódio em suas veias.

— Uma pessoa por quem você era apaixonada? — ele perguntou ironicamente.

— Era um menino que eu conhecia — ela respondeu — chamado Michael Furey. Ele costumava cantar essa música, "The Lass of Aughrim". Ele era muito delicado.

Gabriel ficou em silêncio. Ele não queria que ela achasse que ele estava interessado nesse tal menino delicado.

— Posso vê-lo tão claramente — ela disse depois de um momento. — Ele tinha uns olhos... olhos grandes e escuros! E uma expressão neles – uma expressão!

— Oh, então você estava apaixonada por ele? — disse Gabriel.

— Eu costumava passear com ele — ela disse — quando estava em Galway.

Um pensamento passou pela mente de Gabriel.

— Talvez por isso você queria ir para Galway com aquela moça Ivors? — ele disse friamente.

Ela olhou para ele e perguntou surpresa:

— Para quê?

Os olhos dela fizeram Gabriel se sentir constrangido. Ele deu de ombros e disse:

— Como vou saber? Para vê-lo, talvez.

Ela desviou os olhos dele para o feixe de luz da janela em silêncio.

— Ele está morto — ela disse finalmente. — Morreu quando tinha apenas 17 anos. Não é uma coisa horrível morrer tão jovem assim?

— O que ele era? — perguntou Gabriel, ainda ironicamente.

— Ele trabalhava na usina de gás — ela disse.

Gabriel se sentiu humilhado pelo fracasso em sua ironia e pela evocação dessa figura dos mortos, um menino na usina de gás. Enquanto ele estava cheio de memórias da vida secreta deles juntos, cheio de ternura e alegria e desejo, ela o estava comparando com outro em sua mente. Uma consciência vergonhosa de sua própria pessoa o assaltou. Se viu como uma figura ridícula, um garoto de recado para as tias, um sentimental nervoso e bem-intencionado, discursando para vulgares e idealizando seus próprios desejos cômicos, o sujeito fátuo lamentável que tinha visto de relance no espelho. Instintivamente ele se afastou da luz para que ela não visse a vergonha que queimava em seu rosto.

Tentou manter o tom frio de interrogatório, mas sua voz saiu humilde e indiferente.

— Suponho que você estava apaixonada por esse Michael Furey, Gretta — ele disse.

— Nos dávamos muito bem naquela época — ela disse.

Sua voz era velada e triste. Gabriel, sentindo que agora seria em vão tentar levá-la para onde ele queria, acariciou uma das mãos dela e disse, também triste:

— E como ele morreu tão jovem, Gretta? Tuberculose?

— Acho que ele morreu por minha causa — ela respondeu.

Um vago terror capturou Gabriel com essa resposta, como se, naquela hora em que ele esperava triunfar, algum ser impalpável e vingativo estivesse vindo contra ele, reunindo forças contra ele em seu mundo vago. Mas ele se libertou do sentimento com um esforço de razão e continuou a acariciar a mão dela. Não perguntou mais nada, pois sentia que ela diria por si mesma. A mão dela estava quente e úmida: não respondeu ao toque dele, mas ele continuou a acariciá-la assim como tinha feito com a carta dela para ele naquela manhã de primavera.— Foi no inverno — ela disse — no começo do inverno, quando eu estava prestes a deixar minha avó e vir para o convento aqui. E ele estava doente na época em seu alojamento em Galway e não podia sair e avisaram a família dele em Oughterard. Ele estava em declínio, disseram, ou algo assim. Nunca soube direito.

Ela pausou por um momento e suspirou.

— Pobre menino — ela disse. — Ele gostava muito de mim e era um garoto tão gentil. Costumávamos sair juntos, para andar, sabe, Gabriel, como fazem no interior. Ele teria estudado canto se não fosse pela questão da saúde. Ele tinha uma voz muito boa, pobre Michael Furey.

— Bom, e então? — perguntou Gabriel.

— E quando chegou a época de deixar Galway e vir para o convento, ele estava muito pior, e eu não podia ir vê-lo, então escrevi uma carta dizendo que estava indo para Dublin, que voltaria no verão e esperava que ele estivesse melhor.

Ela parou por um momento para controlar a voz trêmula e então continuou:

— Na noite antes da minha partida, eu estava na casa da minha avó na ilha de Nun, fazendo as malas, e ouvi jogarem pedrinhas na janela. A janela estava tão molhada que eu não conseguia ver nada, então corri escada abaixo e saí para o jardim dos fundos, e lá estava o pobrezinho, tremendo.

— E você não disse para ele voltar? — perguntou Gabriel.

— Implorei para ele ir para casa de uma vez e disse que ficar na chuva seria a morte dele. Mas ele disse que não queria viver. Posso ver os olhos dele ainda. Ele estava parado no fim do muro onde havia uma árvore.

— E ele foi para casa? — perguntou Gabriel.

— Sim, ele foi para casa. E quando eu estava no convento fazia apenas uma semana ele morreu e foi enterrado em Oughterard de onde era sua família. Oh, o dia em que soube que... que ele estava morto!

Ela parou, engasgando-se com soluços e, possuída pelas emoções, se jogou de bruços na cama, chorando no cobertor. Gabriel segurou a mão dela por mais um momento, indeciso, e, então, com vergonha de se intrometer no luto dela, soltou a mão gentilmente e andou em silêncio até a janela.

Ela logo dormiu.

Gabriel, apoiado nos cotovelos, olhou sem ressentimento por alguns momentos para os cabelos emaranhados e a boca entreaberta dela, ouvindo sua respiração profunda. Então ela teve esse romance em sua vida: um homem tinha morrido por causa dela. Não lhe doía agora pensar no papel insignificante que ele, seu marido, tinha tido em sua vida. A observou dormindo como se ele e ela nunca tivessem vivido juntos como marido e mulher. Seus olhos curiosos repousaram no rosto e no cabelo dela, e, enquanto ele pensava como ela era na época, naquele tempo de sua beleza de menina, uma estranha pena simpática entrou em sua alma. Ele não diria nem para si mesmo que o rosto dela não era mais bonito, mas sabia que não era o rosto pelo qual Michael Furey enfrentou a morte.

Talvez ela não tivesse contado toda a história. Os olhos dele passaram para a cadeira onde ela tinha jogado algumas de suas roupas. Uma tira da anágua descia até o chão. Uma bota estava em pé, com sua parte macia caída: o par estava deitado. Ficou pensando na revolta de emoções que tinha tido uma hora antes. De onde veio aquilo? Da ceia das tias, do seu próprio discurso tolo, do vinho e da dança, das divertidas despedidas na entrada, do prazer de caminhar ao longo do rio na neve? Pobre tia Julia! Ela também logo seria uma sombra com a sombra de Patrick Morkan e seu cavalo. Ele notou o olhar abatido no rosto dela por um momento enquanto ela cantava "Arrayed for the Bridal". Logo, talvez, ele estaria sentado naquele mesmo salão, vestindo preto, com uma cartola nos joelhos. As cortinas estariam fechadas, e a tia Kate se sentaria ao seu lado, chorando e assoando o nariz e contando como a Julia tinha morrido. Buscaria em sua mente algumas palavras para consolá-la e só encontraria palavras toscas e inúteis. Sim, sim, isso aconteceria muito em breve.

O ar do quarto o deixou com frio nos ombros. Se esticou cuidadosamente sob os lençóis e se deitou ao lado da esposa. Um por um eles se tornariam sombras. Melhor passar corajosamente para o outro mundo, em toda glória de alguma paixão, do que desaparecer e murchar com a idade. Pensou em como aquela que estava deitada ao lado dele tinha trancado em seu coração por tantos anos a imagem dos olhos de seu amado quando ele disse a ela que não queria viver.

Generosas lágrimas encheram os olhos de Gabriel. Nunca se sentiu assim por nenhuma mulher, mas sabia que um sentimento assim devia ser amor. Mais lágrimas se juntaram em seus olhos e na escuridão parcial ele imaginou ver a forma de um rapaz parado sobre uma árvore gotejante. Outras formas estavam próximas. Sua alma se aproximou daquela região onde habitam as vastas hostes dos mortos. Ele estava consciente, mas não conseguia apreender a existência imprevisível e oscilante delas. Sua própria identidade estava desaparecendo num mundo cinza e impalpável: o próprio mundo sólido que esses mortos outrora ergueram e onde viveram estava se dissolvendo e apagando.

Algumas batidinhas leves no vidro o fizeram se voltar para a janela. Tinha começado a nevar de novo. Observou sonolento os flocos, prateados e escuros, caindo obliquamente contra a luz do poste. Tinha chegado a hora de partir na jornada para o oeste. Sim, os jornais estavam certos: a neve caía por toda a Irlanda. Caía sobre todas as partes da sombria planície central, sobre as colinas sem árvores, caía suavemente sobre o pântano de Allen e, mais para o oeste, caía suavemente nas negras e rebeldes ondas do Shannon. Caía também sobre cada parte do cemitério onde Michael Furey estava enterrado. Se acumulava sobre as cruzes e lápides tortas, nas lanças do pequeno portão, nos espinheiros sem folhas. Sua alma desmaiava devagar enquanto ele ouvia a neve caindo suavemente pelo universo e suavemente como a descida para seu fim definitivo, sobre todos os vivos e os mortos.

Impressão e Acabamento

Gráfica Oceano